明人別集叢編

鄭利華 陳廣宏 錢振民 主編

李東陽全集

【七】

錢振民 編訂

復旦大學出版社

李東陽全集卷一二四

燕對録一卷

燕對録序

（見懷麓堂文續稿卷之三）

李東陽全集卷一一四

燕對録*

弘治十年三月二十二日，朝食前，司禮監太監韋泰馳至閣，亟呼曰：「宣四先生。」叩其故，曰：「不知。」臣溥、臣健、臣東陽、臣遷亟具衣冠至文華殿。叩頭畢，上曰：「近前。」於是直叩御榻。司禮監諸太監皆環跪於案側。上曰：「看文書。」諸太監取本付臣溥、臣健，又分置朱硯朱筆，授片紙數幅於臣東陽、臣遷。每一本

* 此録爲李東陽自記其在弘治、正德朝輔政期間被召議政之文字，成編於正德九年。此録今存有明嘉靖十二年刻明良集本、明嘉靖間刻交泰録本、明刻國朝典故本等，此據續修四庫全書影印明嘉靖十二年刻明良集本整理，校以明刻國朝典故本。

上曰：「與先生輩計較。」臣溥等看畢，相與議定批辭，以次陳奏，得允，乃録於紙上以進。上覽畢，親批本面，或更定二三字，或删去一二句，皆應手疾書，宸翰清逸，略無疑滯。有山西巡撫官本，上顧曰：「此欲提問一副總兵，該提否？」臣溥等對曰：「此事輕，副總兵恐不必提問，止提都指揮以下三人可也。」上曰：「然邊情事重，小官亦不可不提耳。」又禮部本擬一「是」字，上曰：「天下事亦大，還看本内事情，若止批一『是』字，恐有遺失。」因取本閲之，則曰：「是祇須一『是』字足矣。」又一本，臣健奏曰：「此本事多，臣等將下細看擬奏。」上曰：「文書尚多，都要一看下去，也是閒，就此商量豈不好？」皆應曰：「諾。」上指餘本謂左右曰：「此皆常行事，不過該衙門知道耳。」乃皆叩頭退。上復顧左右曰：「喫茶。」出文華門，尚膳監官捧茶以俟，韋太監喜曰：「茶已具矣。」蓋時出急召，未有宿辦也。自天順至今四十年，先帝及今上之初，間嘗召内閣，不過一二語，是日經筵罷，有此召，因得以窺天質之明睿、廟算之周詳、聖心之仁厚有不可測量者如此，且自是若將以爲常，故謹書之，以識事始云。

十三年六月，召至平臺。上出諸營提督官辭任本，各議去留，臣健等請上裁決。

上取英國公張懋本，令擬旨留之；及保國公朱暉、惠安伯張偉，皆然；至成山伯王鏞、寧晉伯劉福，皆准辭退。問曰：「如何？」臣健等皆應曰：「聖覽極當。」皆擬旨訖，上又問：「新寧伯譚祐較之劉福，如何？」蓋祐時亦有言其短長者。臣東陽對曰：「譚祐在營管事，似勝劉福。」上意亦以爲然，但止可令管神機營，提督團營須另選，可令鎮遠侯顧溥代之。因問：「溥如何？」臣健等皆應曰：「溥在湖廣甚好。」臣東陽曰：「況新有貴州功。」上曰：「然。」則令兼管神機營。臣東陽曰：「譚祐掌神機營久，但係伯爵，若與溥同營，即當爲副。溥雖侯爵，但新自外入，若令管五軍營，名在張懋次，而令張偉副祐，似於事體稍便。」上從之，即令撰手敕稿。是日，司禮惟諸太監在侍，餘無一人在左右者，於是扶安、李暲舉小紅卓，具朱筆硯，臣東陽録稿以進。上親書手敕成，付司禮監官。臣東陽復奏曰：「今邊方多事，皇上留意武臣，親賜黜陟，臣等不勝瞻仰。」皆叩頭出。時已召兵部尚書馬文昇等候於左順門，候敕出行之。

十七年三月十六日，大行聖慈仁壽太皇太后喪。上御西角門，朝退，遣内官召大學士劉健、李東陽、謝遷至門内，扉遂闔。上帶翼善冠，素服腰緻麻屨，御暖閣素幄，起立牀前。左右皆屏不敢近。臣健等叩頭畢，致詞奉慰。上顧謂曰：「先生輩上來。」臣健等皆至幄内。上曰：「爲陵廟事與先生輩商量。」臣健等仰奏曰：「昨蒙遣太監扶安諭示孝莊睿皇后葬不合禮，欲爲釐正。此盛德事，臣等仰見皇上聖孝高出前古，不勝忻慕。」上袖出裕陵圖一紙，指示陵門内有二隧道，其一西行北轉而至者爲英宗皇堂，虛其右壙而中有道可通往來。其一東行北轉而至者爲孝莊玄堂，相去可數丈，中隔不通。因曰：「此大非禮。」臣東陽奏曰：「此事臣等初不知。」上曰：「先生輩如何得知？都是内官做的勾當。」又曰：「内官有幾個識道理的？昨見成化年彭時、姚夔輩奏章，先朝大臣都忠厚爲國如此。」臣健、臣遷對曰：「英宗皇帝嘗有遺命：『錢后與我合葬。』大學士李賢記在閣下。」上曰：「既有遺命，當時奈何違之？」臣東陽對曰：「臣等聞當時尚有别議，故委曲至此，恐非先帝本意。」上曰：「先帝亦甚不得已耳。」臣健等奏曰：「誠如聖諭，但今日斷自聖衷，勿憚改作，則天下臣民無不痛快，垂之史册，萬世有光矣。」上曰：「欽天監言恐動風水，朕不以爲然。」臣遷對曰：「陰陽拘忌之説不足信。」上曰：「朕已折之矣。今日開壙合葬，何爲動風水乎？皇堂不通則天地否塞。」因以指畫紙曰：「若如此通，通則風氣流行，惡得言動？惟一點誠心爲之，料亦無害。」臣東陽贊曰：「皇上一念孝誠，可以格天，吉無不利。」臣健等皆力贊曰：「皇上所見高出尋常萬萬，願勿復疑。」上曰：「此事不難，若附廟之禮尤所當講。」臣健等奏曰：「先年奏議已定，慈懿太后居左，今大行太皇太后居右，合祔裕陵，配享英廟。且引唐宋故事爲證，臣等以此不敢輕議。其實漢以前惟一帝一后，唐始有二后，宋亦有三后並祔者。」上曰：「二后已非，若三后尤爲非禮。」臣遷對曰：「彼三后一乃繼立，一則所生母也。」上曰：「事須師古，末世鄙褻之事不足學。」臣東陽對曰：「皇上當以堯、舜爲法。」上曰：「然宗廟事關係綱常極重，豈可有毫髮僭差。太皇太后鞠育朕躬，恩德深厚，朕何敢忘？但一人之私情耳。錢太后乃皇祖世立正后，我朝祖宗以來，惟一帝一后，今若並祔，乃從朕壞起，恐後來雜亂無紀極耳。且奉先之祭，先生輩尚不知，英宗皇祖止設一座，每祭，飯一分、匙一張而已。」臣健等倉卒不解上意，但應曰：「唯唯。」退思之，蓋止容二分，而孝莊尚未配食也。上又曰：「孝穆太后，朕生身母，上尊稱爲皇太后，别祀於奉慈殿。今仁壽宫前殿盡寬，意欲奉太皇太后於此。他日奉孝穆太后於後殿，歲時祭享一如太廟，不敢少缺。」臣健等皆未敢應。聖意蓋謂今皇太后千秋萬歲後也。臣東陽贊曰：「皇上言及孝穆太后，尤見大公至正之心，可以服天下矣。」上曰：「此事却難處，行之則理有未安，不行則違先帝之意，又違羣臣會議。會議猶可，奈先帝何？朕嘗思之，夜不能寐。先帝固重，而祖宗之制爲尤重耳。」臣東陽對曰：「願聖見主張得定，臣等無不奉行。」上曰：「朕亦難於降旨，先生輩是朕心腹大臣，好爲處置。」臣健等曰：「須下禮部，令多官議之。」上曰：「雖多官議之，亦不敢主張，仍須先生輩爲之耳。」臣健等曰：「容臣等計議上聞。」上曰：「先生輩辛苦，且回去辦事。」是日，上稱心腹者三，呼先生者以十數。臣健等感激稱謝，皆叩頭起。上前下板階，顧内官啓扉，立送而出。時尊謚議已進，奉旨撰册未上几筵。臣健等乃具題本，稱：「當時先帝遇天下難處之事，羣臣爲委曲將順之詞，或者不能無疑，乞敕禮部會集多官再加詳議。」次日朝退，上起立，呼内閣臣健等至暖閣幄前，立問曰：「先生輩昨日所進題令多官會議，是幾個衙門？」臣健等對曰：「即前日進謚議者。」臣東陽歷對曰：「五府、六部、都察院、通政司、大理寺及詹事府、翰林院……」言未畢，上遽曰：「有翰林院最好，考據古今大典禮，須用翰林院。」又曰：「有科道乎？」皆對曰：「有。」上又曰：「好。」少頃曰：「别無説話，回去辦事。」蓋是日專爲翰林問也。自是，每召必於朝退，立呼内閣，未嘗呼名。

二十一日，復召。上袖出會議本，問曰：「此事如何？」臣健等對曰：「議得是。」臣東陽奏曰：「未知聖意如何？」上曰：「先生輩如何説？」臣健等對曰：「正是古禮。」上曰：「仍稱太皇太后可否？」皆對曰：「既是别廟，須如此尊稱爲當。」上曰：「如何批答？」臣遷對曰：「須説得委曲。」臣東陽曰：「要見是重事。」上曰：「然宗廟事重，要見今後世世子孫崇奉不缺之意。此本隨文書下來。」臣東陽曰：「臣等領去。」臣健亦云，上即以本授臣健，復目送而出。

二十二日，復召。上袖出奉先殿圖，指示曰：「此與太廟寢規制一般，常時祭薦皆在此。」又指其廊間有門通西一區，曰：「此奉慈殿也，舊爲神庫，今廊廡及井皆未動。」又指其東一區，别爲門，面南五間，東西廊各五間，曰：「此神廚也，然於此建廟可乎？」臣健等皆對曰：「此地最便。」臣東陽曰：「但未知寬窄如何？」上曰：「寬窄有數。」因指其旁小字曰：「東西十幾丈，南北二十丈，後有牆，牆之後爲米倉，蓋較之奉慈殿圖，深不及八尺。」皆請曰：「牆可展否？」上曰：「須展之。其西偏有井，亭亦須去之耳。」又曰：「欲遷孝穆太后，併祭於此，如何？」臣健等皆對曰：「甚當。」再問，再對。上曰：「位序如何？」臣健對曰：「太皇太后中一室，孝穆太后或左或右一室。」上曰：「須在左，後來有如此者却居右。」臣東陽曰：「太皇太后居中乃可。」臣遷奏曰：「會議本未知今日可出否？」臣東陽曰：「外廷瞻仰此本已數日。」上曰：「正爲廟地未定，今既定，即出矣。」皆拜出如前。

二十五日，御批云：「祀享重事，禮當詳慎。卿等稽考古典及祖宗廟制既已明白，都准議。特建廟奉享，仍稱太皇太后，以伸朕尊親之意。後世子孫遵守崇奉，永爲定制。」於是中外翕然稱爲得禮。蓋自丁巳之召，不奉接者已閲八年，龍顔温霽，天語周詳，視昔有加。而明習國事，洞察義禮，惓惓以宗廟綱常爲己任，益非臣下所能涯涘矣。後陵事竟不行，蓋欽天監以爲歲殺在北，方向不利，内官監亦謂事干英廟陵寢，難以輕動。而聖意終不但已，乃於陵殿神坐移英廟居中，孝莊居左，孝肅居其右云。

按：孝廟初年，平臺、暖閣時勤召對，君臣上下如家人父子，情意藹然。雖都俞盛朝，何以加此？至陵廟一事，則以關係綱常，尤深注意。區畫周詳，皆斷自宸衷，勤勤懇懇，歸於至當。非聰明仁孝之至，孰能若此者乎！〔一〕

六月，北虜小王子遣使求貢甚急，大同守臣以聞。已，許二千人入貢，既而不來。六月，聞走回男子報虜有異謀，内閣具揭帖，臣東陽親書以進，乞會同司禮監及兵部尚書，照成化年例，於左順門詳審。時臣遷在告。

二十二日，上朝退，召臣健、臣東陽至暖閣。上曰：「虜情譎詐，今令大通事領走回人。先生輩可密切譯審通事，且勿使近前。」臣健等對曰：「其人若能通漢語，則不須通事。」上曰：「然各邊關糧草須與劉大夏説，用心整理。」臣東陽對曰：「昨日兵部奏請差官整理，正爲此。」臣健曰：「雖無此事，亦當整理。況有此聲息，尤當提備。」上曰：「然，整理得亦是好事。」臣東陽對曰：「今邊關兵糧實是空虚，不可不急爲之備。」上又曰：「著劉大夏用心整理。」臣健奏曰：「京營官軍亦須整點聽征。」上曰：「然。」臣東陽對曰：「京軍未可輕動，亦不可不整理齊備。」臣健奏曰：「京營總兵須要得人。」上曰：「往年如遂安伯陳韶、成山伯王鏞輩〔二〕，已退二三人矣，今如張懋等亦可。」臣東陽對曰：「退者甚當。今總兵官管事固可，領兵則未知如何？」臣健曰：「須用曾經戰陣者。」上曰：「未必要經戰陣，但要有謀略耳。」臣東陽對曰：「聖諭甚當，有謀略與經戰陣者須兼用乃可耳。但京營官軍有名無實，初設團營時有十二萬，今消耗過半。前年選聽徵一萬，及再選一萬，便不能及數矣。古人云：『足食足兵。』今食不足，兵亦不足。臣等每思及此，寢食不安。」上曰：「軍士須管，軍官撫恤，不可剥削。」臣東陽對曰：「誠如聖諭。但近年官軍做工太多，既累身力，又陪錢使用。今外衛輪班皆過期不至，正爲此耳。」上曰：「宣德以前，軍士皆不做工，内官監自有匠人」云云。此句聽不能悉。臣東陽叩頭對曰：「皇上明見，朝廷養軍，本以拱衛京畿，不爲工役。今後工程望乞減省，不令軍士受累，養其鋭氣，庶緩急有濟。」上曰：「然。」又曰：「京營軍士都著劉大夏用心整理，先生輩亦傳得旨，可以朕意語之。」臣健等對曰：「諾。」臣東陽仰奏曰：「兵部不敢不盡心，若有議擬，乞皇上斷而行之。」上曰：「然。」又曰：「壩上强賊十分猖獗，可令劉大夏設法擒捕。北山又有稱靠山王者，據險爲惡，輦轂近地，不可不除此患。先生輩亦嘗聞之乎？」臣東陽對曰：「亦嘗聞之。昨日兵部奏差京營指揮二人，領官軍五百，正爲壩上强賊，而一應併諸賊在其中矣。」上曰：「須揀好軍好馬去，方可了事。」皆應曰：「諾。」上又曰：「先生輩是心腹大臣，有事須説。如昨日所進揭帖不説時，朕不得知。」臣健等皆對曰：「諾。」臣東陽又仰奏曰：「臣等有所聞見，固不敢不盡心陳説，惟望皇上斷而行之耳。」上又曰：「然。」

既而曰：「先生輩回去辦事。」皆叩頭出。於左順門會審走回男子，一人云：在虜中聞有議者欲搶黄裏，黄裏者，謂京城也。又三人云：朵顔衛頭目阿耳乞蠻領三百人，往北虜通和。小王子與一小女寄養，似有引誘入寇之迹。各具揭帖以聞。

二十四日，臣健、臣東陽、臣遷議進禦虜事宜。又以兵部奏差廷臣整理邊關糧草缺乏，擬差侍郎顧佐往大同、宣府，郎中等官分往各關，預爲計處。二十五日，復召至暖閣。上袖出所擬，指顧佐名曰：「是嘗差幹事，力量頗弱，恐不能了此。」臣健等對曰：「户部尚書秦紘行取尚未至，左侍郎王儼可用，但見署印，故臣等擬差右侍郎。惟皇上裁擇。」上曰：「王儼固好，但掌印須留管家當。顧佐亦不必動，凡有事，二人商議，乃得停當。各衙門官先生輩知之，可推有才力者，不必拘定户部。」又曰：「各關可止用一人，恐官多民擾。」皆對曰：「各關相隔甚遠，非一人可了。巡關御史亦是二人，若差郎中二人，亦可耳。」上曰：「然。」臣健等退擬管倉侍郎陳清、刑部右侍郎李士實以進。二十七日，内批：「大同、宣府差左副都御史閻仲宇，各關差通政司參議熊偉。」七月初四日，復召至暖閣。上袖出大同鎮巡官本，言虜賊勢重，近又掘墩殺軍，延綏遊奇兵累調未至，乞爲增兵補馬，情詞甚急。上曰：「我邊墩臺，賊乃敢挖掘；墩軍皆我赤子，乃敢殺傷，彼被殺者苦何可言！朕當與做主。京軍已選聽征二萬，須再選一萬，整點齊備，定委領軍頭目，即日啓行。」臣健等對曰：「皇上重念赤子一言，誠宗社之福。京軍亦須整點，但未宜輕動。」上屢申前諭，臣健等對曰：「大同亦未曾請兵。」上指其奏曰：「彼固云：『臣等拘於新例，不敢上請天兵。』」臣東陽對曰：「用兵事須令兵部議處。」上曰：「兵部既有新例，亦不敢擅自開例請兵，須自朝廷行之耳。」臣遷仰奏曰：「邊事固急，京師尤重。居重馭輕，亦須内顧家當。」上猶未釋。臣東陽奏曰：「近日北虜與朵顔交通，潮河川、古北口甚爲可慮。今聞賊在大同，稍遠，欲往東行，正不知何處侵犯？若彼聲西擊東，而我軍出大同，未免顧彼失此。須少待其定，徐議所向耳。」臣健因備言大同險遠，本鎮尚可支持，潮河川去京師不過一日，最爲切近，誠宜先慮。上曰：「今亦未便出軍，但須預備停當，待報乃行，免致臨期失措。」皆對曰：「聖慮甚當。」退擬通選京軍三萬，令兵部推委領軍官，臨期酌量地方事勢，具奏定奪。後三日，召兵部尚書劉大夏面諭出師之意，大夏力言京軍不可輕出。上曰：「太宗朝頻年出兵，逐虜數百里，未嘗不利。」大夏對曰：「太宗之時何時也？有糧有草，有兵有馬，又有好將官，所以得利。今糧草缺乏，軍馬疲弊，將官鮮得其人，軍士玩於法令，不能殺賊，亦且因而害人，徒費財物，有損無益。」大意與内閣議同。上納之，師乃不出。

十五日，朝罷，上召：「内閣來。」臣健等隨至暖閣。上曰：「劉宇在大同，盡用心，近又慮潮河川難守，欲行令鏨品字窖及以新制鐵子炮送與備用。亦是爲國，可量與恩典，以勵人心。」皆奏曰：「未知聖意是何恩典？」上曰：「陞官亦難，可以賞賜。」皆應曰：「諾。」臣遷曰：「與敕獎勵亦可。」上曰：「然鏨窖、制炮是劉宇獨奏，今難獨賞。吴江、陸闇亦皆用心防禦辛苦，可併賞之。」皆應曰：「諾。」上又曰：「遼東張天祥事亦是大獄，今欲令明白。」臣遷對曰：「張天祥已死矣。」上曰：「天祥雖死，張斌尚坐死罪，昨張洪又訴冤抑。」臣健等皆對曰：「此事係御史舉奏，法司會勘，張洪訴本又該都察院覆奏，令巡按御史審勘矣。」上袖出東廠緝事揭帖云：「已令人密訪，其情如此。當時御史王獻臣止憑一指揮告誘殺情詞，吴一貫等亦不曾親到彼處，止憑參政寧舉等勘報，事多不實。今欲將一干人犯提解來京，令三法司、錦衣衛於午門前會問，方見端的。」皆對曰：「如此固好。」上以揭帖付臣健，曰：「先生輩將去整理。」臣健等退，具揭帖云：「都察院本既已批出，東廠揭帖又不可批行，須待會勘至日再議。」

十六日，上令太監陳寬等於左順門傳聖意，令擬旨施行。臣健等因極論此事衆所共知，公論難掩，傳旨改命，於事體大不安。寬等不肯止，然且各有執辦。健等退，再具揭帖云：「臣等非敢固違，但命已出，今別無事由，猝然改命，恐非朝廷大公至正之體。遼東不遠，請仍待會勘至日施行。」

十七日，退朝，上面召内閣、兵部來至門上。兵部選鎮撫司理刑官畢，臣健等入至暖閣。上盛氣曰：「張天祥事秘密未行，先生輩昨所進揭帖祇合親書密進，如何令書辦官代寫？」臣健等皆叩頭曰：「東廠揭帖臣等已封定，不曾令書辦官見之。」上曰：「閣下揭帖内乃有『提解來京』等語，此事尚未行，且欲解京者正欲明白其事，先生輩固以爲不可行，何也？」臣健等對曰：「臣等非敢阻解京，但無故傳旨，事體未便，故欲少待會勘耳。」上曰：「此事已兩番三次，何謂非阻！」皆對曰：「此事情已經法司勘問，皆公卿士大夫，言足取信。」上曰：「先生輩且未可如此説，法司官若不停當，其身家尚未可保，又可信乎！」臣東陽對曰：「士大夫未必可盡信，但可信者多，其負朝廷者不過十中一二耳。」臣遷對曰：「事須從衆論，一二人之言恐未可深信。」上曰：「先生輩此言皆説不得，此是密切令人到彼處體訪得來，誰敢欺也！」皆對曰：「此事干證皆在彼處，恐勞人動衆耳。」上曰：「此乃大獄，雖千人亦須來。若事不明白，邊將誰肯效死？」臣健等皆曰：「賞罰，朝廷大典，正須明白。若有功不賞，有罪不罰，誠恐失邊將心，無以壓服天下。臣等愚見無他，正欲皇上明賞罰耳。」上曰：「賞罰事重，朕不敢私，但欲得其實情。若果係撲殺，貪功啓釁，豈可縱之？若果有功被誣，須爲伸雪。」語久，龍顔少霽，曰：「須傳旨行之。」皆應而出。

十八日，復召。上從容問曰：「昨因張天祥事，先生輩言文職官不負朝廷，亦不應如此説。文官雖是讀書明理，亦盡有不守法度者。」臣健等皆對曰：「臣等一時愚昧，干冒天威。」臣東陽曰：「臣等非敢謂其皆不負國，但負國者亦少。」臣遷曰：「文官負國者，臣等亦不敢庇護，必欲從公處置。」上笑曰：「亦非謂庇護，但言其皆能守法，則不可耳。」因謂：「此事當如何發？初欲傳旨，先生輩謂別無事由，猝然改命。猝者暴疾之意，此亦未爲猝也。」如是至再。皆應曰：「臣等見都察院本已批出，無行，衹欲事體安穩耳。」上曰：「緝訪之事，祖宗以來亦有舊規。今令東廠具所緝專題本批行。」皆對曰：「不如傳旨。」上乃令擬旨以進。是日，龍顔甚霽，蓋以昨日之論大嚴，故復示寬慰如此。

七月十九日〔三〕，召至暖閣。上問：「吴舜、王蓋，吏部、都察院已查，考察案卷，今當有處置。」臣健等請曰：「未知聖意如何？」上曰：「吴舜事情尤重，可令爲民。王蓋冠帶閒住。」臣健等同奏曰：「似太重。」上曰：「吴舜事重，除冠帶閒住，更無處置。」臣健對曰：「吴舜令冠帶閒住，王蓋對品調外任足矣。」上曰：「王蓋調任亦可。吴舜不謹，自該閒住。又查有許多事情，若究竟到底，決難輕貸，今須令爲民。王蓋亦須令閒住耳。」臣東陽對曰：「吴舜事縱使查勘得實，亦不過不謹，恐亦止該閒住。」上未許。臣健曰：「王蓋似輕。」臣東陽曰：「王蓋乃秀才時事耳。」上曰：「王蓋已考作不謹，若止令調任，難爲考察衙門體面。」臣健曰：「大臣是朝廷心腹，言官亦是朝廷耳目。」上曰：「固然，但憲綱明開，不許風聞言事，大明律『風憲官犯罪加二等』，皆祖宗舊制。近來言官糾劾大，臣多有不實，亦須略加懲治，以警將來。」臣東陽曰：「科道以言爲職，古人云：『言雖不當，亦不加罪。』皇上一向優容諫官，未嘗輕易罪謫，天下人稱頌聖德正在此。」上曰：「在平時或今後言事，自優容之。此是考察事體，難但已耳。」終不許。乃退，復兩擬王蓋以進，竟從初命行之。

八月二十五日，召至暖閣。上曰：「孝莊睿皇后神牌昨已造完，内臺擇在九月初四日奉安奉先殿。此係内事，於外無行。裕陵神椅，英宗原在左，孝莊在右，今當奉請英祖居中，孝莊居左，孝肅居右。欲傳旨令欽天監擇日遣官行禮，可撰祝文。」臣東陽奏曰：「神椅向似已安訖。」上曰：「尚未。向以孝莊當在左，近有一門似未便，乃今以靠壁移後五尺，今始移矣。」又曰：「昨令禮部禁服色，今可傳旨與鄭旺、趙鑒，嚴加緝訪，内府令鄭旺緝訪。蓋近來風俗奢僭，不可不治耳。」臣健等復奏曰：「内府亦緝訪，最是。」上曰：「在外文職官讀書明理，猶不敢僭爲，内官不知道理，尤多僭妄。」皆對曰：「誠如聖諭。但臣等不知内府該禁花樣。」上歷數其應用花樣甚詳，且曰：「若蟒龍、飛魚、斗牛皆不許用，亦不許私織。間有賜者，或久而損壞，亦自織用，均爲不可。」又曰：「玄黄、紫皂乃是正禁，若柳黄、明黄、薑黄等色，皆須禁之。」又曰：「玄色可禁，黑緑乃人間常服，不必禁，乃内府人不許用耳。」皆諾而退。

二十六日，復召。叩頭畢，臣東陽奏曰：「劉健今日肚腹不調，不曾進來。」既叩榻，上曰：「昨先生輩題神牌？」臣東陽對曰：「已題訖矣。」上曰：「欽天監已擇九月初四日奉安，可寫儀註來。」皆應曰：「諾。」上又曰：「昨所言服色事，須寫敕與鄭旺、趙鑒，緣旺等原敕不曾該載此事，故須特降一敕耳。」皆應曰：「諾。」上曰：「昨旨内有玄色、黑緑，黑緑與青皆人間常用之服，不必禁之。」臣遷對曰：「乃玄色樣黑緑耳。」上又曰：「黑緑常服，禁之亦難，正不須説及也。」皆諾而退。

九月初一日，復召。上曰：「初四日奉安神牌，須用儀註并九廟祝文，可寫來。」臣健等皆諾而退。蓋自論張天祥事後，至此一再見，天顔始開霽如故云。

十八日，復召。臣健奏曰：「謝遷有瘡疾，註門籍。」上曰：「吴一貫緣事被提，可差一人代之。」皆應曰：「諾。」臣東陽奏曰：「須再令兵部會推否？」上曰：「邊關事急，若下該部，未免輾轉數日。祇先生輩推二人，或徑寫一人亦可。」因諭曰：

「謝先生瘡疾，可傳朕旨，令善加調理。今便令御醫往看也。」臣健對曰：「亦不甚重。」臣東陽曰：「止是昨日未入，一二日亦當出也。」上問曰：「是何瘡疾？」臣健對曰：「止是癬瘡，因抓破作痛，行步未便耳。」上曰：「癬瘡不害事，亦須從容調理數日，出來辦事，方委託先生輩也。」皆叩頭謝。是日朝退，臣健等具以聖意諭臣遷。不移晷，而遣醫至矣。

二十一日，復召。上袖出大同總兵官吴江本授臣健，曰：「吴江奏，欲臨陣以軍法從事。昨所擬似太重，恐邊將輕易啓妄殺之漸。」皆未敢應。少頃，臣健對曰：「臨陣用軍法，自古如此。兩軍相持，退者不斬則人不效死，何以取勝？」上曰：「雖然，亦不可徑許。若命大將出師，敕書内方有軍法從事之語。各邊總兵官親御大敵，官軍有臨陣退縮者，止許以軍法嚴令從重處置，如此方可。」臣東陽奏曰：「此事者不説起尚可，今既奏請，若明言不許，却恐號令從此不行。」臣健亦力贊其説。上復申前諭。臣健奏曰：「昨日兵部擬奏，儘有斟酌。尋常小敵，或偏裨出戰，皆不許，似止依所奏足矣。」上曰：「兵部所擬固好，總兵官既奏了一場，若止答一『是』字，亦不爲重。外邊視奏詞亦不甚著意，亦須於旨意説出乃爲重耳。」臣遷曰：「今遵聖諭批答，仍用一『是』字爲宜。且軍法亦不專爲殺，輕重各有法決，打亦軍法也。」上曰：「然，可去整理停當。」皆諾而退。

三十日，復召。上諭曰：「先生輩可做一旨意，如今各邊殺賊功次，行巡按御史查勘，多有經年累歲不肯奏報，或至病故不沾恩命，無以激勸人心。可酌量地方遠近，定與限期，若有過違，令兵部參究。」臣健等皆奏曰：「誠有此弊。」上曰：「此恐是都察院行。」臣東陽對曰：「兵部咨都察院轉行御史。」上曰：「然。」少頃，又曰：「昨日令李榮來説日講，時劉機講『陳善閉邪』，『陳』字解做『陳説』不是，止云『敷陳其説』乃可耳。」皆應曰：「諾。」臣健曰：「昨李榮又説『以善道啓沃他』，『他』字不是。」上微笑曰：「『他』字也不妨，大抵講書須要明白透徹，直言無諱。道理皆四書上原有的，不是纂出，若不説盡，也無進益。且先生輩與翰林院是輔導之職，皆所當言。」臣健對曰：「臣等若不敢言，則其餘百官無敢言者矣。」上曰：「然。」臣遷曰：「聖明如此，講官愈好盡心。」臣東陽曰：「今年聖學緝熙，中外臣民無不仰戴，臣等敢不仰承聖意。」皆叩頭謝。上又曰：「先生輩可傳與他，不必顧忌，昨所講似有顧忌耳。」又曰：「『他』字亦不妨，昨因話偶及此，意以爲不若『啓沃之』更好，然不必深計也。」皆復謝而出。是日，天顏和悦，似以昨所傳未的，恐講官因此有所觀望，故特示詳悉如此。蓋經筵講章自數歲以來，始去舊時諛頌之習，加以規諫，未嘗少忤。及聞此諭，益知上意所向云。

弘治十八年四月初七日，臣東陽病起已逾月，上召至暖閣，袖出數本，指一揭帖曰：「此廣東巡按御史聶賢所奏地方盜賊事，須緊鎮巡官。」臣健對曰：「昨所擬已是切責。」上曰：「然凡一應事務當興革者，皆責在鎮巡，今都不見奏報，更須加緊。」皆應曰：「諾。」上又指二本曰：「此南京科道劾兩京堂上官，作何處置？」臣健等對曰：「進退大臣事重，臣等不敢輕擬。」上曰：「彼首言崔志端是道士出身。先年亦有道士掌印者，但不多耳。」臣健對曰：「固然。」上又曰：「彼言周季麟喪師失律，失律者非止一人。」臣健等曰：「周季麟亦是好官。」上曰：「然。洪鍾在薊州時，以潮河川開山致損人命，故人論之不已。」健亦對曰：「洪鍾亦好。」臣東陽曰：「好處盡多。」上曰：「彼言張撫卑諂。大臣要剛正有氣節，若果有卑諂之行，當退。但亦無指實，難遽退耳。」臣健曰：「皇上每值糾劾，欲求實迹，最是。」上曰：「若大臣有曠職壞事者，誠宜黜以示戒。今亦無甚不好者，須皆留辦事耳。」臣健等奏曰：「臣等每見『留著辦事』之文，竊有未安。大臣宜甄别賢否，若概云『留著辦事』，即係該退之人，姑容不退，中有好者，似不能堪。」上笑問曰：「然則，先生輩意欲如何處置？」皆對曰：「止云『照舊辦事』可耳。」上曰：「然。」又指一本云：「太常寺欠行户錢鈔，昨有旨查洪武等錢緣何市不通使，户部查覆未明，仍須别爲處置，務使通行。」臣健等對曰：「此須自朝廷行起，如賞賜、折俸之類，在下如鹽鈔、船鈔亦用，舊錢乃可通行。且民間私鑄低錢聽其行用，本朝通寶乃不得行，誠非道理。」臣遷對曰：「昨令查議，正欲通行。但私錢不禁，則官錢決不能行。前年鑄弘治錢，曾禁私錢，不一二三日即濫使如故。」上曰：「何故如此？」皆對曰：「祇是有司奉行不至。」上曰：「今須嚴禁。」臣東陽奏曰：「臣等訪得今所鑄錢徒費工料，得不償失，亦是有司不肯盡心。若止如此，雖鑄何益？」臣遷曰：「昨令查已未鑄造數目，亦是此意。」上曰：「然。」臣健等因奏曰：「今國帑不充，府縣無蓄，邊儲空乏，行價不償，正公私困竭之時，鑄錢一事最爲緊要。其餘若屯田、茶馬皆理財之事，不可不講也。」臣東陽因奏曰：「鹽法尤重，今已壞盡。各邊開中，徒有其名，商人無利，皆不肯上納矣。」上問：「商人何故不肯上納？」臣健等因極論奏討之弊。上曰：「奏討亦祇是幾家。」臣東陽奏曰：「奏討之中又有夾帶，奏討一分則夾帶十分。商人無利，正坐此等弊耳。」上曰：「夾帶之弊，亦誠有之。」臣健等又言：「王府奏討，亦壞鹽法。每府禄米自有萬石，又奏討莊田税課。朝廷每念親親，輒從所請。常額有限，不可不節。」上曰：「王府所奏，近多不與。」皆對曰：「誠如聖諭。但乞今後更不輕與，則不敢奏矣。」臣健因奏曰：「臣聞國初茶馬法初行，有歐陽駙馬者販私茶數百斤，太祖皇帝曰：『我才行一法，乃首壞之。』遂置極典。高皇后亦不敢勸止。此等故事，人皆不敢言。」上曰：「非不敢言，乃不肯言耳。」因言：「鹽法須整理。」臣遷等贊曰：「請下户部查議。」上曰：「然。」明日，降旨云：「祖宗設立鹽法，以濟緊急。邊儲係國家要務，近來廢弛殆盡，商賈不行。各邊開中雖多，全無實用。户部便通查舊制及今各項弊端，明白計議停當來説。」於是中外稱慶，知上意勵精思治如此。是日，天顔甚霽，問答詳悉，藹然家人父子之風，誠前古所罕見也。

十六日，召至暖閣。上問曰：「昨管河通政奏巡按御史陸偁私寄書二册，題曰均徭則例，又擅革接遞夫役若干名。陸偁爲御史，奈何寄人私書？於理不當。且夫役係是舊制，不得擅減。」臣東陽對曰：「觀奏詞，恐所寄即是則例。」上曰：「書自是書。」皆不敢答。臣健對曰：「均徭事亦是御史所管。」上曰：「何爲不奏？」臣健奏曰：「然則罪之乎？」上曰：「今日陸偁已見，姑令回話，縱不深罪，亦須薄示懲戒。」皆應曰：「諾。」上又出一本曰：「此户部覆奏處置流民本。內推刑部侍郎何鑒，查已服滿。此須會吏部、户部，安得自推？」臣健等對曰：「凡係本部承行事，亦有徑推者。」上曰：「此前人不是。吏部銓衡之職，推舉人才，乃其職掌。若使會推，他日不稱，亦無後詞。」臣健、臣東陽對曰：「何鑒誠是好官，能了此事。」上曰：「何鑒雖好，終要經由吏部。」臣健曰：「然則通令吏部會議。」上曰：「處置流民是户部事，衹用『是』字答之，不須再會吏部，惟所推官員須會吏部耳。」皆諾而出。蓋上既明習國事，論議層出，或累數十句，臣下雖欲盡一二語，至無間可入，或不竟其辭而退，退而尋繹所受，亦不能悉記也。議事之召訖於是日，不越月而大漸之命至矣，嗚呼痛哉！

弘治十八年五月，聞上不豫。初六日昧爽，司禮監太監戴義出左掖門，宣內閣。臣東陽先至，頃之，趣者六七次，臣健、臣遷繼至，乃同入。趣者道相屬。入乾清宮左門，由右階升殿，入東户，轉西南，又入户北行數步，穿重幔，上仙橋，又數步，見御榻。上著黄色便服，坐榻中，南面。臣健等叩頭，上令近前者再。既近榻，又曰：「上來。」於是直叩榻下。上曰：「朕承祖宗大統，在位十八年。今年三十六歲，乃得此疾，殆不能興，故與先生每相見時少。」上玉色發赤，火聲盛氣。臣健等皆對曰：「陛下萬壽無疆，偶爾違和，暫須調攝，安得遽爲此言？」上曰：「朕自知之，亦有天命，不可强也。」因呼水漱口，掌御藥事太監張愉取金盂進水，以青布拭舌，勸上進藥，不答。愉曰：「再進此一服，即無事矣。」上又曰：「朕爲祖宗守法度，不敢怠荒。凡天下事，先生每多費心，我知道。」因執臣健手若將永訣者。上又曰：「朕蒙皇考厚恩，選張氏爲皇后。成化二十三年二月十日成婚，至弘治三年九月二十四日生東宫，今十五歲矣，尚未選婚。社稷事重，可亟令禮部舉行。」皆應曰：「諾。」時司禮太監陳寬、李榮、蕭敬等以次畢至，皆羅跪榻外。上曰：「授遺旨。」扶安、李章奉筆硯，戴義就榻前書之。上又曰：「東宫聰明，但年幼好逸樂。先生每勤請他出來讀些書，輔導他做個好人。」臣健等叩頭，仰奏曰：「臣等敢不盡力。」上復加慰諭而退。事雖在倉卒，天語詳備，累數百言，不能悉記，而其重且大者如此。臣健等出至後左門，調旨傳禮部行之。戴義送出東角門而入。越一夕，而龍馭上賓矣。追念先皇帝簡任眷遇之恩、顧託委付之意，誠古帝王所不及。俯仰之間，已如隔世，叩地吁天，無所逮及，可勝痛哉！

弘治十八年八月二十日，講畢，出至文華門。上遣司禮太監官召臣健等復至暖閣，問曰：「昨差承運庫太監王瓚、崔杲往南京、浙江織造，瓚等請長蘆鹽一萬二千引，户部止與六千引，半與價銀，今可全與。」臣健等同奏曰：「與鹽六千，又與半價，已自足用。」上曰：「既與半價，何不全與鹽引？」臣健等對曰：「户部亦是撙節用度耳。」上曰：「該部既要節用，何不留此半價，却將鹽引與之，聽其變賣，豈不兩便？」臣健等對曰：「價銀有限，不若鹽引之費爲多。」上曰：「何故？」臣東陽對曰：「鹽引有夾帶。且如有引一紙，便夾帶數十引。以此私鹽壅滯，官鹽不行。先帝臨終，鋭意整理鹽法，正是今日急務，不可不爲遠慮。」上曰：「若夾帶事發，朝廷自有正法處治他。」臣東陽對曰：「此輩若得明旨，便於船上張揭黄旗，書寫『欽賜皇鹽』字樣，勢焰烜赫。州縣驛遞官吏稍稍答應不到，便行捆打，只得隱忍承受。鹽商、灶户雖吃虧到底，誰敢聲説？所以不若禁之於始。」臣健等亦共言之。上正色曰：「天下事豈只是幾個内官壞了？譬知十個人也，只有三四個好，便有六七個壞事底人，先生輩亦自知道。」如是者再言之，蓋是時已有先入之説矣。上復謂：

「此事務要全行。」臣健等奏曰：「容臣等再去計較。」因叩頭出殿中。司禮監追達聖意，亦答云：「已奏過，再去計較。」監官遽回，奏云：「先生輩已承行矣。」臣健等至閣，復具揭帖力争，請止從前。明日，内批出，止與鹽六千引，如户部議云。

正德六年四月十三日，講畢，復召至暖閣。叩頭畢，上手取會試録一本，付司禮監太監張永授臣東陽等。内有白紙票粘於紙上者三，皆指摘所刻文字錯誤處。上曰：「今欲别有施行，但念衙門體面，恐不好看，但與先生輩知之耳。」臣東陽捧録叩頭，出至暖閣門外，留置案上。少刻，永令内臣送至暖閣。是年，大學士劉忠累疏辭疾，未允，强起主考試事，出院後即乞省墓，已得請。是日陛辭，聞此事而去。比抵家，復具疏乞休致。蓋已有先入之説矣。

正德六年八月十四日〔四〕，流賊劉七、齊彦名等肆亂北畿〔五〕，方擁衆北向，京師戒嚴。上命兵部侍郎陸完提督軍務，師已出涿州，忽報賊在固安，甚急。上召臣東陽、臣廷和、臣儲至左順門内。上南向，問曰：「賊在東，師乃西出，恐緩不及事。適令兵部追還陸完等，令東可否？」東陽等對曰：「甚當。且行未遠，一二日内可至。」臣東陽復奏曰：「聞賊船在水套，自陷危地，似來送死，官軍併力，擒之不難，但恐人心不能齊一。向來累失事機，正坐此故。今官軍在北，賊若南奔，逸不可制。」上曰：「張俊等皆在南，料亦無害。」臣東陽對曰：「今須亟敕東南諸將，令嚴謹隄備，以防奔潰。若有意外，查照地方，連坐鄰境，不許互相推調，務在萬全。」上曰：「然。先生輩宜用心辦事。」臣東陽奏曰：「臣等敢不盡心，但今盜賊充斥，臣等不能運謀設策，致廑聖慮，俱合有罪。」上曰：「只用心便是。」臣東陽復奏曰：「此賊亦是烏合之徒，但願朝廷賞罰嚴明，諸將效力，必可成功。」上慰諭，令退。臣東陽因復奏曰：「年衰多病，累歲乞休，未蒙矜允。即今勉强供職，實不堪勝。少待事情寧帖，當再陳乞耳。」臣廷和、臣儲遽奏曰〔六〕：「今已愈矣。」上復加慰諭，因叩頭出。是日，有羊酒之賜云。

【校勘記】

〔一〕此段按語據北京大學出版社一九九三年版明刻鄧士龍編國朝典故整理本燕對録補。

〔二〕「遂安伯陳韶成山伯王鏞輩」，原作「遂安伯陳諸成山伯王輩章」，據北京大學出版社一九九三年版鄧士龍編國朝典故整理本燕對録及明實録卷二百一十三正之。

〔三〕「十九」，原無，據北京大學出版社一九九三年版明刻鄧士龍編國朝典故整理本燕對録補。

〔四〕「四」，原無，據北京大學出版社一九九三年版鄧士龍編國朝典故整理本燕對録補。

〔五〕「七」，原作「士」，顯以形近而訛，據北京大學出版社一九九三年版鄧士龍編國朝典故整理本燕對録及武宗正德實録卷七十八正之。

〔六〕「儲」，原作「永」，據本節上文「上召臣東陽、臣廷和、臣儲至左順門内」句正之。按，此時内閣大臣爲李東陽、楊廷和、梁儲三人。

李東陽全集卷一二五

聯句録一卷

聯句録序

詩自賡歌變爲聯句，又變而爲次韻，次韻出唐以後，尤爲無據。聯句始漢柏梁，略具一體。晉陶元亮，唐李太白、杜子美皆嘗爲之，然亦屬句比意，成章而止。至韓退之、孟東野，始肆出奇險，誇多角儁，至累數千百言。於是聯句始盛，而詩之變亦極矣。

然歷代以來，作者亦寡，說者謂非筆力相當，則不能作。予竊以爲不然。夫詩之氣格聲韻，雖俱稱大家者不能相合。合數人而爲詩，往復倡和，興出一時，而感時觸物，喜怒憂佚不平之意，亦或錯然有以自見，所謂變而不失其正者。若必敵視以求勝，是將與博弈者無異。詩之義豈固然哉！

予同年進士在翰林者十有餘人，凡齋居遊燕，輒有詩。詩多爲聯句，未嘗校多寡，論工與拙，凡以代晤語，通情愫，標紀歲月，存離合之念，申箴歸之意而已。然時出豪險，亦不之禁。如明仲有云：「磊魂銅盤蠟」；鼎儀有云：「喑噤隱滅雯」。不當得句時，皆撫几坐，擊指節，鏗鏘不休，談謔相傳，至爲故事。要其興之所至，不能皆同，亦不必皆同。故予之乖蹇不類，亦諸君所不拒也。十年間，多不時録，輒漫不可紀。竊以爲是亦交義所繫，不宜遽泯没，乃與鳴治掇其存者，得若干篇成卷。凡後所續得，及諸同遊大夫士相與作者，皆附見焉。成化甲午夏六月二十四日，李東陽序。

李東陽全集卷一二五

聯句録

齋居

羅璟明仲、計禮汝和、謝鐸鳴治、劉淳尚質、劉大夏時雍、張泰亨父、彭教敷五、吴鉞鼎儀、倪岳舜咨、李東陽賓之。成化乙酉正月。

肅肅奉皇言，齋居共良夜璟。展席回燈光，清談醖而藉禮。翩然吐珠璣，文章見高價鐸。逸氣相軋摩，羣山峽嵩華淳。海月照庭階，纖雲宿臺榭泰。風生疏綺間，微雲娲爐麝教。頹音激素流，落葉薄虚罅鉞。更闌不成寐，坐聽宫漏下岳。眷言惜清光，幽賞未能罷東陽。平生周孔心，聊軼韓孟駕璟。城南千載情，及此同膾炙大夏。自負各不凡，豪吟肯相亞禮。終焉抱謙虚，純勝不輕託鐸。羣機寂天籟，精思入玄化泰。會晤良獨難，留連勿相訝教。敲壺引餘商，續穛延清暇鉞。興言步前除，仰視河流瀉岳。吻渴懷金莖，疇能一相借東陽。

齋居寄答鼎儀 丙戌正月，在翰林西廡作。

良朋喜會合，高論共崢嶸璟。且搦班生管，休持力士鐺鐸。書看逸少勁，聯學退之勍東陽。古樹盤厓錯，餘金擲地鏗岳。摩空回健鶻，吸海動長鯨鐸。磊磈銅盤蠟，參差玉箭更璟。瓦爐藏宿火，碧碗凍餘羹東陽。饌出蝦魚美，茶分露穀清岳。園蔬思雨韭，鄉物訝霜橙璟。睡僕呼還醒，寒雞聽復鳴鐸。梅花低斗帳，月色照前楹。拍拍鴉驚木，寥寥鶴唳城淳。鳳笙遞幽咽，雲陣來縱横東陽。俯仰不成寐，歡呼如有争鐸。去年同賦句，歷歷在東榮。今夕相看處，悠悠尋此盟璟。豈將誇竹簡，亦勝對楸枰岳。寄語騷壇客，無勞字字評東陽。

出塞行 焦芳孟陽、程敏政克勤同飲敷五宅，喜官軍將征迤北而作。丙戌十月。

漢家將軍如虎貔璟，鐵衣炯炯登彤墀鐸。鞠躬再拜向天子東陽，肘繫金印盤以螭敏政。陰山之陰玁狁窟岳，草狐野豕相出没教。天誅一顧不可留芳，旌旗如雲戒明發璟。袖中劍氣吞長虹鐸，指麾白日回蒼穹東陽。鼓鼙殷殷動沙漠敏政，鐵騎十萬屯雲中岳。皇威四馳掣驚電教，膽落旄頭逐飛箭芳。降車晝走穹廬王璟，捷書夜報明光殿鐸。

君王有詔毋窮追東陽，凱歌盡入邊城陴敏政。滿抉銀河洗兵馬岳，盡收土宇歸華夷教。明廷告勒有尊敦芳，鉅筆如椽我當載璟。酒酣擊節聊載歌[一]鐸，一爲將軍歌出塞東陽。

【校勘記】

[一]「擊」，原作「繫」，顯以形近而訛，據文義正之。

春陰 在鼎儀宅作。丙戌三月。

春寒門巷晝陰陰鉽，細草蒼苔入坐深東陽。楊柳風恬鶯欲語鐸，葡萄杯暖客初斟鉽。西山白雪猶含凍鐸，内苑緋桃未出林東陽。却憶往年三月暮，剩遺花朵曲江潯鉽。

鳴治崇澹軒小飲

軒高泛晴光，菊敗餘寒朵璟。雲輕棟不遮，峰壓葉初妥鉽。翻書蠹魚落，捲幔蛛絲墮東陽。廚空無宿殽，爐深有遺火鐸。勸杯君意勤，眈句我情頗璟。論交未及行，於道不惑左鉽。肝腸貴堅剛，顔色羞婀娜東陽。馳心敢言高，努力在行果鐸。且嘗薑桂辛，不厭蔬臘夥璟。興仁口能書，阿二足不跛鈂。奴方黄奚强，子較陶舒可東陽。疏筵籍鋪張，重意慚負荷鐸。壯懷惜輪囷，高吟黜猥瑣璟。凌寒冰欲藏，毛氄鳥不倮。雞塒聲啁啁，蠓磑形蠡蠡鈂。羸馬涑復嘶，嚴城暮將鎖東陽。念惟秉燭遊，及此乘月坐鐸。神交江左賦，興盡山陰舸東陽。珍重此詩篇，爲君錦囊裹鐸。

海榴　在鼎儀宅作。

苑被庭下叢，悠然愜心覽璟。名從漢使傳，精自月氏感鈂。繁華朝旭騰，綴葉露華湛。雲根屈鐵擎，月彩碎金糝教。蟻嘬味苦辛，苔深色黧黯東陽。團光粿緑藍，聚蘊墋斥鹻鈂。意傾葵藿誠，芳襲蘭蕙醃教。殞瓣點碧衫，低枝罥青紞璟。紅欺酒頰酡，緑眩詩目眈。寂歷似藏鶯，卑疏豈容范鐸？素女凝絳唇，青奴衣緋襑教。試妝照清池，學舞近紅毯鐸。幽閑吾所珍，媚惑爾何敢？柔條惜攀折，佳實念咀嘾璟。美於東園桃，愛比西伯歜。朱櫻失其甘，紫蔗未足噉東陽。閉藏先雪霜，零落後葭菼鐸。且復斂衿喉，終當露肝膽東陽。冶容或銷歇，性命寧遽寔鈂。東君幸與圖，無使輕折斬鐸。

郊齋夜坐 吴希賢汝賢、陳音師召、宋應奎爾章，會中朝房作。正月。

禁鼓初嚴夜刻遲環，玉堂人静月明時鐸。瓦爐宿火餘寒麝教，石硯殘冰隱凍螭音。思入瑶琴聞大雅應奎，才高白雪見新詞東陽。泠泠細水春溝出釴，冉冉輕雲晚閣移希賢。帝所邀瞻環紫蓋環，禁廬周衛閃朱旗教。星辰影動千官履鐸，燈火光分九棘帷音。龍轡儼回天北極東陽，鳳笙清轉殿東墀希賢。侍臣何幸陪光寵應奎，願獻南山萬壽詩釴。

西湖

三年不踏西湖路東陽，此日真爲出郭行。入眼風光還夢寐鐸，向人花柳似平生。樓臺忽送登高目東陽，歲月兼勞作宦情。乘醉渺然思故國鐸，因君亦欲問山名東陽。

送周德淵同年 在舜咨宅，聞德淵將赴南京户部而作。戊子三月。

青山斷還續東陽，野樹枯復榮。回溪亂碧水釴，密葉紊流鶯。草色浄朝雨岳，花枝競春明。叢竹秀且短東陽，孤雲靄而輕。停車入林麓釴，沽酒來缾罌。感子千里客岳，兼之故人情。觴酌雜喧話東陽，披翻見平生。片片白鷗下釴，蕭蕭班馬鳴。欲別重攜手岳，臨岐各沾纓。帆開暮煙者東陽，目斷春江城。散漫萍梗迹岳，驅馳幽薊行。暌離勿復道東陽，及此崇令名釴。

對菊有作　在予家作。戊子九月。

叢菊有佳趣，尋盟開我懷璟。西風動寥廓，生意在庭階。異種來空谷，清芬達御街鐸。擬將浮玉斝，何意上瑶釵璟？掌貯金盤露，名題玉篆牌東陽。本無嬌態度，莫訝瘦形骸璟。露葉和煙滴，霜根滯石埋東陽。亭亭孤操出，落落衆芳乖璟。移竹何年近，存松本自諧鐸。獨憐藏小徑，安得置懸厓東陽？彭澤酒能繼，杜陵詩未涯鐸。吟腸頻檢點，醉眼一摩揩璟。客子久相待，主人誰與偕鐸？時予出應他客，久不至，故云。從客如對坐，寂寞比清齋東陽。今日一杯酒，平生幾緉鞵璟。句多混雜遝，韻險涉安排鐸。解識情如舊，經題品更佳東陽。且須看正色，何用賞淫哇璟。抱拙真吾事，幽居獨爾儕東陽。殷勤語東道，煩爲護枯荄鐸。

訪陳公父於神樂觀不值馬上作

出郭南行三四里鐸，仙家燈火望中深東陽。道旁古柳猶秋色，牆外高槐自午陰東陽。何處小臺留繫馬鐸，向人空壁待鳴琴東陽。自慚不及程夫子鐸，消息無因到遠林東陽。

待羅明仲不至 在城東馬上作。己亥二月。

春朝早飯出城遲東陽，坐久翻嫌日影移。瘦馬羅郎看不到鐸，方山謝老本同期。腐儒多事每如此東陽，世路紛然何所之。極目東郊芳草地鐸。爲君縈曳駐金羈東陽。

郊齋夜坐 傅瀚曰川會中朝房作。己亥正月。

當階樹影浄，樛軋亂矛翣釴。浮雲散成煙，寒雁哀過鳩東陽。長空渺鴻蒙，幽堂静淵洽音。禁衛儼虎貔，列屯喧鶩鴨希賢。天低園丘壇，夜静含元甲音。昭假庶正同，禬祈百神祫鐸。微官薄臣從，齋夙浣衣帢瀚。幽陰恍監臨，端嚴遠私狎希賢。合歡固同趨，一德豈要歃瀚。規模仰型範，鐫砭藉鱅鍤音。精誠不爲容，儀度一以法瀚。清真寡留媚，噌噤險滅霎鉽。邈矣心境遊，藐焉身世狹鐸。處深瑱脱手，力熯石縣胛鉽。偃肱憑低几，俯首顧垂輡東陽。冥機動靈籟，涼吹下天篁。簸蕩情思熙，翩軒話言霅鐸。肅賓斂捉銙，畢飯散休筴鉽。懷箋袖揮送，掇露手搊呷希賢。探玄入幽關，求險犯深柙東陽。刳腸出瑶句，飛翰灑華札音。逃難極維遜，避射隱容乏瀚。先鋒作驅除，後據當殿壓希賢。力微困千鈞，韻苦差可押東陽。

夜窗話别

潘辰、時用會予家作，時予將歸長沙。壬辰正月。

潘郎瀟灑似神仙東陽，李白風流更可憐。十載春風依玉樹辰，滿堂離思繞冰絃。花深楚岸迷江南東陽，樹入荆門破野煙。心想此時惟夢在辰，書成何處與人傳？元郎漫有梁州句東陽，杜老空懷飯顆篇。明月高樓誰共語辰？停雲孤館獨成眠。羣山莽蒼横秋塞東陽，亂雁聯翩起暮天。風土未諳歸思急辰，雲霄長在此心懸。延津舊失青萍半東陽，趙地重來白璧全。聚散有期交誼重辰，爲君傾倒夜燈前東陽。

寄李賓之

時予在長沙。壬辰三月。

西涯騎馬踏春歸泰，芳草東風舊路微。故國湘南回雁遠鐸，碧雲天北美人稀。

花開水寺迷遊燭泰，鼓響山樓憶倒衣。寂寞清樽今日話鐸，百年相對謝玄暉泰。

與劉時雍夜話寄張亨父　在鳴治宅作。壬辰九月。

美人多病闕相逢東陽，咫尺秋山隔數峰。燈火東西雙鳳闕鐸，江湖南北兩萍蹤。神交夜枕牀頭易東陽，興盡晨催禁裏鐘。珍重雅懷劉駕部鐸，讀詩斟酒意方濃東陽。

訪姜用貞小酌　時用貞滿行人司副。壬辰十月。

故人官滿一囊單東陽，門巷蕭條雪未殘。宿火地寒逢夜飲鐸，餘粱歲晚足冬餐。山陰野客妨回棹東陽，淮上將軍憶據鞍。世事坐來雙鬢短鐸，匆匆那敢盡交歡東陽？

雨坐　在鼎儀宅作，時邀明仲不至。癸巳四月。

對面羅郎尚費招鐸，坐來詩思頗蕭條東陽。陰雲覆野垂千里鉽，斷雁迎風薄九霄鐸。楊柳陂塘鷗不定東陽，海棠簾幕燕猶嬌鉽。長安四月春寒在鐸，韋曲經年酒債饒東陽。山色依稀青見樹鉽，漏聲迢遞暗通朝鐸。情多不厭深投轄東陽，興盡何妨晚過橋鉽？細雨近人渾欲濕鐸，落花經眼恨全飄東陽。斜川悼歎吾何敢鉽？沂水行歌意未遥鐸。周雅不傳清廟瑟東陽，鄭聲空愛紫鸞簫釴。紅塵日落猶回馬鐸，白雪詞成更續貂東陽。烏尾半訛城堞迴釴，鵝羣欲散野亭遼鐸。何時重剪西堂燭東陽？明日還聯南陌鑣〔一〕釴。

【校勘記】

〔一〕「鑣」，原作「鏕」，顯以形近而訛，據文義正之。

詠雪　在鼎儀宅作。

硯暖欲生雲璟，爐寒不駐熏。貪欺酒力薄鐸，慣惹鬢毛紛。獵騎衝還慘東陽，饑烏聚更分。驅車防失道釴，行谷動埋幘。不盡瓊琚屑璟，無窮縷織紋。乾坤驚載合鐸，玉石恐俱焚。舞腕翩回褭東陽，排幢□衆帉。遠凝緇色正釴，近昵堊光殷。喜甚應皴麥璟，愁深是螣蝨。饑離溝壑半鐸，嬌怯綺貂羣。凍雀争枝啅東陽，窮狐失穴猘。截肪隨嶺斷釴，散氄逐溪氄。詠絮才何妙璟，移舟意獨勤。昡疑摇地軸鐸，青識露山筋。捲幔隨纖手東陽，掀髯點素齦。見鋒明可數釴，覻巧默難云。天下更無白璟，人間别有文。比華輕冉冉鐸，學浪淺沄沄。曠閣憑虚迴東陽，低空映席曛。危堤增偃蹇鈇，邈野轉氤氳。異蛹藏秦壑環，乖龍蟄漢濆。越鄉晨誤犬鐸，蔡壘夜疑軍。刻畫供兒劇東陽，驅除論僕勳。飽餐憐武節鈇，細煮愜陶欣。清益梅花骨環，寒空瘴海氛。通明天不夜鐸，扃鑰户常昕。鶴氅乘飆馭東陽，蟾毫墮月斤。肯因貧巷乏鈇，不爲麗人芬。簾幕餘威在環，林園折響聞。坐移燈斂暈鐸，杯散臉含醺。不負豐年色東陽，清詞藉數君鈇。

郊祀齋居 在中朝房作。正月。

齋廬燒燭又分題環，良會年年不易齊泰。紫陌紅塵成老大希賢，逸羈高轍愧攀躋東陽。東西舊憶詩壇話鐸，南北今分客袂攜芳。香嚼小團清睡思環，暖聯重榻失羈棲泰。天家嚴祀逢春早希賢，禁直通宵望斗低東陽。月滿層城江海遠鐸，煙深高閣漏鐘迷芳。苦吟坐久愁銀鹿環，往事祠荒笑碧雞泰。斗帳更闌聞鼾睡希賢，九衢人静少輪蹄東陽。長林墜露驚鳴鶴，古鼎殘煙拂卧猊。分散有期應自愛，從渠一飲醉如泥瀚。

春餅 □夕予家饋春餅作，是夕亨父已去，未竟，予續成之。

春虀細如髮環，春餅薄如綃。纖手推盤出鐸，多情折簡招。軟温供晚嚼希賢，腴舊物仍時歲，脱圓愁屢破瀚，沾凍覺全消。潤足晨枵。捲愛輕隨箸芳，翻憐濕覆鐎。餘香東陽，芳辰共宷寮。玉墀思故事環，彤管得新謡。隴畝辛勤地鐸，齋壇厭飫宵。凝齒頰希賢，遺惠及童髫。品格今殊勝芳，名稱古未標。紅綾徒爾貴，玉糝漫相驕。俗笑江東鄙，人憐海市遥。侍郎葱罷縮，高鳳麥誰漂。北戰真防熱，南禽苦恨焦。園芳和赤桂，村味憶青莜。富室腥葷滿，窮山橡栗凋。虚名終比畫，飽食坐成痟。獨有豐年意，詩成慰寂寥東陽。

博山爐

在曰川宅作，時明仲未及竟而去。

摶泥幻奇峰環，類象出東海。蛟螭肆屈蟠鐸，巖崿轉嵾峷。根危訝欲頹瀚，骨結愁不解。氣機觸羣竅東陽，工柄奪真宰。霧滃曉爇檀希賢，雲蒸暖熏茝。蒼黄變新態岳，璀錯散華彩。中虚務包含環，外聳似翹待。朝旭騰蜃樓鐸，秋霜剥鱗鎧。周盤限西弱瀚，芬馞動南凱。鞭疑秦赭餘東陽，鑿詑蜀丁在。虎踞險負江希賢，鵲棲困依壘。三山陋假木岳，孤樹發陳瘣。誤隨燈燭光鐸，聊受罇罍浼。遭逢得冥鑒瀚，持贈失豐賄。郊肩對峥嶸東陽，杜瘦相磊磈。礪經漢帝盟希賢，石哂宋人紿。刳深意恐遺岳，騁怪力增倍。句勍韓鼎聯鐸，篆古秦碑改。唐規尚形迹瀚，楚貢復年載。技窮終誨淫東陽，玩極乃貽悔。梅香吾亦憐希賢，來拜我何罪。聊爲寄篇什岳，非爾漫誇駭鐸。

賜慶成宴有述 吴寬原博聯席於丹墀左方作。甲午正月。

龍墀春色滿華筵寬，環佩聲來集衆仙東陽。雉尾分班瞻九五岳，鰲頭專席領三千鐸。慶成有賦人争獻寬，近侍無才我亦聯東陽。共喜華夷同雨露岳，太平今日自年年鐸。

賀蕭文明給事 席上作。

夕陽殘雨禁城東鐸，策馬登門兩意同。給舍早騰三日命東陽，甲科先識數人雄。憂時慷慨平生論鐸，報主辛勤夙夜躬。喜極爲君成不寐東陽，好官非是愛高崇鐸。

郊祀畢承天門候駕

日照彤樓紫霧生東陽，鼓鐘初動佩環聲。六龍夾道回鑾馭鐸，雙鳳和雲下玉笙東陽。拜舞仰瞻天咫尺鐸，賡歌深荷世昇平。官恩十載圜丘賜東陽，薄劣真慚侍從名鐸。

午窗小飲 在予家作。丙申十月。

四壁圖書畫舫如鐸，軟紅塵裏坐幽居泰。不辭杯酒逢三益鉽，未許風流學二疏東陽。江海百年吾道在鐸，文章千古此心虚泰。徘徊不盡過從意鉽，他日重煩長者車東陽。

訪彭敷五李賓之病 馬上作。丙申十一月。

醉下南樓日滿街泰，故人佳句擲金釵鉽。馬頭西去風如戟鐸，山勢北來冰作厓泰。委巷當霜淹暮景鉽，極天關塞起深懷鐸。每過知己問無恙泰，茶話從容意亦佳鉽。

夜坐與李士常話別 在予家作，時士常將歸宣府。丙申十一月。

缺月疏桐共此窗東陽，故人相對倒離缸。青氈坐久頻移榻辰，蠟炬燒殘更續釭。饑馬獨嘶懷夜秣東陽，斷鴻哀唳咽寒腔。風聲入坐松濤亂辰，漏水傳宫竹箭雙。每覺病身多閒寂東陽，暫從賓館謝紛龐。苦吟閣筆翻成癖辰，高論懸鐘不受撞。關塞幾年青眼在東陽，斗山今夕素心降。終慚跛鱉隨千里辰，未信潛鱗困一江。愛客敢勞稱北海東陽，逃行誰解隱南淙。人生離合關交誼辰，珍重才名滿漢邦東陽。

會合

用韓、孟、張聯句韻，在予家雪中作，時予在告。丙申十二月。

良期非偶陪，古道夙相重泰。邃室諧寸心，豪門餘幾勇鉽。交壇昔雞猷，病骨今鶴聳東陽。地爐老株爇，茗鑊幽壑湧泰。深情詩抽端，憂憤酒決壅鉽。楊臚委清盼，屬膝邇奇踵東陽。歡言發春藻，和氣排寒瓏泰。誼高千夫降，志慴百事恐鉽。魚分楚江膩，果出漢庭種東陽。聯章偶成敵，爲吏各非冗泰。敢同柳愚溪，方怪禰號冢鉽。緘金苟逃羞，拖玉真負寵東陽。新古幸勿藥，陳帙可充栱泰。孤存爲神窺，兩眩被雪恟鉽。齋宫感三祓，先日有旨齋禱，是日雪。賓燕傾一奉東陽。瓶憐蛟膽立，鼎託豕腹腫泰。癡腸貪名傳，老態覺皺擁鉽。竽容南郭濫，心苦西施捧東陽。冰畦罷愁蝗，凍砌豈聞蛬泰。瓜臘球纓隳，竹本籧篨尰鉽。君才抗豪韓，我恨窮拙鞏東陽。鏗鏘苟取翕，刻畫彼何嗕泰。承歡信浩穰，歸德良反悚鉽。貪薰蘭桂馨，勿厭茅茨茸東陽。詞鋒逼棨戟，靈府亂璧珙泰。方將説郢燕，何意向蜀隴鉽。東當挾岱峷，北欲超渤溶東陽。風期擬汗漫，宇宙聊桎拲泰。前馳失所艱，高踐得其冢鉽。狂軒濤翻鯨，鬱散縷脱湧東陽。懸蟾怯雲妒，歸騎妨夕踴泰。面皮愁風銛，馬足欣雪氄鉽。宵眠念解榻，春步憶趨甬東陽。須君導尋源，莫倚文瀾洶泰。

遊大德觀答陸鼎儀

時約鼎儀同行，不果，以一句見贈。丁酉閏二月。

盡日閒行不出城鐸，重遊此地覺多情音。題詩尚恨潘邠老東陽，醉酒誰同石曼卿？洞裏乾坤今日別鐸，春來風雨幾時晴東陽。菜盤茗碗留連坐音，一笑能令百念輕鐸。

閏月園亭未見花鐸，東風別是羽人家音。碧門晝鎖春先到鐸，紫陌塵深路未賒音。平地江山非世界鐸，中天樓觀盡京華東陽。腐儒却笑翻多事鐸，猶戀清樽到日斜東陽。

飲鼎儀宅歸馬上作三首

丁酉閏二月。

省樹留晴日東陽，城塵静晚風。人争收市去鐸，我亦念樽空。雲斷山含碧璟，花遲苑待紅。年光不可棄音，春色二分中東陽。

駐馬赤欄橋璟，東風見柳條。水聲通苑近鐸，山色去城遥。令節招尋晚東陽，名園聚會饒。夜歸休秉燭音，須憶紫宸朝璟。

載酒城東暮音，歸鞍已戴星。市塵燈火亂璟，江海夢魂醒。事業猶書卷鐸，交期仰座銘。相逢亦漫興東陽，一笑且忘形音。

飲傅曰川宅席上二十韻 丁酉三月。

春城疏雨送廉纖岳，細草濃花著意添東陽。開徑適逢三益至瀚，到門深慰二難兼芳。金波酒動清江色岳，石假山凌太華天東陽。鳳味暖煙浮浄几瀚，龍涎芳霧繞虚簷芳。孤雲影墮盆池小岳，落絮香隨蠟屐粘東陽。莊子故知魚有樂瀚，謝家元與燕無嫌芳。清宜茗碗頻繁送岳，戲許□盤次第拈東陽。棋局戰酣猶剥啄瀚，詩囊探盡極飛潛芳。窗留薄暝將燒燭岳，坐近輕寒却下簾東陽。地切幸容膠漆併瀚，歲闌寧改雪霜嚴芳。中朝事業堯俞在岳，竟日交期杜甫淹東陽。澹薄久應忘世味瀚，迂疏誰復附時炎芳。十年白玉堂前路岳，幾卷青瑶笈上籤東陽。託驥敢陪班馬盛瀚，讓龍終愧禹皋僉芳。還思講殿承恩數岳，更喜賓筵飽德厭東陽。修禊纔過休沐暇瀚，得朋仍協利貞占芳。半生湖海多離合岳，萬里雲霄足望瞻東陽。善謔未防時爾汝瀚，同心真不異酸甜芳。滿樓明月重相約岳，一榻清風舊所忺東陽。去騎可堪催促甚瀚，主情珍重不勝沾芳。

陳師召邀飲適得家報生孫衆客歡甚題壁二首

時敷五獨晏至，不及，罰和二首。丁酉三月。

遠信初聞得冢孫鐸，佳期況復倒芳樽東陽。相逢此日真開口芳，送喜何人爲打門瀚？·夢想劍來娱膝下璟，預期星聚近天閽泰。主翁應有含飴興釴，湯餅詩成可共論岳。

蘭茁芳叢第一芽璟，著根先傍翰林家鐸。栽培蚤得陽和氣瀚，奮發不同桃李華芳。載路聲傳翁輩喜泰，賦詩人許細君誇東陽。予題壁時，屏内聞有笑聲。他年膝上予應見釴，奕葉書香想未涯岳。

題計汝和蘭竹圖送蕭儀鳳還山海和韻

儀鳳，文明給事仲子也，在文明席上作。丁酉三月。

陰風動幽谷，萬壑鳴秋濤辰。勁節不獨植，孤叢相與高東陽。湘靈頗虚幻，楚調真哀嗷辰。圖畫者誰子，風流懷我曹東陽。想當盤礴時，妙意無窮操辰。居然省郎地，見此雙鳳毛東陽。託根近霄漢，並立辭蓬蒿辰。離心委芳歲，送子城東皋東陽。豈無遠道贈，尺璧輕一毫辰。陸行載霄橐，水宿隨春艘東陽。家藏比授簡，吾意非投桃辰。願同珊瑚樹，共拂任竿鼇東陽。

飲鳴治清風樓 丁酉三月。

故人樓上坐清風東陽，柳色煙光萬里同鐸。塵遠六街春晝静芳，夢回孤枕夜堂空東陽。詩從内苑分題出瀚，人在東鄰折簡通。樽酒且須淹暇日鐸，文章何敢望諸公瀚？·狂來徑卧元龍榻東陽，書罷慚無道士籠瀚。銅鼎香分楓樹乳璟，翠罌光映杏花叢鈛。宫恩望賜揮炎扇音，池賞思攀吸露筒。斜日過簷雙語燕泰，飛雲當户一歸鴻岳。歡娱頗覺人情洽鈛，疏拙翻嫌酒令工教。便合出門成大醉芳，爲君傳笑及兒童東陽。

曰川盆荷未花以詩促之 丁酉五月。

三年曾記看花期東陽，重到君家未後時鐸。夜雨儘堪傾耳聽瀚，晚涼先與賞心宜音。慵妝合遣詩催就東陽，緩舞翻嫌酒唤遲鐸。我亦種花花負我音，不妨長此醉深卮瀚。

再飲鳴治南樓 是日遇雨，邀曰川同會。丁酉五月。

急馬驚風正過門東陽，坐中天色錯朝昏。炎埃未浄秋先到鐸，舊雨重來榻尚存。拄杖西鄰煩上客東陽，留詩東壁記芳樽。開軒忽見浮雲散瀚，此日陰晴豈易論鐸？

與姜用貞話舊 時用貞自南京刑部考績至京師，在予家作。丁酉五月。

故人樽酒此相逢諒，午飯留連到夕舂。契闊旋輕三載別鐸，摧頹翻愧少年容。新篇磊落囊中見東陽，舊話從容醉後濃。門第久聞清似水鐸，聲名今喜貴如龍。中朝有分留樗散東陽，肉食何心愛鼎鍾。氣誼我慚周鮑叔鐸，風流君是漢何顒。龍盤尚憶瞻依地東陽，萍海真慚漫浪蹤。已辦南樓供夜宿鐸，不妨同聽五更鐘東陽。

與用貞小酌 丁酉五月。

咫尺城西見面難東陽，馬頭長日路漫漫鐸。禰衡何處堪投刺音？杜甫多情欲廢餐東陽。倒屣忽驚門外語鐸，開樽須罄席前歡音。冰盤貯水晨猶凍東陽，珠箔迎風夏亦寒鐸。解事兒童知愛客音，能詩豪俊各登壇東陽。清風七碗深勞送音，遠道雙魚尚憶看鐸。南國久懸高士榻東陽，中朝胥慶故人冠鐸。功名竹帛誰千古音？世態炎涼有萬端東陽。三尺舊規周典法鐸，五花新誥漢郎官音。遥憐白髮滄江上東陽，應向雲霄望羽翰鐸。

與用貞宿鳴治南樓話别 丁酉六月

颯颯西樓坐晚涼東陽，火雲炎日共微茫。江湖别恨驚岐路鐸，兒女交情念酒漿。答論屢煩揮麈送東陽，趨朝還憶倒衣忙。陰晴此夜終難定鐸，寵辱當時已自忘。貧有圖書隨舊橐東陽，老將顔色奉高堂。金陵亦是并州夢鐸，玉階虚留漢署香。已愧賢勞添白髮東陽，尚餘疏散憂滄浪。殷勤每辱諸公過鐸，去住寧爲獨客妨。時予與鳴治皆喪内。桃李故園懷秉燭東陽，芭蕉新雨記連牀。三生榜下同年誼鐸，一曲筵前急就章。蠻語舟人催棹舫東陽，宦途遊子羡還鄉鐸。勞君剩有清風贈，願向東南一奉揚諒。

是夜予與用貞宿樓上鳴治宿樓下枕上倡和復得一首

樓上詩成樓下聽鐸，酒邊離思枕邊醒東陽。江湖敢作元龍氣鐸，人地真慚孺子靈東陽。高論渺然懸隔地鐸，浮蹤偶爾去留形東陽。鄰雞忽報趨朝鼓鐸，回首西垣憶聚星東陽。

酷暑篇 在師召北樓作。丁酉六月。

建未月初九，伏庚日方半鐸。崔嵬火雲堆，閃赫金烏翰音。大塊噫不舒，羣陰砉而渙東陽。洪爐簸神機，萬彙同一煆。山巔髮將童，海底波欲熯鐸。沃焦信非誣，爍石此何但東陽。猛比酷吏彊，勇若妒婦悍鐸。誇父棄杖走，翳夫仰天歎音。包羅詎能逃，委瑣焉足算東陽？林棲羨毨毛，道暍念息軒鐸。喘牛煦塗泥，罷馬反羈絆音。彎弧豈盈摳？禿幘不敢岸東陽。嗷空闞唬嘑，撼壁駭雷鼾。午田憫鋤禾，夜炬嗟□爨音。濯纓意未忘，炙手予所憚鐸。楊憐渴吮玉，石哂病宜纖東陽。□煩怯鞶施，拂試慚粉晏。翻飛想凌虛，促刺思待旦。永懷殿角涼，安得城南盥鐸。吾生感兹辰，壯歲矧多難。謝樓憶清風，陳榻餘舊伴東陽。願爲鐵石交，莫倚冰山看音。歌舜長拊絃，夢周親受象東陽。蓐收蹇難招，旱魃誠可竄音。循環屬利行，奮發仰乾斷鐸。遠客憂江湖，詩人詠雲漢。流飇颯然至，飛雨霎如灌音。歊塵覺全銷，汗葛差可換。忽驚蟲鳴喓，及此鴻食衎東陽。披豁解我褱，坐窮西山旰音。

和邵文敬户部韻四首 蕭顯文明、吴珵元玉，在予家作。丁酉四月。

多君能畫更能詩顯，兩鬢年來愧欲絲珵。姓字未須傾蓋後，交遊翻笑舊盟遺鐸。離堂杯酒催行色顯，遠道音書慰我私。同學故人今尚幾東陽？小窗風雨憶當時珵。

相逢一笑即題詩鐸，四月東風尚柳絲顯。萬里江山聊自適珵，百年膠漆肯相遺東陽？輞川別是王維興鐸，時元玉作山水圖。韋曲猶懷杜老私顯。回首片雲歸思切珵，短蓬殘月夢君時東陽。

慈闈三月負姜詩珵，時元玉以工部考滿，有母居南京。客思因君比亂絲鐸。綵服承歡寧易得東陽？明時補衮愧多遺顯。交遊有道他年見鐸，爾汝忘形此夜私珵。杯酒暫勞車馬駐顯，不妨留話曉燈時東陽。

忽聞吴語詠新詩東陽，雅調何煩竹與絲鐸？夢裏神交元不礙珵，篋中書素未曾遺顯。逢時久玷同朝籍東陽，一飯難忘報主私鐸。臨別爲君重握手珵，蹉跎非是少年時顯。

五平五側體　在鳴治宅，明仲出酒令作。丁酉十二月。

隆冬欣春融環，對酒景更好瀚。知音良難逢鉽，晚節矢共保東陽。交遊平生歡鐸，笑傲一室掃環。韓詩懷雲龍瀚，晉客賦杻栲鉽。宮商諧新聲東陽，鬱積散宿抱鐸。庖乾陳魚蝦環，豆飣錯栗棗瀚。吴分頭綱茶東陽，越種十月稻鐸。斜陽移風軒鉽，側月掛霧島東陽。淹留停驂車鐸，助詠乏麗藻環。幽腸貪冥搜東陽，大笑各絶倒瀚。君才誠先驅東陽，我髮半欲縞鐸。東鄰歸何遄瀚，時鼎儀不終席去。此計決不蚤東陽。投深慚陳遵鐸，飲劇感鄭老環。棋心蛛絲遊東陽，畫格鶴骨槁瀚。昏鴉翔城陰環，病馬念櫪皂東陽。行哉聊須更鐸，抗別復草草環。

題文永嘉宗儒陟屺卷　在予家作。戊戌正月。

陟屺復陟屺，憂心蕩無止辰。借問陟者誰？高堂遠遊子東陽。子生髮未燥，哀哀失其恃。儀刑見羹牆，謦欬長在耳辰。幽居劇無賴，況復羈棲裏？燕遊過十稔，越適更千里東陽。孤雲渺天涯，蘗樹繞山址。天寒猬犺嗷，月黑魅磷起辰。悲號衆竅集，滅没長流駛。極目俯仰間，攬之不盈咫東陽。行役痛不歸，歸來亦徒爾。非無三釜資，足以奉堂戺辰。翁年亦幸健，色養不獨喜。生離尚難任，永決竟何俟東陽。黄塵閟重泉，白日墮幽晷辰。聊將一掬淚，下託滄溟水東陽。肝腸對皇天，翁在兒敢死辰？兹語諒則然，吾生實君比東陽。宗儒少喪母，予二人皆然。彼微中林鳥，返哺固其理辰。於人獨何爲，婉娩方羨此東陽。願移一寸丹，日夕向旒扆。雖乏捧檄歡，毋爲斷裾訾辰。後圖當慎旃，往憾今已矣。悠悠行路心，聞者額爲泚東陽。

與倪舜咨話别

在鳴治宅，明仲出新令，擲骰子以數，當飲者續句而成，遍席無弗及者。戊戌正月。

暖日高庭寫玉尊璟，九華雲鶴遠隨軒教。送行東郭車如雨，調膳中堂篚有飧並瀚。南紀溪山誇晝錦希賢，北扉冠佩憶晨閽音。都門柳色春猶淺岳，苑樹鴉啼日未昏教。去意不爲萊子服瀚，通家曾識李膺門東陽。百年戀闕心常在瀚，十載瞻雲思欲騫教。已幸太平開舊老東陽，時舜咨尊翁尚書公新致政。會看重慶有諸孫鐸。鳳毛合作明時瑞希賢，鸞誥新承聖主恩音。公望祇今須俊傑芳，壯懷終古此乾坤東陽。丈夫事業相期遠教，他日重來可共論希賢。

送蕭文明給事使唐府 在予家作。戊戌四月。

朱衣持節下螭頭東陽，青瑣郎官第一流。南國舊稱金紫貴辰，謂文明家世。中原今識鳳麟遊。雲霄意氣輕千里東陽，山斗聲名動七州。人道陽城真諫議辰，我於鮑叔最交遊。河亭夏日炎蒸少東陽，驛路晴風霧雨收。御牒遠傳天上語辰，使星先照道傍郵。宮花覆坐紅雲繞東陽，仙醴分杯玉露浮。歸擁旌旄瞻帝闕辰，夢隨冠舄侍宸旒。奚囊滿載珠璣富東陽，馬橐應無薏苡愁。歌頌謾勞誇盛事辰，好將忠孝答深猷東陽。

送李士儀歸宣府 士儀，士常兄也，視其弟于京師。時士常舉進士，入翰林爲庶吉士，要予二人作詩送之。在予家作。戊戌四月。

將家門閥士林風東陽，再見京華臭味同。兄弟有名真二陸辰，雲霄無夢更三公。來經漢域關山遠東陽，醉別胡沙氣概雄。匹馬帶寒嘶苜蓿辰，孤鳳求樹得梧桐。內廚香饌分春俎東陽，逆旅高燈對夜籠。吟到池塘詩總好辰，坐逢賢聖酒頻中。交遊豈是江湖迹東陽，去住能忘畎畝忠？掉鞅紅塵身獨健辰，學書黄石技全工。孫郎嘯裏風生壑東陽，李白酣時月墮空。一代高情誰不羨辰，五侯豪刺若爲通。離筵夏日看猶短東陽，客路年光覺未窮。劍氣衝星龍在匣辰，書囊渡海鶴歸筒。蕨芽垂露青堪把東陽，芹葉和煙緑滿叢。茅屋一區貧亦樂辰，市途多事耳如聾。丹厓望絶雲霞地東陽，素業心懷稼穡功。終日愛君君又别辰，出門無計縶□驄東陽。

步出西華 道中作。戊戌六月。

御溝流水過花坊東陽，十里春圍内苑牆。碧樹畫看雲霧合鐸，彩船秋拂芰荷香。層臺傑閣中流見東陽，曲徑回欄缺岸妨。翹首五雲天咫尺鐸，宸遊長得奉君王東陽。

寄劉時雍 時雍居憂華容。在内書館作。戊戌六月。

劉郎别後少相知鐸，往往江湖夢見之。骨肉兩年俱涕淚東陽，雲山何處是程期？衡陽雁近書全少鐸，天上鳧歸舄尚遲。聞道職方頻報警東陽，莫教長愛倚門私鐸。

寄姜用貞

用貞時官南京。在内書館作。戊戌六月。

幾度書來薄宦情鐸，十年心苦付官評。留家故國晨昏具東陽，久客關山夢寐驚。交道獨慚詩卷在鐸，壯懷難與路岐平。睽離敢作經秋歎東陽，愛聽西樓夜雨聲鐸。

寄汪時用

時用時罷官歸山陰，因過其故宅，馬上作。戊戌七月。

御水東流憶暫分鐸，酒杯詩卷幾斜曛。也知賀監非狂客東陽，可信王猷愛此君。仕路百年真幻夢鐸，山林何處避塵紛。綵衣稚子高堂宴東陽，慚愧天涯日望雲鐸。蒼茫車馬隔城分東陽，剛到灣頭目已曛。江雁過時空有札鐸，菊花開盡不逢君。多男未覺歡爲累東陽，未老從看鬢有紛。錯認輞川詩裏畫鐸，時予作序，誤引王維詩。不勝離思亂如雲東陽。

雪

在鳴治宅作。十一月。

散成膏雨積成冰，何事飄揚竟未能東陽？茅屋低垂朝蔽日，紙窗虚白夜妨燈鐸。平城望遠應難極，鉅石乘危豈易憑東陽？赤脚輕寒更戍卒，白頭争暖入山僧鐸。蓬門穩卧嗟誰獨，詩骨相遭愧我仍東陽。洗甲未收淮蔡捷，放舟真得剡溪朋鐸。留連意久如貪近，題詠才高尚怯勝東陽。三白去年渾不忘，屢豐先兆見何曾鐸？

鼾睡戲贈明仲曰川 在齋居作。正月。

渴睡聲高比撼雷，峽江春湧雪山堆。水深平地蛟龍起，月黑半空風雨來鐸。莊老不驚隨蝶化，彌明忽去使人猜。愁端萬丈勞攀引，縱有并刀不易裁東陽。

題海子東許大詔百户壁 林瀚亨大。戊戌八月。

客有好奇者，呼君魚鳥翁音。掃花爲坐褥，種竹當屏風東陽。馴鹿卧方起，珍禽語未工瀚。偶來同借榻，姓字不須通希賢。

題計汝和紅菊 時汝和已物故，在曰川宅作。戊戌九月。

盆裏幽芳畫裏真鐸，醉中光景夢中人。冰霜愧我朱顔在東陽，天地留渠彩筆新。對酒不妨論晚節瀚，尋詩真喜得芳鄰。蒼崖翠竹今爲侶鐸，敗素遺縑或有神。華屋已多池館地東陽，清時不羨綺羅春。百年塵世誰開口瀚？三徑田園未乞身。盤礴尚懷狂詐態鐸，淹留如覺意相親。重陽節過還遭雨東陽，七步吟成豈厭頻？未許蜂愁燕蝶怨瀚，須憐月夕與風晨。無端又作城南醉鐸，潦倒全低折角巾東陽。

夜酌 沈鍾仲律、陳璠玉汝，在鳴治宅作。戊戌十月。

清談對空樽，吾意不在酒東陽。論心客到三，屈指月過九鐸。野菊占地開，江鰲應時部璠。瓜籬尚餘摘，苔徑雜殘蹂東陽。牆根委浮塵，烏巢出疏柳鍾。陽輪閃朱烏，雲脚隨蒼狗璠。山果或煮栗，園蔬罷設韭鐸。方言頗解南，坐席屢辭右東陽。淹留荷軒轄，淺薄愧筲斗鐸。載歌南山篇，重慕西崖叟。巧思抽若絲，大筆運如帚鍾。濤翻幾傾君，衮譽猥及走。桓驄路當避，羿射技非耦東陽。執謙各相能，抱墨甘獨守鐸。心寧校甲乙，色豈在驪牡？吾才比襪線，欲引不盈手。景行在丘山，無言但翹首東陽。强顔庸何傷？佇立亦已久。禹皋實衡嵩，管晏皆培塿鍾。胡爲唐漢途，竟作詞章藪東陽。乾坤豈陞降？世代乃先後鐸。聊持堅白論，詎效雌黄口東陽？直躬慎自將，補過保無咎鍾。衷腸外披豁，餘論中結糾東陽。倦貪徐孺榻，醉厭楊惲缶。旅燭分爇昏，鄰雞未鳴丑鐸。吴歌極豪宕，楚調亦清瀏。殷勤語僮僕，未可供覆瓿東陽。

待曰川師召不至各柬一首 是夜作。

岸幘題詩亦太豪東陽，却憐薄劣頗吾勞鍾。侯生敢敵韓公鼎鐸，宋玉堪師屈子騷鍾。寒燭丹花生夜色鍾，晚杯無茗起春濤東陽。招摇不盡東鄰興鐸，此地懷君正鬱陶鍾。

深夜虚堂燭委花鍾。獨憐今日醉誰家東陽。詩郵竟隔元龍榻鐸。譙鼓休驚潞國衙。坐共焚香清不寐鍾，地連比屋静無嘩鐸。相逢定作掀髯笑，塞馬岐羊莫漫誇東陽。

夜坐呈仲律二首 是夜作。

斗仄參斜睡未能鐸，露簷風帽濕鬅鬙東陽。詩魔力困通宵夢鐸，世路心餘九折肱東陽。萍梗有情驚載合鐸，冰霜無地避相凌東陽。乾坤俯仰平生在鐸，□放江東有季鷹東陽。

半夜呼兒重倒尊鐸，相看如對夢中論東陽。極知會合真難事鐸，未覺吟哦是病根東陽。鍾磬有聲催曉發鐸，茶瓜隨意當晨餐東陽。西窗舊雨君須記鐸，刻燭曾經第幾痕東陽。

戲贈王仁輔二首 是夜作。仁輔，鳴治鄉人也。

王郎心迹自稱奇，謝朓堂前或見之東陽。名在交遊勞下榻，坐深山水費題詩鍾。幽棲地主誰家是？久客年華兩鬢知東陽。莫道異鄉無伴侣，布袍木屐鎮相隨鍾。

木枕綈衾著地眠東陽，謝公堂上有神仙鐸。身存尚覺無家累東陽，客久何妨與世懸鐸？書筒不勞僮僕守東陽，酒杯羞共俗人傳。此生踪迹真奇怪鐸，一度詩成一宛然東陽。

詠石香童 是夜作。

瘦骨崚嶒立夜寒東陽，乾坤何意出神剜？入空煙霧真疑墮鐸，隨地風塵且自安。詩得句時頭欲點東陽，酒忘形處意交歡。朝回幾度隨襟袖鐸，飽食真慚漢署官東陽。

馬上懷仲律 自内直出作。戊戌十月。

雪峰高起夕陽西鐸，欲上真愁萬丈梯。滿地泥塗妨躍馬東陽，隔宵風雨憶鳴雞。

空牀穩卧僧爲伴鐸，老樹危巢鶴對棲。應有苦心閒未得東陽，彩筒終日望官奚鐸。

陶鼎

陶鼎者，摶泥爲小釜，釜有蓋，承以尾壚，壚有足，出湖湘間。予得以饗客，摽爲今名。在鳴治宅作。戊戌十月也。

良工妙薰陶，法象窮俯仰東陽。外峙若森屹，中苞頗虚朗鐸。孤高恍鼇島，剥落猶蟻壤希賢。瘦儕休文腰，突過咎繇顙鍾。燕規駭逢新，楚俗樸還曩東陽。神疑夏氏橇，清逼彌明氅鐸。高價隨地增，嘉名自吾傍東陽。銘遺考父識，駕誤昌黎枉鐸。郊遊費提挈，家食蒙鑒賞希賢。餗覆良足羞，柄用豈云倘鍾？耳革懷雉膏，氣陞占肹蠁瀚。肉烹恥商要，魚饋愁鄭罔東陽。可人軟玉温，觸手碎金響希賢。停炊火猶然，欲沸濤暗長瀚。山殽膩麏豕。海錯戀菰蔣東陽，函牛此何能，染指彼徒想瀚。遭逢霞發赬，棄擲苔成緌希賢。饕餘比枵腹，凹合同覆掌東陽。貴堪班簋豆，賤勿委榛莽鍾。幻軀堅比瑉，嘉惠厚逾鏹瀚。郜貪譏魯桓，蜀富嗤孟昶鍾。鹽梅賴君調，鉛汞鄙渠養瀚。休卑始復亢，且以鎖圠坱鐸。兹篇亦多奇，一讀舌屢强東陽。

題蘆雁圖　在臼川宅作。戊戌十月。

素壁開波濤，鴻飛渺天末東陽。良工騁丹青，妙意藉旋斡鍾。入叢儼避矰，沾絮疑衣褐瀚。棲月方恐惶，鳴霜轉清越音。蕭騷夢亦驚，淩厲勢如遏鐸。影與秋水涵，翅訝暮雲撥希賢。河岸不可航，湘書幾時達東陽？冥翔迥脱壒，汀浴紛呴沫音。涉獵長苦勞，窺漁每懷奪東陽。止宿願爲家，蔭覆懼依茇鐸。顧類相友于，嗔奴屢訶咄鍾。甘同執羔薦，羞比鞲鷹脱希賢。接武應自多，來賓竟誰闕瀚？哀吭或交和，饑味安仰秣音？蹤嘶草莽疏，謀豈稻粱糲東陽？磐逵固所漸，荼蓼匪予將瀚。隨陽只衡荆，并魚亦王葛希賢。庭辭出疆質，江厭施罛濊鍾。雄心夜還醒，逸氣秋可掇鐸。癡蹲凍將僵，屢擻翮欲活東陽。寧憂不鳴烹，虚省于度括瀚。流形駭羣幻，澒眼争四潑東陽。永懷形已孤，敢謂萃能拔希賢。南遊宋玉悲，北望蘇卿渴音。幽炎足岐路，寒暑信圭撮鐸。除穢欣有逢，貫錢曷由佸瀚？慎勿傷爾雛，疇能剪其枯枿東陽？壯哉思鶴軒，莞爾笑雞割希賢。秉燭意未闌，詩成我當跋東陽。

聽雨亭 李仁傑士英，在汝賢宅作。汝賢種荷盆池，取昌黎詩意名亭。戊戌十月。

喜雨名已舊，聽雨今復佳鍾。高荷出盆沼，幽意滿庭階鐸。興惟周子同，迹與昌黎皆傅瀚。急敲乍疑雹，暝入轉成霾仁傑。建瓴下高閣，瀑布懸重崖林瀚。垂簷散絲掛，横砌流潦湝鍾。猛訝戈戟鬭，細如金石諧音。擎天亂傾蓋，擲地紛鳴釵鐸。濤翻駭躍鯉，壍闐聞驚豺東陽。砰湃劇魯閧，喧啾雜吴哇鍾。清絶肩餓夷，低迷猶泣娃希賢。未妨碧蘚合，一洗紅塵埋林瀚。簟牀凝素竹，煙灶濕生柴東陽。欹枕石堪漱，遠闉山當排鐸。皋鳴誤一響，蜀吠停羣哇鐸。藕絲曳斷綆，鷗夢飛層涯鍾。入窗盡爽氣，四壤無枯荄林瀚。美茲造化功，沃我詩書懷傅瀚。此心恍若失，大道期無乖東陽。羈蹤尚幽薊，歸思頻江淮希賢。命倌勤夙駕，剪韭招良儕音。聯句企石鼎，追遊愧芒鞋希賢。對飲發天趣，坐忘愜心齋傅瀚。公意偶取劇，吾文差勝俳東陽。予當作亭記。野況比溪隱，詩租甚朝差傅瀚。何時避炎溽，倦耳爲君揩東陽？

夜酌

李士實若虛在予家作。戊戌十月。

燭底坐深夜，詩懷勃然起鍾。霜月滿六街，鈴柝沸雙耳士實。高衢接中臺，嘉節近南晷東陽。籬根晚菊稠，石罅寒泉駛鍾。清風鶴巢松，野意麝眠枳士實。假榻供短眠，呼僮引長紙鍾。留歡許投轄，並坐得操几東陽。賓主古亦難，乾坤今有此士實。才非聯璧似，會與千金抵東陽。東野興方濃，彌明例堪比士實。丹青騁塗抹，斧鑿信驅使鍾。朝陽鳴鳳凰，鈞天奏宮徵士實。蛙蟬日已太，鄭衛風俱靡東陽。六經暨旌麾，諸子矜爪嘴。弗屑點爾狂，願期直哉史鍾。堂躋闖莫闖，洋望舟難艤東陽。咄嗟老佛塗，睥睨曹劉壘鍾。狂瀾一柱立，蒼旻長劍倚士實。鉛刀敢争銛，礦石安足砥？祖鞭渺馳情，管榻殆穿髀。三秋潦滅履，十月雷墮匕東陽。窮鄉多菜色，邊庭還象弭。吾徒須戮力，當寧正思理士實。宦遊屢燕雲，殘喘幾庚癸鍾。通籍謬蓬萊，好山懷越嶲士實。吴飄夙漂泊，楚屋金凋毁。且復企咎夔，終當效園綺東陽。明河影欹久，曲徑勢邐迤。支離宿燕寒，咿哦鄰雞邇鍾。更籌已報三，斗柄欲指子士實。倦睡頭每垂，罷驂馬初弛。聞簫曉猶籟，夢筆春當蕋東陽。寒爐近尤便，險韻過應喜士實。濁醞且罇罍，餘餐僅鬻錡東陽。天明坐亦能，清談味方旨士實。筋力無乃勞，先生且休矣東陽。

夜酌 在師召宅作。戊戌十月。

蠟炬花偏夜色濃鍾，樽前何夕此相逢鐸。狂來似怪詩籌少東陽，别去應憐客路重鍾。僧館舊壇朝罷設東陽，内家新釀昨開封。敝袍未易禁風雪鍾，更欲留君擬住冬鐸。

仲律赴宿曰川值出飲旁舍再宿鳴治宅却柬曰川 戊戌十月。

走覓南鄰老斛斯，客懷闞酒更闞詩東陽。流光易邁嗟何及，夙約難償負所私鍾。每向雞羣驚鶴在，不妨魚網得鴻離鐸。冰絃白雪知無意，堂上篪塤好奈吹東陽。時曰川弟曰會初至。

夜酌 是夜作。

高興藹堂坳，歌聲振林樾鍾。寧知東郭履，共踏西窗月東陽。吾人得遭逢，此意亦超忽鐸。歸路厭杳茫，遥峰愛奇突鍾。明河閃半傾，凍鼓迭三代。漏下警鳴雞，霜清動棲鶻鐸。雲脚壓地垂，斗柄倚空揭鍾。駿贏或仰飼，猲駭不受咄東陽。暝翳隔樓鍾，寒澀堆牀笏鍾。罣緑犯村蟻，爐紅熾山柮。建茶剖官印，台藥出山掘東陽。錦爛李白袍，塵擁王生韤鍾。時王仁輔在坐。江騷愧遺楚，海調憐故越東陽。競吟不覺讙，獨坐各成兀鐸。清歡緒孔長，白戰色增豔鍾。雄心奮莫支，渴思枯欲竭。有懷惜暗投，不寐待明發鐸。北瞻聳象魏，南遊渺溟渤鍾。賢勞賴公等，俞命承帝曰。籠牛偶遭羈，書蠹恒苦矻。才雖異駑驥，迹頗類鶼蟨東陽。重來荷淹留，欲別終倉猝鐸。酒盡詩復終，余懷尚峭崒東陽。

直爐夜話

在刑部朝房作。戊戌十月。

候朝假直爐，聯詩了清夜鍾。瓦爐榾柮温，塵榻氍毹藉士實。清連玉署邇，歸豈今吾怕東陽？論文得西涯，挈榼自東舍士實。髹盤出吴鏤，箋楮來蜀砑東陽。枵腸搜屢空，奇貨見輒吒。白頭誰云新，青眼已非乍士實。醉心醇過醪，好語甘若蔗。深交湖海託，好事兒童託。分曹比耕耦，探韻如覆射東陽。主盟舊聞桓，兒戲真慚灞士實。君勇尚賈餘，吾孱匪流亞東陽。叢棘穢荒田，崇蘭委曾榭士實。侃侃輸肺肝，瑣瑣締姻婭鍾。名刺狂懶投，文逋迫誰赦東陽。宦遊且江湖，暮景紘桑柘。亮歸厭折腰，信辱羞受胯。詎意忘樵漁，何時畢婚嫁鍾？方尊胡瑗席，未許樊遲稼。墨突難久黔，張輪遠當駕東陽。情長已忘疲，漏盡不能罷士實。菲才强續貂，俯愧風斯下鍾。

候送林蒙庵 李傑士實，在月河寺作。戊戌十月。

曉日高亭候使車鐸，尋幽覓句興何如傑。寒鳥静踏千村樹鉞，别鶴遥將萬里書東陽。移榻松蔭便小坐鍾，停雲江上惜離居。漳南花發應回首希賢，不忘分攜落葉初鉞。

晚酌鼎儀宅 是日作。

挽君西去馬頭東鍾，萍水無端意亦同鐸。看畫便成終日坐鍾，賭棋先決兩人雄東陽。軒窗日暖塵沙静傑，賓主情深念慮空鉞。薄暮不妨歸路遠傑，寺門燈火照人紅東陽。

送顧天錫使浙江 在予家作。戊戌十一月。

我友將遠行，離歌暮當發東陽。值兹冰雪交，適彼山水窟鍾。雅會暫羈柅，危談互撑突東陽。肝腸幾傾吐，歲月莽超忽鍾。南客隨荆蠻，西巡歷胡羯。使星北拱辰，仙路東望渤東陽。孤舟天際翔，雙旌雨中揭鍾。寒流水將澌，澇田泥尚汩。天語重丁寧，行程日倉猝。家聲起三吴，才名動雙闕。骨奇天廐龍，翮健秋空鶻士實。雄詞學濤湧，高裁等山崒東陽。毫芒見能真，雁鶩筆不歇士實。凌厲儼風霜，剖决藉鈇鉞鍾。帝德廣好生，王政先省罰士實。至公秉衡鑒，祥刑懲劓刖鍾。芳蘭懷謝植，惡竹煩杜伐。揚簸從糠秕，誅求念膏骨東陽。太阿養銛鋒，老驥慎銜橛鍾。前途幸勉旃，公議方簡厥東陽。故國當經過，客心想結愲士實。震澤浪若掀，周山石如蹶鍾。敬止必桑梓，歸歟豈薇蕨東陽？晨餐饌魴鯉，夜坐煨榾柮。臨流詩和陶，登高賦思勃鍾。雖無霸陵邏，未暇雲門襪。金玉懷爾音，乾坤搔我髮東陽。分袂曷勝情，臨岐詎能吶士實？語闌匆整駕，更謝官曹卒東陽。

夜酌 在李若虚宅作。戊戌十一月。

我才若行潦，涸也可立待鍾。君興如丘山，獨立城磈磊東陽。相投在意氣，何必拘寮寀士實？風號暮林籟，冰合寒流滙東陽。熹光樹翻霞，夜氣山藏賄。虚室豈丹雘，野味但虀醢鍾。舊期協先庚，新曆驚次亥東陽。清風愧瞠塵，白戰先奏凱士實。聯轡遊覽曾，接膝話言每鍾。金蘭許結内，尸素負年載。信宿傾肝腸，世路從欺紿士實。鄉評重歸劭，士價輕薦隗東陽。倒峽足文辭，埋輪聳風采實。寸莛敢扣鍾，一葦恥航海鍾。宵辭東鄰榻，晨戀中堂彩東陽。南州竟難留，下里徒自悔士實。貪歡懼非廉，飽德終不餒。花愁銀海眩，頹訝玉山殆東陽。豪思浩無涯，餘光欣及猥士實。顛狂頗張旭，促迫甚王宰。勿爲别離難，空嗟鬢毛改東陽。

宿别仲律 在予家作，時仲律將還任山西提學。戊戌十一月。

清夜孤燭光，照我遠行客鍾。相對各耿耿，欲别仍脉脉鐸。邂逅已驚晚，傾倒真莫逆士實。鬮詩但局戲，杯酒豈歡伯鐸？眈虀每遺羹，愛果頻咀核。香濃宿帷褟，茗暖春甌拍東陽。漏促箭交飛，爐寒灰可畫鐸。晨欣遠曦曜，暮駭顛飆砉東陽。出門休倒衣，欹枕且岸幘鐸。奚僮僅二三，官路累千百。遥峰擁若髻，叢篠密如簀鍾。冰凝澤堅腹，雪殘山露脊士實。年嗟壩陵柳，地望崆峒麥東陽。長情極瞻企，俗事苦條格士實。遭時祇强顔，論功羞爛額鐸。文章一代雄，聲名九州赫士實。精華比張劍，癖性同阮屐。駛行疾開飄，巧中逾射戟。思幽或通神，語怪翻近貊。奇探窟龍頷，怒剚江蛟革東陽。我戰已空壁，君勇先獻馘士實。修慚鳳樓手，載匪雞林舶東陽。勝遊聞渼陂，高興憶莎栅士實。放手陶樽空，洗心羲卦順鐸。緬懷孑孑旌，載陋戔戔帛鍾。遺風擬追唐，遠教幾及虢鐸。永惟伯牙絃，虚贈繞朝策士實。且須狎青藜，胡爾摹黄石東陽？·接膝聊在兹，回首便成昔鍾。願言託深期，毋爲念陳迹鐸。明朝各一天，遠道復雙舄士實。鄰雞忽驚皦，坐待東方白鐸。

曉起口占別仲律 翌日作。

玉堂醒夢每平分東陽，詩半成時酒半醺。天地此心閒來得鐸，路岐何處莽猶紛？鄰雞唱早元無意東陽，別馬嘶頻亦念羣。燈火對牀容膝地鐸，出門回首是思君東陽。

郊齋柬明仲 在朝房作，時明仲爲洗馬。己亥正月。已下共得八首。

岸幘雄談坐每驚東陽，兩年暌隔尚平生。清齋咫尺西垣地鐸，白戰蕭條舊部兵。天近碧壇聞曉蹕東陽，夢回馳道憶宵征。曾知扈從恩非細鐸，見説揚雄賦早成東陽。

東亨父鼎儀 時二君俱在院署，招予，不赴。

月白庭空樹影寒東陽，禁林高處有棲鸞。一枝自分鷦鷯足鐸，兩地休憐羽翼單。東壁往年詩在否東陽？·西堂深夜夢回難。懷人豈必仍千里鐸？·幾度書來墨未乾東陽。

柬敷五 時敷五在告。

齋閣清歡憶去年鐸，來書三復兩茫然。病魔尚與詩争健東陽，春意誰從客共憐？歲月頭顱驚老大鐸，乾坤身迹漫留連。軟紅塵土屏風外東陽，又落相思夢覺前鐸。

柬孟陽 時孟陽在鄰室獨宿。

專榻西齋半掩門鐸，此中心事許誰論瀚？剡舟不逐通宵雪希賢，城柝驚聞萬馬屯東陽。燔燎有香長在念瀚，駿奔無地復何言希賢？宫筵俎豆須公等東陽，袖手終慚既醉恩鐸。

懷舜咨 時舜咨歸省南京。

南都今夕夢西齋瀚，千里何人共此懷？綵服未妨青瑣佩鐸，清風休愛碧山蹊。吴船兩月無書到東陽，楚葛三秋與意乖。惆悵摶沙舊時句希賢，爲君搔首玉河涯瀚。

柬士常 時士常爲庶吉士，在院署。

東觀圖書滿舊儲東陽，追趨曾是十年餘。交遊重喜登堂早鐸，詩句遥傳入社初。清夜捲簾寒月近東陽，紫霄分仗曉風疏。兩街燈火西堂夢鐸，咫尺蓬山萬里如東陽。

柬南齋諸同官 林亨大、王世賞、李士英、謝于喬、曾士美、楊維之、曾文甫。

南齋清論隔窗聞鐸，官燭頻燒坐夜分音。人静周爐喧警柝希賢，夢隨仙仗引爐熏東陽。周家肇禮同瞻洛瀚，漢代封章豈祀汾東陽？明發彤墀奉龍馭希賢，從臣冠佩正如雲鐸。

齋夜聞雪禁體 枕上作。

怪底青綾夜覺寒東陽，江山復道雪漫漫瀚。光隨輦道旌旗遠鐸，路隔瀛洲羽翼難東陽。撲簌紙窗停更響瀚，依微紅燭照將闌東陽。閉門合作袁安卧，去馬誰爲賈島歎東陽？折竹似傳空谷報鐸，放舟重合故人歡東陽。愁憐衛士周爐濕，暖憶豪家竈突乾瀚。睡足小僮呼未掃東陽，興來騷客起還看瀚。即妨見晛終成薄鐸，莫遣從風恐易殘。

賞極但憑詩代酒，官清聊以布爲紈東陽。洗心擬共齋明潔鐸，布德真同雨露寬。豈有塵埃生几案東陽？却疑春意在欄干瀚。南郊預卜豐年兆鐸，北海今非使者餐希賢。陶鼎有茶應免汲瀚，郢絃無調謾須彈東陽。載途暗識遥歸凱，白戰深慚後入壇希賢。恨不飽供三日坐東陽，直教狂作九霄摶。聚星堂上坡仙老希賢，千古風流尚未刊瀚。

賜慶成宴有述

在中左門席上作。戊戌正月。

暖風晴雪滿墀春東陽，天上風光又一新瀚。鎬宴盡沾恩賜酒傑，周郊方及慶成辰東陽。百年禮樂逢昭代，萬國衣冠拱聖人傑。歌罷柏梁偏感激東陽，涓埃何敢負臣鄰瀚？

答賓之見邀不赴二首

時吴玉元、王仁輔在予家，鼎儀在鳴治宅，席上作。己亥正月。

君門好事聚清賓鉽，走馬相邀愧屢頻。契闊久妨吴老興鐸，交期深念李生真。兩家吟飲如聯坐鉽，尺地風煙亦繫身。坐看西山春雪盡鉽，暖雲樓外漸嶙峋鉽。忽報高軒得上賓鐸，掃殘庭雪爲予頻。久慚知己瞻依在鉽，不待論心感激真。

行止偶來翻笑命鐸，風情無限祇緣身。相思兩地應同調釴，望盡西涯樹影峋鐸。

次韻答鳴治鼎儀不赴之作 時時用適至，席上作。

兩筵開不共嘉賓東陽，白雪流傳簡札頻辰。燈市已收春尚在理，酒杯無筭意俱真。江湖剩有萍蓬地仁輔，天地能容蟣虱身辰。斜日向低山更好理，醉開西閣看嶙峋東陽。

主人好事苦留賓理，我亦高筵眷戀頻辰。皇甫絹慚千疋少，仁輔時求予文。白衣情愛一壺真。天教落日催詩句東陽，春送餘寒入病身辰。安得有緣能縮地，不妨同醉寫嶙峋理。元玉善山水，故云。

齋夜有感兼柬院署九寅長 在中朝房作。戊戌正月。今附此。

兩年齋閣憶同眠鐸，病骨詩情每自憐。豈謂暌離非逆旅東陽，始知强健是神仙。江湖義氣輕懸榻鐸，霄漢功名念著鞭。輾轉爲君中夜話東陽，夢回心事各茫然鐸。布被繩牀我共君東陽，清齋三日謝芳葷。精誠敢預天昭格鐸，起坐俱忘世糾紛。珠樹鶴棲寒月静東陽，玉堂人語夜燈聞。十年重檢相逢地鐸，猶喜身隨鴛鷺羣東陽。

玉河西畔掖垣東鐸，窈窕仙源路未通。雲裏夜巢棲九鳳東陽，日邊春信託雙鴻。清風隔坐聞揮麈鐸，白戰中宵見戲戎。戲戎，軒轅奕戲名，其制以黑白十子共行一道。時東署作此戲，故云。猶有別堂疏散地東陽，擬將談笑學從公鐸。

士常席上送乃兄士儀三首 己亥二月。

東樓杯酒惜離羣顯，柳色春光日未曛鐸。姜被劇談連夜雨辰，祖鞭遥指出關雲東陽。山城朔雁聯翩起璠，野店昏雞遠近聞顯。邂逅別來相憶地鐸，醉歌終日張吾軍辰。

斗酒遥將塞北春鐸，時士儀攜上谷酒至。故人相見話情真顯。名家妙識歐書舊東陽，滿座驚傳杜句新辰。童子意看賓客喜璠，江湖交比弟兄親鐸。懸知後夜池塘夢顯，長憶天涯聚會辰東陽。

落日歸鞍已載門東陽，主情猶復愛清樽鐸。詩聯秀句參差就顯，心向深交慷慨論辰。小院曲屏看燭短璠，亂籌飛矢送杯繁東陽。春來幾折河亭柳顯，又聽驪駒唱北轅鐸。

再會士常宅四首　周庚、元基。己亥二月。

樓頭酌酒未經旬鐸，坐上題詩復五人東陽。好事豈須投井轄辰？狂吟直欲墮風巾庚。西山爽氣侵衣近璚，南浦春波入望新東陽。珍重彭城老兄弟鐸，對牀時恨別離頻辰。

兩日君家倒別尊辰，偶因叔向見金昆庚。交情四海今兄弟鐸，世路三生豈夢魂東陽？岸上踏歌誰把袂璚？袖中懷刺幾登門辰。淹留尚有城西約東陽，更接春風笑語温庚。

小樓西望夕陽回東陽，樓下春風復舉杯鐸。吴酒乞鄰香十里辰，時元基借酒。客星當坐燭三臺璚。臨文大手推燕許庚，贈別仁言豈路回鐸？我獨平生慚後進辰，也勝疏散得追陪東陽。

主情無限客情酣鐸，相對無言各自諳東陽。事未解嚴詩有律庚，興當豪飲酒非貪辰。江湖風概誰同調璚？泉石膏肓我亦堪辰。滿袖紅塵嗟未拂東陽，夢魂終夜越山南鐸。

璚。

無題〔一〕

別筵收雨暮山晴辰。五雲回首懷人處顯，不道新知是舊盟鐸。

【校勘記】

〔一〕原缺第四十五頁，此詩僅存此二句，詩題亦新擬。

即席贈士常 時士常在告新出戒，不作詩。

病後休文久廢詩東陽，强開涓滴共相知顯。也堪筋力逢春健鐸，不爲盤餐竟日辭東陽。庭雀脱籠舒倦翼鐸，轍鱗驚雨振枯鬐辰。相看各有飛揚意璚，醉解吳鉤贈别離辰。

會玉汝元基席上再送士儀二首 己亥三月。

離席因君薦木桃顯，碧缸新酒瀉春濤辰。詩盟遞結東西社東陽，坐客平分上下曹庚。簾動午風花氣暖璚，几當晴日篆煙高顯。狂歌亦是驪駒曲辰，却笑陽關意未豪東陽。

壺矢篇章次第催東陽，暮堂幽興幾徘徊辰。征鞍未放明朝發璚，别宴聊從此地陪。東道徐卿欣有子辰，西川李白羡多才顯。龍蛇滿座驚揮掃東陽，時文明作草書。他日懷人看一回顯。

即席懷鳴治二首 時鳴治不至。

風流不見謝臨川辰，俊逸空慚李謫仙東陽。得句向人誰可否顯？論交於世幾方圓東陽。小車望斷幽花外庚，短屐行來古樹邊辰。落日在庭猶擁篲璚，不勝春思滿離筵東陽。

主情賓意總留連東陽，痛飲何妨月在天顯？險句獨憐無謝朓顯，草書還喜得張顛辰。歸遲路豈金吾避東陽？地近班仍玉筍聯顯。花徑藥欄春未晚璚，可能重駐草堂轎庚。

飲鳴治宅待亨父鼎儀不至各東一首 己亥二月。

春事關心有底忙東陽，片時談笑漫相望璟。雞壇咫尺人千里鐸，雁札蕭條字幾行東陽。詩酒可能無杜老顯，門閭新喜得于郎東陽，亨父方修屋宇，且新得男，故云。當年輪奂歌斯頌希賢，何日相從醉一觴教？

倚席沈吟候士龍璟，病來相憶共從容教。東壇兩月成暌離希賢，高論長年愧擊春。隱卧豈知延佇久音？蒨遊真覺往來慵東陽。明朝肯赴鵷班約顯，此意還於退食濃林瀚。

寄姜用貞 己亥三月，在内直作。

春去懷人一倍深鐸，海雲江雁幾飛沈。多才未投揚雄調東陽，輿論猶煩許劭心。青簡是非何日定鐸？白頭冰蘗此生任。緘書豈獨平安報東陽？擊節聊爲慷慨吟鐸。

哭羅應魁 在内直作。己亥三月。

湖海斯人遂寂寥東陽，乾坤何處着風標？壯心憤激應難死鐸，末路蒼黄竟莫招。百口恥爲温飽計東陽，一封終補聖明朝。空山舊草今餘幾鐸？辛苦平生向此消東陽。慷慨平生憶舊論鐸，楚江南望欲銷魂。眼中富貴真無物東陽，世上功名别有門。俯仰獨慚交道在鐸，遭逢猶荷甲科存。極知原憲當時病東陽，地下誰從酹酒樽鐸！

飲歸聞文明得孫馬上奉和二首　己亥二月。

幾見佳兒又見孫鐸，靈芝誰謂出無根？麞書肯教忙中錯東陽，熊兆真從夢裏論。

漸喜交遊前輩是鐸，已知風格後生存。詩狂酒興皆神助東陽，豈必他時是笑言鐸？

眼看雛鳳兩生孫東陽，手植庭槐早着根。地絡遠分山海秀鐸，文星重向斗箕論。

人云積慶君何忝東陽？我意平生此最存。載酒攜朋春正好鐸，祇應沈醉復何言東陽。

文明邀飲預以時報不赴蒙索二首是日各在内直退食聯步奉寄　己亥三月。

對面難知隔日期鐸，論心先費一緘詩。樓臺望接宮中省東陽，岐路看如石上棋。

近市有魚還易買鐸，内廚多醞敢終辭？極憐老鳳將雛意東陽。頻向朝陽拂羽儀鐸。

市盤賓札總先期東陽，賀客奚囊亦愛詩。邂逅偶妨黄石履鐸，淹留須畫杜陵棋。

登門恨不今晨許東陽，報使翻嫌及午辭。文明書云：「何不早辭，及午方報？」更欲與君拚一醉鐸，即愁顛倒愧多儀東陽。

將赴文明馬上迭前韻 己亥三月。

蓐食登途憶赴期鐸，閒官今不廢吟詩。門前候吏勞揮袖東陽，席上清樽已辦棋。趣馬載邀潘岳至鐸，時與潘時用同往。登龍翻恐李膺辭。呼童索紙何匆遽東陽，賓主都忘百拜儀鐸。

文明得孫湯餅席上五首

充閭佳氣接重闈鐸，始信名家慶不違辰。賀客曉眠先秣馬東陽，主翁宵醉欲留衣鐸。興非蘇子慚湯餅辰，歡助休文益帶圍東陽。我亦當年見英物璠，麒麟岡鳳眼中稀東陽。

慶筵春日滿高堂辰，蘭茁參差玉樹行鐸。已託鄭家稱大父東陽，未輸王氏有諸郎辰。黑頭早識含飴興鐸，清夢還歌載寢章東陽。吴管越桐休滿坐璠，盡拚詩酒入吾狂東陽。

君家雙璧動連城辰，時文明已有一孫在山海。負劍分甘兩地情東陽。老去汾陽應領識鐸，啼來温嶠已心驚辰。德星堂上光輝滿璠，威鳳池邊羽翼成東陽。百世弓裘知未艾鐸，直將金紫繼家聲辰。文明先世有爲金紫大夫者。

粗糲聊共一日餐顯，留連不盡百年歡鐸。醉捹開閣吾何敢辰？交到忘行此最難鐸。家學擬傳三世易東陽，鵬程終振九霄翰辰。白頭老眼摩挲在鐸，一度登堂一抱看東陽。

文獻聲華比鄭同辰，交遊意氣勝王蒙顯。子孫世講他年事鐸，簪笏家傳一代風東陽。醉裏放歌銀燭短辰，狂來起舞玉杯空璹。重門半掩春如海鐸，無限深情向此中東陽。

寄沈仲律四首 在内直作。己亥三月。

美景良宵動憶君東陽，雅懷高興更無羣。行臺誰縶青驄馬鐸？別部空回白戰軍。芳草看春西入晉東陽，遠書何意北通殷？留連却恨當時話鐸，衹得匆匆幾度聞東陽。

別後詩來寄我頻鐸，眼看冬盡復殘春。隴頭未報逢梅使東陽，海内猶慚泛梗身。交誼似君真合少鐸，吏情於世竟誰親？紙窗官燭中宵夢東陽，敢謂離杯獨愴神鐸。

挑盡寒燈不肯眠東陽，風流人説是詩仙。酒非涓滴醒還獨鐸，心在塵埃地亦偏。遍寫驛亭無素壁東陽，剩攜行橐但青氈。清泉碧石江南夢鐸，回首并州又一年東陽。

馬頭風采太行西鐸，千里懷君望不迷。光範有書非乞進東陽，仲律再上吏部書乞歸，不許。菟裘無計且羈棲。乾坤合著斯人在鐸，山斗終爲後輩躋。莫道激流須勇退東陽，五湖風月未教題鐸。

遊廣恩寺十首

張昇啓昭。己亥三月。

興來聊復此登臺鐸，千里碧桃春正開璟。時見老僧詢舊事顯，欲求仙客愧凡才東陽。寺乃長春宮故址。小亭分坐傳蘭令昇，香盞供茶薦鞠臺璟。未必西山渾勝此東陽，是日約遊西山，阻道不果。皇畿咫尺是蓬萊顯。

五粒松間一草亭東陽，四窗虚敞不須扃璟。乾坤著此容吾到鐸，江海逢人笑我醒東陽。歌詠舞雩前輩事顯，摩挲華表舊時銘昇。杏花滿地飄紅雪璟，到手深杯莫放停顯。

林外流鶯囀欲酣昇，忽驚芳事在城南顯。天教宿雨收雨霽鐸，人自朝行退曉參東陽。匹馬不勞西去遠鐸，一壺真覺此中堪璟。野僧自解供新菜顯，久客全勝海味甘鐸。

約伴看花到郭西顯，碧臺登處萬山低昇。古城斷址留前代璟，敗壁荒臺有舊題東陽。過雨麥田青入隴鐸，穿雲柳徑緑緣溪顯。城中此景誰曾見東陽？上苑春光望欲迷璟。

慣客山童説果名鐸，又將幽事惱春情東陽。杏林百匝尋奇句璟，竹院三回記舊盟東陽。酒甕倒傾香不斷昇，花枝頻折意還生顯。林鳩唤雨催人急璟，敢爲田家惜此聲顯。

滿園春草爲誰芳璟？·繞座遊蜂亦底忙東陽。花氣著人濃欲醉鐸，鳥聲留客宛何長顯。五雲臺殿中天近鐸，滿目塵埃下界妨東陽。莫更别談方外事昇，此中物色幾斜陽璟。

小閣憑虚户牖通顯，江山入座興無窮昇。轆轤引水蔬畦滿璟，睥睨連雲雉堞空東陽。三月鶯花彈指過顯，百年詩酒賞心同東陽。清茶亦自堪供醉鐸，乘興還歌兩腋風顯。

曉風吹雨濕山裝東陽，詩興狂於酒興狂鐸。棋局未終還上馬璟，樹陰初轉更移牀顯。山殽野簌空兼味顯，澗草林花亦異香昇。此地分陰翻自惜東陽，錯看岐路幾亡羊鐸。

日轉松梢尚未曛昇，酒闌還此挹清芬璟。形骸可外方爲樂鐸，賓主都忘不待醺東陽。花落滿庭紅作陣顯，鳥飛當面白成羣鐸。十篇賦就尋歸路璟，書罷煩君次第分東陽。

柳色青黄暖未交璟，馬頭時見出牆梢東陽。鶯花似與春争麗顯，風月聊將句解嘲東陽。歸騎及城三里近鐸，片雲回首衆山坳東陽。幽情不逐吟鑣散，已辨西園竹外庖顯。

遊慈恩寺五首

風吹湖水翠成團釴，湖上遊人立馬看傅瀚。野意不隨山色斷鐸，春光欲共鳥聲殘東陽。塵中此地江南景鐸，世外浮名石上湍傅瀚。辨得閒心堪一賞璟，老僧無語祇傍觀泰。

半日禪房笑語同，天留清興與詩翁鐸。窗前有竹堪棲鳳林瀚，客裏無書不寄鴻傅瀚。静愛閒僧歸别院釴，迴憐蕭寺住虚空泰。眼前萬事真消得東陽，況復攜來酒滿筒璟。

楊柳灣頭小坐時璟，半坡芳草藉人衣泰。鳥聲高下濃陰外音，海色微茫遠碧圍。緑浪摇杯風入手泰，蒼苔浸石水平磯東陽。故人下馬掀髯笑璟，共説城中此景稀音。

灑灑清風透竹窗璟，海西庭館比湘江鐸。涼風四月聲含籟音，落月千尋影動幢釴。年歲不隨僧□改東陽，塵埃應共俗心降傅瀚。由來蓮社堪□□林瀚，時就涼陰坐石矼泰。

把酒東風問落花傅瀚，滿庭幽竹翠交加璟。冰盤野簌煩僧供泰，石鼎仙書與世誇璟。詩得句時皆好景，忙偷閒處即生涯鐸。多情自覺亡賓主東陽，歸騎何妨踏月華音。

東湖

東觀舊名□湖，長洲陳玉汝所居，其兄號此。在玉汝宅作。己亥四月。

望盡江南水接空東陽，滿湖煙雨正冥蒙辰。晨光尚阻陽烏浴庚，秋色遥連野鶩通東陽。何日泛舟觀勝概經？有時擊節憶高風辰。鴨欄雞栅天隨宅庚，蜃氣龍精海若宫經。片石擬從天上墮東陽，湖中有鉅石，名上馬石。遠山真與霧中同辰。樹分墟落姚城外庚，鐘隔雲霞大覺東辰。大覺，寺名。鸂鶒鳷鵲齊上下庚，芙蕖楊柳半青紅東陽。千金未辨鴟夷興辰，匹練猶存米芾工庚。米元章嘗在此作湖山圖。舊業逢人勞問姓東陽，老年居此記爲童經。直將聲利浮漚比辰，欲和滄浪愧此翁東陽。

宿別顧天錫 時天錫自刑部郎中謫永州同知，馮蘭佩之、屠勳元勳、朱守孚中孚、楊光溥文卿在予家作。己亥七月。

長愛平生友誼深顯，舊居猶記海西潯。蕭條二十年前事東陽，浩蕩三千里外心。寢食未忘憂國計顯，風流聊寄作詩林。寒燈細雨通宵話東陽，何限離愁苦未禁顯。一局未殘詩又催璟，離堂高興正崔嵬顯。停杯忽聽陽關雨東陽，拜命曾驚魏闕雷璟。十載秋臺冰蘗著顯，九霄雲路羽毛回東陽。不須更續遊山記璟，顦顇湘民正可哀顯。西風送雨響簷牙顯，有客停車太史家璟。歌向渭城仍別調蘭，行經湘浦尺空槎士實。人間離合真萍梗勳，世上榮枯復歲華守孚。萬里長途身健否東陽，好憑魚雁報天涯顯。斜日清樽別思多璟，臨岐休唱渭城歌顯。西風兩鬢秋初爽士實，小雨孤齋晚乍過蘭。路向湘靈應設奠守孚，郡逢唐吏莫催科東陽。感今懷古情何極勳，溪上蒼崖更可磨士實。初筵杯酒夜堂清蘭，北客南船萬里城士實。敢向漢庭憐賈誼璟，且留唐鼎對彌明東陽。離亭蕭瑟三秋雨光溥，別夢依稀兩地情勳。山郡幾年凋弊甚守孚，勞君下馬問春耕蘭。

樽酒佳辰笑口開勳，宦情離思兩徘徊光溥。八千里外昌黎路守孚，數十人中結也才東陽。今日零陵還有記蘭，他年燕市豈無臺璟？輕陰消盡青天在士實，未必三湘滯爾回顯。

十載論交老更深守孚，暮燈何憐此開襟勳。也知忠信堪川涉士實，未許功名便陸沈東陽。白戰眼前誰得儁璟？朱絃坐上有知音光溥。君恩如海元無際顯，肯負官曹夙夜心蘭。

詩句燈光見八人士實，一杯先合酹詩神璟。不知今雨來多少勳，莫向先天問屈伸蘭。翻復波瀾從物態守孚，膏肓泉石本吾真東陽。江湖雙鬢知長好士實，珍重畢生報主身光溥。

銀燭燒殘客未歸光溥，停杯欲別語依依勳。瀟湘江穩身仍健士實，衡嶽峰高信不稀璟。萬里將家憐計拙東陽，一官佐郡恥心違蘭。濂溪書院今猶在守孚，千古儀刑北斗巍士實。

櫪馬爭喧僕亂呼東陽，故人將別更須臾勳。十年舊夢江湖遠蘭，一夜豪吟筆硯枯璟。到處魚羹吾事足士實，驚心雁信客邊無守孚。西樓酒盡不知醉光溥，明發飄然萬里途士實。

夜坐長律一首 顧福天錫。是夜作。

萬里江湖別福，三湘雨露隨。秋峰看突兀蘭，寒渚歎漣漪。殘芰雙凫狎士實，孤雲一雁遲。砧聲何處急動？蓬迹此堂卑。秉燭真疑夢東陽，膏車已戒期。廟廊三尺在福，冰雪寸心知。太息長沙傅蘭，遺風柳下師。春隨山郭遠士實，衣與客塵緇。報國身曾許動，論交意不移。悲歡還骨肉東陽，出處盡恩私。慷慨餘長劍福，留連更短詩。坐深宫漏水蘭，彈罷石枰棋。鈴柝聲傳近士實，觥籌興到疲。盛筵難再得動，空谷暫相維。擬借戈揮月東陽，須教墨作池。清狂忘我甚福，遐賞慕君奇。楚越行蹤遍，幽燕客思馳。永懷姜被暖士實，頗覺晏裘宜。醉帽仍攲仄動，豪談豈喔咿？候蟲休傍耳東陽，煙草正橫岐。雨怕郊旌濕福，風驚野櫂移。明朝分去住蘭，歸路定何時士實？

翌日大雨四首

十日秋陰黯不開東陽，一天風雨霎時來福。忽驚眼底江湖近士實，未放門前車馬回東陽。闤闠幾家愁破屋，乾坤何地著浮埃福？茅堂木榻蕭然坐東陽，咫尺東鄰萬里猜士實。

坐看急雨更驚雷士實，白晝柴門斷客來福。飛溜隔簷人語亂東陽，洪濤入市馬蹄回士實。直疑平地蛟龍起福，誤遣空堂燕雀猜東陽。賴有高談共新句士實，旅懷無限一時開福。

潦水準階二尺强福，兒童奔走欲褰裳士實。即愁米價如春踴東陽，更恐官程入夜妨福。售主故廬還在念士實，有舊屋爲雨壞，數年始售。可人佳客坐相忘東陽。輕蓑短轡君先發福，時若虛將赴衙。笑殺西曹俗吏忙東陽。

高堂過雨一襟清士實，宿暑全收爽氣生福。秋隼入空應得意東陽，晚鳩隔樹太多情士實。當場禾黍還愁濕福，滿路泥塗未擬平東陽。却怪報衙人吏急士實，豪吟剛得四詩成福。

避雨鳴治宅期曰川辭疾不至奉柬二首 七月。

短蓑衝雨過寒城東陽，倒屣空堂一笑迎。東客不來虛折簡鐸，西壇無敵敢論兵？園稱獨樂花全秀東陽，聞蓮花盛開，園在後堂，得稱獨樂。路似多岐馬倦行。善飯廉頗知未老鐸，祇應傳諜誤麾旌東陽。

楚江桐子建溪茶東陽，曰川書來，以二物見邀，不赴。只隔東鄰第幾家。牆上濁醪隨分飲鐸，書中好語任君誇。也知身病閒於我東陽，可念交情聚比沙。欲爲沈郎終此興鐸，仲律嘗約宿曰川，去竟不果。未聞歌瑟已回車東陽。

曰川宅賞蓮四首 吴原道本、王臣世賞。己亥十月。

淫霖十日泥滿尺顯，小霽看花當一來璟。我亦愁心爲君破鐸，花如有意待人開音。清樽日暮予慚後希賢，别院牆高誰使頽東陽？花在後堂，僅許一見而退。分付東君還愛惜臣，明年重擬醉深杯原。

亭亭池面一枝紅璟，隔座香傳别院風鐸。高興不曾煩宿約音，清吟自覺愧羣公希賢。樽前翠蓋狂能折東陽，坐上冰盤出未窮臣。老我儘判今日醉原，百年歡賞幾人同顯。

何處堪予逸興狂音？城南花作九秋香希賢。幽期尚恨書來晚東陽，險韻翻驚句就忙臣。天際輕陰雲欲散原，石傍新籟雨初涼顯。淹留盡日情難盡璟，倦馬都忘客路長鐸。

後堂暫許到彭宣希賢，斗酒空慚誤謫仙東陽。頗愛翠光浮水面臣，不妨清韻滿詩筵原。滄州病客無高興顯，是日亨父不至，嶽麓詞人有舊聯璟。尺地未許催去馬鐸，夜堂銀燭更留連音。

屠元勳席上餞别天錫四首

柳琰邦用、馬紹榮宗勉。七月。

謫宦何如話别難東陽？相過休問一官寒勳。燭花雙照離筵坐琰，冰簟同眠小榻安紹榮。江上夢回驚已雁士實，山中樹老尚須鸞東陽。此行不是天涯路勳，聖代從來雨露寬琰。

諸公高興一燈青士實，夜半空堂酒盡醒東陽。涼風忽驚何處雨勳？浮蹤猶泛異鄉萍用。浩歌激烈看長劍紹榮，離思蒼茫憶短亭士實。冠履幸陪三日燕東陽，更須深酌到忘形勳。

蓬蓽真看此夜輝勳，簷花燭裏傍人飛琰。詩成走筆如神助紹榮，坐久移牀忘我歸士實。江雁過時愁送客東陽，砌蟲鳴處感征衣勳。湘南漁父休相問琰，聖代誰甘與世違紹榮？

漏下宮壺已報三士實，相看不寐且高談紹榮。十年舊事燈前雨勳，千里歸心海上嵐福。秋老蘼蕪愁北渚琰，水清蘭芷愛東潭東陽。還餘詩興崔嵬在士實，坐到鳴雞未脱簪紹榮。

馮佩之席上作 陳洵匯之、謝遷于喬、洪鍾宣之。己亥七月。

輪蹄載雨過城西鍾，晚樹炊煙望欲迷洵。夜酌秋臺成舊約遷，天留詞客賦新題蘭。青燈滿地懷應好士實，玉骨頽山醉恐泥東陽。共荷清時多樂事鍾，歸途寧問水成溪洵。

是日天錫不至即席奉寄

幾日離筵一日孤東陽，雨聲燈影憶東吴士實。十年郎署雙金價鍾，半剌州城萬里途洵。暫去未須愁遠别遷，相期真不負良圖蘭。極知清懶窩中興東陽，時天錫飲凌季行宅，凌有清懶窩。爲問詩聯著我無士實？

李若虚席上餞别天錫六首 奚昊時亨。己亥八月。

閶闔氣爽忽秋晴琰，滿坐題詩送客行仁輔。吏散西衙催鎖印東陽，路當東郭駐揚

旌蘭。勳名更有前期在勳，壯思翻從此會生昊。聞說山城霓望切士實，不妨陽子懶催

此燭真嗔不丈長士實，誰能愛客李生狂琰？歌呼不管兒童笑仁輔，問答都教爾汝忘東陽。月下一樽深似瀆昊，堂前諸老集如牆勳。清風獨負東山屐蘭，是夕鳴治不至。高興令人羨沈郎士實。沈謂仲律。

樹杪金風溽氣收仁輔，滿堂離思颯驚秋東陽。悲深宋玉江湖遠蘭，迹比馮唐歲月優勳。天上定虛宣室席昊，客邊休上仲宣樓士實。詩盟更結他年社琰，且盡燈前此夕留仁輔。

高興無妨坐月明勳，狂歌深酌不勝情昊。小堂此客鄰須駭士實，孤榻何人夢獨清琰？吹盡暑風猶白苧東陽，望迷江國未黃橙蘭。黑頭致主心應在仁輔，前席何曾負賈生勳？

月轉梧桐漏轉籌昊，茶瓜無奈此堂秋士實。詩先刻燭才多俊琰，語到移牀意更稠仁輔。愛客吾宗真北海東陽，可人何地不南州蘭？二難四羨風流在勳，未放離懷入壯遊昊。

茶出西家酒出東士實，時亨饋吴酒，予饋楚茗。他鄉送客此情同琰。窗前葉響秋風落仁

輔，閣外雲歸暮雨空東陽。萬里楚天看獨雁蘭，五更燕月夢孤篷勳。人生聚散真常事昊，一笑應望轉地蓬士實。

次天錫席上留別韻

十年心事此燈知勳，相對無言似解詩東陽。醉倚吟牀憐月色昊，愁回別館夢天涯琰。情長未論更籌促士實，興極翻嫌酒令遲蘭。莫向今宵容易看仁輔，人生離合本難期勳。

即席懷方石

秋晴三日放雙眉士實，祇欠開樽一賦詩。敢謂君家無仲律東陽，鳴治書來，稱有客，不減仲律之興。幸看吾席有賓之。門喧過馬宵還候士實，坐擁征車曉尚維。得似王郎真浪迹東陽，是夕仁輔宿此。半成瞻望半成疑士實。

月河寺會錢天錫却入朝陽門訪慈恩寺暮抵予家共得十三首 己亥八月。

兩入官署幾聯鑣東陽，此日秋成自退朝。晴色滿天還雨後士實，涼聲入樹已山椒。中年送別情真惡東陽，遠道懷人夢與遥。雲漢不勝鄉國思士實，時報江西旱。眼前風物爲誰饒東陽？

煙樹參差欲萬重士實，望中秋色遠還濃。牽衣泣別誰家婦東陽？積雨傷心到處農。風入馬蹄沙路穩士實，苔深禍篆土牆封。山僧死後亭臺在東陽，月河寺，釋道深所築。南院槐陰北院松士實。

歸路秋風兩鬢清士實，短鞭羸馬傍東城蘭。離心送客將詩遠東陽，鄉思逢人著處生動。天外好山隨禁闕士實，雲邊高樹隱行旌蘭。慈恩寺裏看花伴東陽，一日相思兩地情動。

約伴尋幽事偶然東陽，高懷欲借上方眠動。城中野趣湖邊寺士實，江北生涯水上田東陽。此日簿書驚暫却蘭，百年塵夢苦相牽動。停車更有登樓興士實，四座清風草樹前蘭。

十里湖光接鳳池士實，滿林秋色最宜詩蘭。清風似助高人興動，陋巷長懷舊主私東陽。空外砧聲聞隔岸士實，牆陰草色坐移時蘭。塵襟此地應消盡動，城市山林兩不知東陽。

清風坐我柳陰中蘭，頗覺餘閒興不窮士實。斜日照溪僧倒影東陽，涼陰入座竹翻叢動。回廊衣袖驚秋爽士實，隔樹池臺覺暑空士實。倚遍石欄猶緩步東陽，碧天回首見歸鴻動。

水西寺下緑楊灣士實，路入僧房却背山東陽。好事詞林詩卷在蘭，可人禪客道心閒動。風花似覺秋無賴士實，雨稻猶憐歲未慳東陽。更欲追陪了清興蘭，夕陽門巷鳥飛還動。

晚風斜日此登樓動，樂事非關地主留東陽。秋樹萬家堪我眼士實，煙波何處著吾舟蘭？隔簾人語蟬聲外動，匝地花根水岸頭東陽。東郭離車今潞口士實，謾憑杯酒坐消憂蘭。

匹馬湖西爛熳遊士實，忙官安得此長留蘭？百年詞賦須公等東陽，一代衣冠未俗流動。落日離情秋共遠蘭，清波吟思晚俱幽士實。鄰歌巷語兒童地東陽，青眼重來尚黑頭動。

菱花波上晚移牀士實，坐愛蟬聲滿樹涼東陽。隔岸笑語喧鼓吹動，一天風露灑衣裳士實。地逢鄰叟多知姓東陽，月爲詩人不惜光動。莫問街頭還立馬士實，恐將歸思惱吟腸東陽。

一日溪樓得再登士實，詩懷高興碧山層東陽。秋鷩獨雁風前落動，晚愛孤驂月下乘士實。陶節不來花笑我東陽，時與寺僧訂元日之約。文林無恙竹藏僧動。城西歸自城東路士實，解事疲童也自勝東陽。

遶城秋色馬蹄穿士實，幽意多從野水邊動。遠市隔塵燈在眼東陽，清襟開霽月當天士實。行看古塔回看影動，醉誦新詩錯記聯東陽。却愧官曹無寸補士實，祇將歌詠度流年動。

碧天雲浄晚風餘動，按轡吟詩孟老如東陽。行客怪聽應失笑士實，舊交深戀欲移居動。入門下馬衣翻倒東陽，二君復枉予家。索筆呼燈紙亂書士實。楚茗一杯仍異味動，夜盤休訝食無魚東陽。

遊慈恩寺七首　己亥五月五日。

碧山涼雨過城西東陽，約伴追歡信馬蹄顯。十里熏風乘爽氣泰，六街晴日走芳泥東陽。市槐宫柳參差見顯，水寺林亭點檢題泰。到此盡抛塵外事顯，尚餘身迹在金闉東陽。

十年曾記此中遊顯，今日重來未白頭瀚。楊柳柴門孤犬吠希賢，桔槔蔬圃一泉流泰。行攜野酌隨陰坐顯，醉聽溪童隔水謳希賢。城市絶憐丘壑地東陽，不須更問五湖秋顯。

繞寺行吟玩野芳泰，數公高興正茫茫顯。青憐出水新蒲浄瀚，緑愛緣溪細草香東陽。采艾何人攜酒過希賢？臨流有客賦詩狂東陽。陞堂還覓東林主顯，世外幽期未可忘泰。

松醪角黍從奚童瀚，蒲節來遊古梵宫泰。香霧委牀添午寂希賢，竹陰移坐覺塵空顯。鄰僧別久頭俱白東陽，海鶴飛來頂半紅瀚。高坐東明詠長日泰，不知殘照隱簾櫳顯。

楊柳灣通海子橋希賢，溪風五月亦蕭蕭顯。壺觴坐與農人接瀚，文字聊酬我友招泰。修竹庭墀清節在顯，紅塵世界俗緣消東陽。幾回翹首瞻宸極瀚，只尺蕭聲雜鳳韶希賢。

海水周遭寺若浮泰，忽驚人世有滄州東陽。塔鈴晝語諸天近希賢，石籟

□□□□□□。□□□□□別院顯，燕銜花雨度□□。□□□□登臨興瀚，擊節聊爲馬上謳顯。

倦拂苔花坐石牀東陽，觥籌□□□斜陽瀚。疏簾細竹塵囂遠泰，曲沼新荷水氣□□。夢醒邯鄲惟有我希賢，醉迷兜率是何鄉東陽？莫誇半日浮生話，還憶氤氳滿眼香瀚。

題王舜耕山水圖 在汝賢席上作。己亥八月。

東山畫史稱南畝，舜卿號。片紙人間争惜之顯。巖際雲光浮欲動，溪邊樹影澹含滋璟。誤疑仙客出深洞，不是天台還武夷鐸。跨水小橋通莽蒼，出林飛瀑下嶔崎傅瀚。褰裳欲步繭雙足，隱几無言支一頤東陽。山水歌成推杜甫，丹青筆落繼王維林瀚。醉吟笑我詩非畫，妙思憐渠畫亦詩音。落日壺南八千里，幾回欲認看還疑希賢。

苔石 是日作。

潤緑蔽雲根璟，涵光動天表。蒼翠漫爲衣顯，森聳輕欲矯。清逼瀌溪峰鐸，寒生退之沼。具瞻豈必高傅瀚？特立詎爲小？氣含沆瀣濕東陽，勢隔崑崙渺。雨過浄如拭林瀚，泉通曲還□。瀛海空駕鼇音，松崖浪垂蔦。瑶草春添秀希賢，碧潭暗疑窈。陰陰膚寸生璟，湛湛廣輪皛。鑿從混沌初顥，坐鎮乾坤藐。興盡若邪舟鐸，心驚精衛鳥。晉卿借恐奪傅瀚，永叔記防剽。僧鬟髠雙鬅東陽，夔足搴獨蹻。平泉莊豈多林瀚？鈷鉧潭亦少。造化窺一卷音，風光泛孤篠。終懷袍笏拜希賢，未覺盆池悄。點亂郭熙皴璟，射疑李廣眺。曰介當自貞顥，爲高此其肇。螺盤捧秋碧鐸，蝟磔散春縹。錯應愧他山傅瀚，瑞或應先兆。千金價肯惜東陽，四座首頻掉。不作甯生歌林瀚，寧爲屈原繚。官閒封比印音，地僻賞須醥。白日影漸沈希賢，篇終情未了璟。

賀士常生子 蔣廷貴元用。士常席上作。己亥八月。

攬轡城東賀恐遲東陽，西園瓜瓞副深期辰。初予嘗饋瓜祝男。飯充湯餅先嘗稻庚，佔用詩篇合代著東陽。天上玉麟頭角異辰，穴中丹鳳羽毛奇庚。隔窗秋水神疑見東陽，入抱長庚夢早知辰。三日鬱葱佳氣在璚，百年清白故家遺廷貴。已矜將種爲書種庚，剛道橋枝勝梓枝東陽。駟馬於門今有地辰，八龍荀座豈無時璚？名温枉詑真英物庚，娶薛誰慚是小姨東陽。予，士常友婿也。不獨坐傾賓客喜辰，即看行與父兄隨璚。盤餐榼酒聊隨俗東陽，熊兆麐書早慰私辰。萬事檢來寧復欠庚，一經傳去不須疑廷貴。通家況有南屏舊庚，時用號南屏。杖履何煩更問師東陽？

過陳玉汝新第有作　己亥九月十四日，文明以晚直先歸。

甲第新開近日邊顯，幽棲還稱玉堂仙。紅塵迥與秋窗隔東陽，黄菊猶含曉砌妍。深巷得名仍故里寬，地名蘇州巷，故云，高門容駟比前賢。清風奕葉琴樽在經，霄漢聯班佩玉懸。鶴價豈惟于頔送庚？鵝羣常得右軍憐。傳家舊井誰投轄東陽？宅有一井。卜筑芳鄰不論錢。暇日衣冠真勝會經，多年几席有清緣。人歌鳴鳥遷喬木寬，書報香秔滿大田玉汝，新得報吴田大熟。珠樹照庭看二仲庚，華裙接座擁三千。吴船載酒江南到東陽，剡紙題詩手内傳。美奂即成何必頌璟？淺杯微醉也須眠。壁間畫墨雲煙動寬，石上棋枰樾蔭偏。勸坐晚山青繞榻庚，留情細草緑當筵。謝公短句懷邠老東陽，謂文明，杜子狂吟贈鄭虔。檐月低窺銀燭淡寬，牖風輕趁彩衣翩。城西野客趨陪少東陽，撚短長髯未滿篇寬。

九日遊慈恩寺暮復抵予家四首　己亥歲。

遠尋秋色去登高東陽，不負前題此興豪士實。黄菊有情應識我勳，白蓮多社許分曹東陽。蘋波清憶湖邊路士實，竹葉香傳市口醪勳。好事老僧能折簡東陽，西風無情馬蹄勞士實。

出寺逢僧訝白衣還，陶翁心在事還非東陽。舊遊却憶城陰路蘭，相對俱忘海上機士實。月色滿空詩興遠勳，晚涼當路酒顔微還。秋風漫作看花伴東陽，明日重來願不違蘭。

海子橋西兩度遊士實，黄花又是一番秋勳。詩壇添我非初約還，地主逢僧不外求東陽。夜色滿天星避月蘭，湖光照眼水明樓士實。晝遊繼燭君休笑蘭，千歲誰能作遠憂還？

歸路秋風已暮鴉勳，候門童子望應賒還。行憐款段隨詩緩東陽，醉愛茱萸插鬢斜蘭。青蕊雨前偏怪菊士實，碧甌酒罷更呼茶勳。帽攲欲倩傍人整還，昏黑仍過杜甫家東陽。

奚時亨退食寓夜酌 己亥九月。

夜寒呼酒醉還醒東陽，十載官曹眼更青蘭。新月落簷人語静士實，好風當户客驂停勳。尊前豪興催詩急昊，天上芳鄰接地靈東陽。良會一時難再得仁輔，蹉跎莫遺鬢毛星鐸。

四座高懷兩炬知蘭，夜隨心静興詩宜士實。碧空過雁寒傳信勳，老圃幽花晚作期昊。病起不知秋思薄鐸，戰酣真覺睡魔衰東陽。秋臺翰院山人會仁輔，爾汝相忘正此時蘭。

滿坐寒侵酒力微昊，布衣何意伴金緋仁輔？·高情一代知非淺鐸，樂是今年太未稀東陽。路下玉堂人散早蘭，漏殘丹闕我朝違士實。風光肯向嘲吟盡勳，須看勳名在紫薇仁輔。

即席懷天錫

楚客舟航忽爾思士實，北書翻訝雁來遲蘭。乾坤兩地詩懷在昊，江海千年謫宦知鐸。離别杳如今夜夢仁輔，交遊長作此生期東陽。惠州飽飯君應解蘭，雨露恩深鬢未絲士實。

即席懷仲律

草堂秋色尚濃纖勳，滿地寒香夜入簾昊。星斗一天清漏隔鐸，江湖十里旅魂兼仁輔。聯詩但少侯生句東陽，時侯公矩不至。留客真爲杜老淹蘭。西晉沈郎應憶汝士實，别來高興爲誰添勳？

與嗚治時雍小飲若虚元勳繼至遂發小興二首 己亥十月。

倒屣驚聞車馬聲鐸，頻來不厭愧深情士實。千峰晚色催詩興勳，五尺癡童慣客名東陽。契闊故人青眼在鐸，迢遥鄉國白雲生士實。思家報主無窮事勳，落日尊前酒漫傾東陽。

暮街誰趣馬蹄東士實？時嗚治被他招甚急。高興何因復數公鐸？欲向比鄰争好客東陽，莫教書札走狂童勳。風萍蹤迹元無定士實，杯酒情懷亦暫同鐸。坐對寒天留短日東陽，未妨吟到夜燈紅勳。

嗚治時雍皆先歸席上奉憶各一首

好客難招不易留東陽，高風真向古人求。吟魂欲坐東家燭士實，野興空回半夜舟東陽。却愛兩筵同此月勳，更憐叢菊共餘秋士實。交遊敢託同鄉彦東陽，時嗚治赴鄉人飯。猶隔江南第幾州勳。

可人同宴不同燈動，詩夢東窗計已曾士實。須使賓筵虚左席東陽，豈應賢榻負高朋動？葉聲幾樹驚霜羽士實，井水千尋轉夜繩東陽。此地憶君心正渴動，竟忘深酌坐相仍士實。

夜坐二十四韻 己亥十月。

邂逅西堂興亦高蘭，兒童也解識吾曹士實。千山日落鳥歸樹動，萬里天空鶴在泉東陽。對月談詩今夕再蘭，隔牆呼酒幾回勞士實。高情愛客文章伯動，盛代逢時甲第豪東陽。青眼自矜葭倚玉士實，素心終託李酬桃動。官貧苜蓿盤空在東陽，節過茱萸會更遭蘭。朋舊合并從古重動，姓名憑藉至今叨東陽。范張豈必經年歲蘭？孔禰何須論鬢毛士實？飛翰欲空三斗墨東陽，浮榮都付一秋毫動。江南桂玉愁孤夢士實，天上風雲擁俊髦動。客散東鄰何太早東陽？時鄰有宴罷者。主逢内史不辭饕士實。龍門數過真予願蘭，虎韔初回載我櫜動。病骨未寒衣已褐東陽，睡魂方夜燭初膏蘭。疏砧落盡梧桐露士實，小盞傾殘竹葉槽動。滿地蟲聲增感慨蘭，六街人語静喧呶士實。清狂謾訝烏紗仄動，遲暮猶看羽扇操士實。已爲黄生消鄙吝東陽，兼憐屈子擅風騷蘭。平生草堂還驚旭士實，幾日花期尚憶陶動。廊廟江湖前輩遠蘭，山林城市此身韜東陽。話長怪報更籌促動，宴久從投井轄勞士實。愧有青芻供白馬東陽，愛將風葉煮霜螯蘭。催歸倦僕翻癡笑士實，送曉寒雞莫亂號動。懷抱向君偏耿耿蘭，齒牙於世任嗷嗷東陽。一時爾汝忘俱盡動，獨立乾坤首重搔士實。

夜坐懷佩之 己亥九月。

月似前宵會不同東陽，誤疑歸馬望西東士實。推敲巧憶燈前態動，姓字新留壁上籠東陽。獨坐未應如閣夜士實，佩之嘗齋居作詩，獨坐公生門下，幾半夜。閒行無乃逐溪風動，佩之遊慈恩寺，吟行湖上，竟日乃返。誰能更折山公簡東陽？夢裏趨筵復此翁士實。用近日詩中語。

時雍初至小酌 時以父艱服闋，在鳴治宅作。己亥九月。

坐愛清樽爲故人東陽，別來相語益情真。病懷寥落逢秋健鐸，詩句留連向晚頻。燈火玉堂還夢寐東陽，江湖萍迹尚逡巡。交遊滿眼君應少鐸，白髮從教老更新東陽。夕陽門巷駐征鞍鐸，猶似江湖夢裏看。心醉況逢河内酒東陽，鳴治出懷慶酒，甚佳。官貧能辨杜陵餐〔一〕。驚風落葉隨秋水鐸，過雨殘花委暮欄。十五年前雙鬢在東陽，爲君搔首一悲歡鐸。

【校勘記】

〔一〕「杜」，原作「社」，顯以形近而訛，據文義正之。

用貞擢守漳州聞已離南京奉寄二首　己亥十月。

每逢南客問歸期東陽，行李秋風八月時。契闊又從今日始鐸，交遊何止故人私？姜詩母老行須戀東陽，叔度民勞到恐遲。閩嶺越山瞻望裏鐸，一麾休道是天涯東陽。

邂逅深冬預作期鐸，憶君如在秣陵時。兩京冠蓋同遊少東陽，十載恩光此地私。問俗喜逢遺老在鐸，林蒙庵時致仕歸漳。徙官休恨省郎遲。閭閻赤子平生念東陽，汗竹勳名尚未涯鐸。

送周梁石還任廣德　在内直作。己亥閏十月。

細雨寒城憶送君東陽，十年江海復離羣。兒童竹馬頻勞候鐸，學士銀魚未許焚。憂世正須先赤子東陽，論文何敢附青雲？功名一代今應識鐸，慚愧官曹老秘文東陽。

内直大寒留官醞小酌 己亥閏十月。

坐怯冬寒念酒樽東陽，暖裘高擁更重門。力追光禄還留擔鐸，却有諸生解具餐。
莫笑步兵真戀汝東陽，定知鄭老已忘言。遭逢此日皆涓滴鐸。伴食難忘侍從恩東陽。

聞仲律僉憲乞侍親不許奉寄二首 在内直作。己亥十一月。

明時又乞未歸身東陽，白髮心多感慨頻。進退不忘忠孝念鐸，激揚方藉紀綱臣。
腐於世事慵開口東陽，老向閒官欲避人。最是憶君終夜處鐸，未論詩興出風塵東陽。

憶君還讀潞州書鐸，百結愁腸想未舒。雲擁太行山上馬東陽，春深建業水中魚。
交期一代吾終忝鐸，宦路多岐世所於。强欲留君翻自笑東陽，清時誰合賦閒居鐸？

夜飲原博復過廉伯明日再飲文明聯句甚富今存二首 陸簡

廉伯。己亥十一月。

促席移燈共夜闌東陽，小堂風露溢清寒簡。鄰家客夢棋驚散還，禁省深更吏報殘東陽。尊酒情深賓作主蘭，十年官冷布爲紈東陽。空慚塵榻留仙佩前，自覺浮生此會難東陽。

偶陪瓊樹對吟牀簡，坐愛清風滿玉堂。燈火隔鄰通笑語東陽，風雲當席富篇章。泠泠浴磬催殘曙簡，京俗市浴室者以雲板爲節，因名之曰浴磬。款款歸鞍載夕陽自此以下，皆次日續作。兩日城東三燕會東陽，多情非是惜年光簡。

雪後過西苑 内直道中作。己亥十一月。

路擁西巖雪樹層東陽，瓊樓高處覺親登。江山極目無塵土鐸，雲霧何年更鬱蒸？退直幾人逢此景東陽？詠詩今日愧吾能。多情忽憶淮西戰鐸，遠道旌旗濕未曾東陽？

寄丘蘇州時雍二首 時雍罷官居饒州。在文明席上作。己亥十二月。

二十年前早識君顯，當時英氣已凌雲辰。江南敝郡勞賢守寬，海内名交託廣文東陽。林壑可能忘國慮顯，衣冠何獨遠人羣璚？闔閭城下維舟地東陽，雪滿燕山夜又分寬。

平生江海憶人豪辰，此日誰憐出守勞寬？物論祇教吾不負東陽，交期應覺我偏叨顯。山林魂夢風濤隔瀚，霄漢瞻依日月高顯。賴有周瑜同卜築寬，時周子建參政占籍於饒。盡判風月入詩騷辰。

永光寺送周大參子建三首 己亥十二月立春前一日。

城南咫尺是天涯顯，樽酒吾慚出餞遲東陽。海内交遊君最久顯，朝端冠蓋此相隨。圍棋許約中書至東陽，□□應寧有約。煮茗先教老衲知顯。肯爲旌麾三日駐東陽，不辭塵路遠逶迤顯。

樽俎翻爲去客留東陽，臨岐無奈意綢繆。宦途萍梗嗟難定顯，交好瓊瑶豈易酬？屈指到春惟一日東陽，驚心隔夕又三秋。因君更憶蘇州守顯，回首京華幾舊遊東陽。

春風將解潞河冰顯，把酒分岐意未能。山寺有僧留夜榻東陽，野航無伴對寒燈。江南芳草隨人緑顯，海上遥山隔樹層。踏遍中原今萬里東陽，五雲高處看飛騰顯。

與時雍仁輔小酌鳴治宅予賦未竟復赴吴道本燕三君續成二首　己亥十二月。

一杯何意此相淹東陽?萬事分明不可占仁輔。客底且判今日醉大夏,世途休問向時炎。青山日落猶貪駐鐸,白戰壇高未解嚴大夏。却憶長沙老詩伯仁輔,酒酣清興隔西簾大夏。道本,謝鄰也。

西鄰東客兩難堪鐸,邂逅無端一駐驂大夏。飲酌久知前定在鐸,行藏空使後來慚大夏。愁懷晚歲憑詩遣仁輔,世故多岐背客談鐸。一笑出門初月上大夏,晏眠猶不悮朝參鐸。

送栝蒼金生祺自遼東還　祺,前御史尚義之子。時尚義謫戍於遼,祺以省親還。在内直作。己亥十一月。

兩度還家意轉難東陽,越山遼海路漫漫。官曹例格緹縈奏鐸,祺嘗請代父戍役,不報。歲月心懸楚客冠。舊業未荒書卷在東陽,離腸初斷酒杯乾。竹林到日應趨拜鐸,暫得登堂一笑歡東陽。

再會鳴治宅 王汶允達。己亥十一月。

雅會西堂坐屢淹顯，醉看斜日轉回簷瀚。悠然觴詠如修禊寬，久矣談鋒共解嚴東陽。有客天涯歌激烈經，何人林下事幽潛汶？留連不覺歸途緩璘，馬上寒更到幾籤辰。雪後春前幾日晴東陽，詩筵向晚近南榮寬。昇平世與吾人樂顯，塵土心於此地清瀚。落筆篇章皆信口汶，放歌樽酒本忘情經。滿庭月色平如水璘，消得城南按轡行顯。

送柳邦用判廣平府 在曰川席上作。己亥十二月。

半刺才名兩郡留東陽，邦用先以户部主事謫南陽。汴南燕北盡中州。官閒不廢吟詩興鐸，歲晚偏增去國憂。騎馬怕衝山背雪東陽，聞雞憶上日邊樓。十年江海相逢地鐸，千里閭閻屬望秋瀚。看劍莫辭樽酒盡鐸，驅車應惜道途修。清時李沆還公輔瀚，□地揚雄合校讎。聲迹漫嗟中外隔東陽，交遊須向□終求。□頭事業丹心在鐸，粉署功名汗簡收。聞道九重長側席瀚，未容平地有摧輈。惟應飽却天□□東陽，莫遣輕寒入敝裘鐸。

酌別邦用去後有懷并發小興三首

廣平離思逼幾年希賢，把酒都亭各悵然仁輔。風入凍痕春遠近士實，月移寒影夜虧圓東陽。城西客散還留燭希賢，醉後詩成更拂□仁輔。明日懷人成兩地士實，報書應在雁歸前東陽。

陶鼎春深去復留士實，謫仙誰是舊風流希賢？淋漓酒出瑪瑙甕仁輔，縹緲雪殘鳷鵲樓東陽。天愛詩□長作夜士實，人緣鬢改易知秋希賢。人生須信早行樂仁輔，何用區區妻子憂東陽？

聚星佳景屬三人希賢，暖入壺觴隔日春士實。白戰已收壇上雪東陽，清談真隔世間塵希賢。誤疑坐客忘歸去士實，莫信愁眉且放伸東陽。早晚屠蘇看改歲希賢，風光又見一番新士實。時立春後一日。

王成憲飲歸馬上作 己亥十二月。

城上燈光待看牲璟，時正陽門夜開，以天壇看牲官未入故也。樓頭鐘鼓報初更鐸。酣歌尚帶王郎酒東陽，禁邏偏驚漢尉兵。馬首忽隨岐路改鐸，客心兼與歲年並東陽。相逢一笑非無謂璟，愛向交遊託姓名東陽。

寄送戴廷節太守 廷珍憲副之兄也。在内直作。己亥十二月。

曉望旌麾出餞遲東陽，相逢何意復分岐？弟兄江海交遊地鐸，楚越山川夢寐時。鄉學近傳周射法東陽，廷節在紹興行鄉射禮。内臺曾肅漢官儀。先爲南京御史。東南民力今如此鐸，珍重循良太守知東陽。

寄陳直夫 在内直作。己亥十二月。

病後無因問起居東陽，憶君又是五年餘。西臺意氣青驄老鐸，南國音書白雁疏。未乏幽歡猶稚子東陽，獨慚初志亦吾廬。咸陽市上千金籍鐸，直夫嘗饋呂氏春秋，故云。何限高情在捲舒東陽？

再寄汪時用 在内直作。己亥十二月。

一笑城東復幾年鐸，當時意度宛能傳。西垣别後朋遊少東陽，南國歸時樂事偏。問舊喜聞賢有子鐸，愛貧休訝冷無氈。吾詩到日評應遍東陽，誰是輕寒第一篇鐸？時用每愛唐人「輕寒不入宫中樹」之句，曰：「必如此乃可言詩。」

書聯句録後

成化壬寅，余捧萬壽聖節表文至都下。癸卯，還任，道經貴州之普定，會海釣蕭黄門文明，出翰林李西厓先生所編玉堂諸公及縉紳大夫士聯句一帙，起自成化紀元乙酉，訖於己亥，凡十餘年詩，共二百五十八首。余繆進參政時，西厓、文明聯句贈行三首亦在焉。富矣哉！蔚然而鸞凰翔，雍然而韶濩奏，天球河圖之前陳，蛟蜃彪豹之並奮，隨物賦形，種種殊態，一皆本乎人情，關乎世教，非浪作也。讀之口流香脂，不能釋手。遂懇於文明，袖以歸滇，欲鋟梓嘉與同志者共。奈何塵鞅交馳，車不停轍。又五年丁未，余專視篆章，始克刊成。所惜者己亥訖於今又八年矣，聯句之盛，不知積至幾百首，新入社縉紳諸公又不知有幾何人。翹望京華，不能奮飛緇衣之懷，寤寐反側。每案牘之暇，揭是編而莊誦之，不翅萬斛珠璣傾入懷中，天上羣仙宛然在目，何暢快也。籲人心苦不知足，得隴則又望蜀焉。己亥以後諸作，倘西厓不吝録示，當續入梓以滿望也。謹書以俟。時成化二十三年仲秋之吉，雲南等處承宣布政使司左布政使文江周正識。

李東陽全集卷一一六

玉堂聯句一卷

懷麓堂原序

詩之識尚不一，而格力隨之。舉以語人，雖知者猶不免於彼此，况其餘乎？自古而然，無足怪者。余求詩於古，而竊有所得。然操筆爲之，詞多不達意。意之所至，亦獨知之。舉以語人，必見牴牾。恒用自愧，不敢以病於人。

吾鄉彭民望善爲詩，清而腴，簡而有餘，見之而可親，追之而不能及其所之。然余有所得，民望必賞，所自病者，民望必以爲闕，其相得有如此者。余於其來也必喜之，其去也必念之。及其顛沛困頓，久而不能振，又所謂愛莫助之者。成化辛卯，民望實寓余家，凡再閲歲。風晨月夕，清談小酸之暇，輒爲詩。詩多聯句，余詩固非所及。然其神交興洽，率然而成詩，比意續之，幸不至於牴牾者亦多矣。

越三年，偶閲舊稿，悵然感之，因録爲一卷。是歲甲午夏六月二十日，西涯老史李東陽書。

又懷麓堂詩話：聯句詩，昔人謂才力相當者乃能作，韓、孟不可尚已。予少日聯句頗多，當對壘時，各出己意，不相管攝，寧得一一當意？惟二三名筆間爲商榷一二字，輒相照應。方石嘗謂人曰：「西涯最有功於聯句。」若是，則予惡敢當？但憶與彭民望作悲秋長律七言四十韻，不欲重用一字。已乃令亡弟東山細加磨勘，有一字乃復易之，蓋其用心之勤亦如此。悲秋詩今佚。其所録舊草，初未嘗有所擇，輒爲王公濟所刻。自是始不敢以草稿假人，正坐是耳。與民望聯者幾二百篇，爲別録，既久而失。近易吉士舒誥始自長沙録得之，豈民望之詩有不容泯者耶？

李東陽全集卷一二六

玉堂聯句

西山七十韻

兹山古有名彭，西自太行發。龍蟠根巽坤李，蟻垤俯吴越。渾敦鑿天竅彭，盤亙結地骨。鯀子失乘檋李，共工觸不兀。元氣久乃固彭，有力孰敢拔？勢争千夫馳李，影滅萬騎蹶。目窮扶桑株彭，足蹻銅柱楬。包羅北濱溟李，迤邐東到碣。實維京城觀彭，固是神靈窟。晨朝紛旄幢李，夕拜踴宫闕。紫蓋鬱葱蘢彭，丹梯眇峭崒。孤翮擺流雲李，衆瀧殺疏樾。奔騰亂支派彭，進退異參謁。峨冠丈人尊李，脱胄武夫突。纍纍兕象出彭，隱隱蛟龍汩。賓迎曲周旋李，敵搏交抵捽。昂首若有求彭，傲睨恥受昃。眉勢帶秦點李，股斷遭楚刖。狰獰世共詫彭，淫巧帝所罰。嗟哉奇勝穴李，胡爾浮屠掘。僧廬據其巔彭，築塊加以橛。回廊抱犖确李，峻塔聳硉矹。翻飛風偃旛彭，蔽晝翳林焞。石羣駭初叱李，泉勢詶余咄。松窗午閣暝彭，霧殿夜湧凸。危板顛窮猱李，捷譽脱峻鶻。妖蛇舌過吻彭，老樹精吐孛。黠鼠潛窺伺李，佻禽怒嘲訐。敗牆漫延蝸彭，幽竇巧匿蝎。藏經鬼司扃李，賜額官建閥。樓鐘吼潮鯨彭，院鼓鬧花羯。金銀照峥嶸李，沉檀蒸郁馞。刻畫恣匠能彭，攻排笑吾訥。平生厭譁聒李，搜覽窮剞劂。韓狂欲辭家彭，晉俊長拄笏。奴肩繫春鉋李，馬頜撼秋钁。或當朱炎赫彭，茂陰逃困暍。或值元冬沍李，飛坂歷層浌。膩苔躡凌兢彭，濁水渡污淈。貪趨轉彳亍李，迷路錯乚亅。垂藤密鉤衣彭，濕草微漬襪。出險豁雙眸李，瞰卑驚一絶。驅載彼成劬彭，捫曳我既瘠。扨鐏注窪泓李，露爨炊釜鬲。酌流坐操瓢彭，入谷行解軏。前呼後者應李，主健僕思歇。樵歌迴回杳靄彭，野浴遞出没。陰巖洞清嘯李，狹路喧衆哱。溪橋獨木撑彭，村石兩旗揭。招遐舉長袖李，駕淺上小筏。叢葩低雜遝彭，頹岸仰䠎𢈡。先登類縋城李，仄降如挾戫。風腥疑虎豹彭，日暗閃豨猲。其民屋不寨李，此地車代撥。耦耕參旄倪彭，比簷接蛩蟨。由來爾壥郛李，所向在商垡。淳樸氣則然彭，靈傑事可忽。禹鈞里尚存李，耶律墓猶屼。環觀起深慕彭，落景同永没。川巒閟光彩李，時代成恍惚。遥遥翠華路彭，皓皓青陽月。亭臺罷行廵李，父老望麾鉞。高陵佳氣近彭，上界仙蹤孑。祀典崇望于李，邦基重貽厥。遠遊本觀國彭，夙産今壯髮。初聆載飛揚李，未覿中結愲。迹雖類丘壑彭，志豈暇薇蕨？神交虚恫恫李，塵事苦矻矻。曠懷非不達彭，警句暫自伐。聊用記幾年李，喜神在單閼彭。

月夜

西風催秋至，涼夜不能短李。庭除宿草没，萋雜青苔滿彭。候蟲誰使鳴？感此歲月晚李。鄰家急砧杵，聞之心欲斷彭。補綴勞瘦妻，辛苦事漿浣李。所憂閨中宿，何以供櫛盥彭？愧君獨淒淒，慰我翻款款李。青燈照雙影，細雨繁更緩彭。坐久衣巾濕，交手過雨腕李。人生紛百慮，達士不受綰彭。以兹貞素心，疇能問寒暖李？

高秋迥空明，涼思入寥廓李。層城俯晚晴，衆葉紛欲落彭。故人中宵坐，對月不能酌李。幽懷方耿耿，古意已寂寞彭。歧路多如麻，誰能念涼薄李？援琴彈猗蘭，兹調久不作彭。昔人重膠漆，白首欣有託李。我有長歌行，與君共酬酢彭。

涼風從西來，蕭爽徹毛髮彭。空庭浄如水，赤脚踏素月李。屋角挂銀河，流行出復没彭。仰睇遏浮雲，清歌慘不發李。里巷多哀聲，十户九疾疢彭。况復饑饉年，京民貧到骨李？寸心能幾何？浩蕩百憂窟彭。吾才雖無用，豈類秦與越李。曾聞漆室女，終夜常鬱鬱彭。亦有引裾郎，慷慨動天闕李。

憶莊孔暘

莊生定山住，還種定山禾。笠雨尋歸犢，鞵霜避敗莎彭。壯懷增涕淚，羈夢兀風波。别久仍憔悴，相思秋水多李。

憶江上竹有懷戴侍御謝太守

瀟灑荒園竹李，偶停江上舟。晚林深坐午彭，春袂忽驚秋。高詠涼風至李，芳年逝水流。主人今在否彭？吾亦念同遊李。

苦熱

積雨卑棲地李，驕陽暑毒時。葛衣披亦倦彭，紈扇力難支。閏月防秋早李，中宵幸晚遲。病鷹心萬里彭，舉翼待風吹李。

端溪硯

斧鑿辭山竅彭，標題藉水名李。眼浮渾欲動彭，質古故常平李。製重歐公譜彭，分勞越客情李。文章亦漫興彭，疎拙愧吾生李。

扇

短箑南方至彭，清風六月涼李。不隨班女棄彭，長爲謝公揚李。番貢裁倭繭彭，宫恩拂御香李。殷勤在襟袖彭，歲晚莫相忘李。

贈柳邦用

柳州詩格好，近日少知音李。清潤藍田玉，風流緑綺琴彭。坐深傾耳話李，貧識託交心彭。青眼天涯畔李，因君得細尋彭。

苦雨

仲夏苦霖雨，歷旬仍未休彭。窮陰連白晝，爽氣入清秋李。隱隱雷出地，冥冥風滿樓彭。潤增羅袂重李，涼愛布衾稠彭。縹緲隨空迥李，侵尋透隙幽彭。過松疎淅瀝李，灑竹密颼飀。野緑萋迷合彭，園紅黯淡羞。遠山看不見李，斜日照初收。翠蓋飄揚節彭，龍宫蹀躞騮。簷花吹復轉李，畦菜蹋還柔。螢火沾階葉彭，蛛絲墮箔鈎。夜燈明更滅李，暮客去能留。病馬嘶空櫪彭，饑鴉集斷洲。短牆時落兀李，深轍半摧輈。宿潦無行處彭，芳郊少出遊。崇岡防躡屐李，平陸盡乘桴。鵝鴨分無數彭，魚蝦不待求。浸淫同廣澤李，卑濕化南州。璧水曾孤榻彭，瀟湘憶故舟。狂潮奔百里李，疊浪蹴三丘。夢覺疑天漏彭，魂驚懼海流。崩沙隨亂草李，細沫擁浮漚。衢巷兒童鬧彭，閭閻老父憂。千家虞覆壓李，百口惜漂浮。隍決東城壞彭，宫停内院修。通闤交易隔李，逆旅往來投。市穀騰新價彭，邊儲費遠籌。正須疏畎澮李，端望洗戈矛。盜賊荆襄盛彭，民風燕薊偷。此時遭水旱李，何處有來辫？昔在炎暵日彭，深煩廊廟謀。欃槍今始散李，蛟蜴轉相仇。賦税供猶缺彭，生靈病未瘳。豈堪頻歲歉李，已矣復誰尤？聖主當宵旰彭，微臣侍冕旒。感時慚寸補李，兀坐抱窮愁。莫歎居無屋彭，從誇出有牛。幸能離跋涉李，聊與竟歌謳彭。疏懶全生拙，粗狂得句遒李。浮雲不可問，萬事各悠悠彭。

十月一日

亂杵繁燈昨夜秋李，參差城闕曙光流。即驚時節催人老彭，且盡歡娛藉子留。北地頻艱魚筍供李，此身何暇稻粱謀？紛紛病俗誰醫得彭？翻笑先生不出遊李。

北風

北風吹一作初緊菊花乾彭，猶恨冬來尚闕寒。移竹未成煩早護李，驚鴻欲下怯虛彈。馬周自識非貧相彭，王子何曾愛熱官？乘興偶然吟短句，李挑燈細雨坐更闌彭。

醉後

强把深杯學醉人李，醉於深處見情親。異鄉爾我真兄弟彭，此夜詩篇信鬼神。長史舊曾看劍舞李，東施徒愧捧心顰。他時若敍平生話彭，碧海青天萬里身李。

夕望

層城落日斂寒暉彭，西崦浮雲罨翠微。縱有樓臺供眺望李，不禁鴉雀鬧紛飛。
風塵久客空懷古彭，杯酒浮生自覺非。君看舊時青史上李，幾多憔悴復光輝彭。

搔首

搔首天涯一敝裘彭，張儀身困舌還留。君才豈合縱横甚李？仕路翻成骯髒羞。
耿耿壯心頭未白彭，冥冥奇寶價難酬。江流無限騷人意李，長憶芳春杜若洲彭。

冬日

冥冥終日晝多陰李，鐘鼓無聲夜亦沉。霜氣殘餘衰柳色彭，歲寒真識古松心。
廣文有道翻遭罵李，司馬工詞浪得名。詩就不須頻擊磬彭，酒酣隨意短長吟李。

夜寒

夜寒饑馬嚙乾芻李，燈底濡毫硯水枯。雲影去窗纔一尺彭，樗蒲到手即雙盧。
疲童屢仆驅還作李，黠鼠潛窺覺始趨。閭巷傳呼嚴擊柝彭，醉遊須勿犯金吾李。

冬雨

浮雲不斷雨還來李，漠漠天寒一雁哀。樹杪蒼山迷舊路彭，水邊危石憶孤臺。
棋聲只隔幽窗夢李，詩思先輸禁苑才。旅客情懷原不惡彭，多言無用且銜杯李。

晚歲

泥深門巷少經過彭，隱几蕭條獨嘯歌。歲晚空庭無蟋蟀李，寒輕老樹有藤蘿。
悠悠江海風濤濶彭，衮衮煙雲幻夢多。一室到今猶未掃李，年來隨分且蹉跎彭。

祀竈

瓦爐分火夜添香李，兒女殷勤再拜忙。愧我貧無陰氏薦彭，問誰真有少君方？
年來臘事聊同俗李，到處人情似故鄉。欲假神靈聞好語彭，只愁窮鬼笑詩狂李。

除夕

我住長安子異鄉李，相逢此夜話偏長。悠悠世事先難定彭，滚滚年華去不忘。
貧祭祇將詩送臘李，旅愁須藉酒澆腸。東風只與雞聲隔彭，坐待春鐘滿建章李。

夜坐

禁城迢遞夜聞鐘李，孤館殘燈結暈重。髀裏肉消空歲月彭，海中萍泊自行踪。
吹臺慷慨空懷古李，梁父荒涼敢議封。人事千年猶在眼彭，腐儒今已愧遭逢李。

遣悶

愁逐春風日日銷彭，多情頻見酒杯招。閉門謝客長懸榻李，白眼逢人懶折腰。
苔色滿庭看積雨彭，雞聲驚夢起中宵。舊遊已減西山伴李，莫惜明朝更駐鑣彭。

夜話

紙窗低暝暮雲垂彭，坐久孤眠未覺遲。詩句祇緣春病減李，鄉書不與客心期。
貧憐童僕隨憔悴彭，夢識風塵有路歧。身健且教長飽飯李，窮通在命豈須疑彭？

對客

我對客棋君把書李，人生隨意且白驅除。雲霾落日黄塵重彭，風斷高城白雁疎。
桃李芳園空舊約李，妻孥故國有新居。管寧自是忘情者彭，門巷從過長者車李。

春深

春深門巷始知春李，寂寂幽苔伴客身。旅雁過江今向北彭，臺軍入塞已歸秦。
詞垣亦是關心地李，仕路誰非得意人？萬里鄉關孤客夢彭，莫教波浪有狂鱗李。

睡起

衡陽信息經年斷彭，京國風霾十日陰。春夢忽醒花外雨李，客情翻惱樹間禽。
久知用世功名拙彭，幸不隨人俯仰深。作賦看詩供飽飯李，水絃白雪爲知音彭。

薄暮

鵶散平林落日低彭，暮峰遥隔捲簾西。坐推棋局收殘子李，吟對燈花續舊題。
燕頷豈能終筆硯彭？馬才誰復辨黄驪？相逢只合銜杯醉李，世事真同雁踏泥彭。

踏青

日暖南園春草生李，東風隨意趁閒行。霏微入眼疑無路彭，邂逅逢人懶問名。過隴只愁流水斷李，出林先愛好山迎。攜歸不語歸歟暮彭，似是無心却有情李。

春寒

門掩春寒夜坐深彭，幾時風雨苦多陰。幽花忍凍翻愁折李，細草銜泥正憶尋。已辨酒杯消寂寞彭，不將身世問浮沉。西郊卜築成虛計李，望麓同勞萬里心彭。

冬至

兩年南別度初陽彭，硯几貪留此夜長。海内論時今輩少李，天涯耽酒故吾狂。青衫破帽隨雙鬢彭，古劍殘書共一囊。時序忽催人事改李，欲將踪迹問滄浪彭。

望時還有到時空李，半隱雕簷半倚櫳。落日昏騰迷馬首彭，青春吹蕩入宫中。離魂黯黯將愁遠彭，征戍沉沉遣夢通。莫逐清歌蕭索甚李，隨風隨水共西東彭。

春雪

入春風色轉高寒彭，臘雪於人意未闌。已覺芳菲經歲改李，可能撩亂隔花看。閒調緑綺絃聲澀彭，坐盡紅爐酒力殘。試踏高樓望山嶂李，只疑驚浪逐奔湍彭。

霧

城闕空濛向曉昏彭，日高猶自閉柴門。湘簾半隔看花眼李，綺閣渾迷夢雨魂。元豹入山深隱窟彭，黄旗戰野暗歸屯。東風有意方披拂李，萬里晴天見雁痕彭。

浮雲

飄揚無力任西東李，漠漠成陰淡淡空。傾蓋逐人輕障日彭，移舟隨水亂從風。高臺獨上愁先入李，孤嶼全遮望欲窮。縹緲山川應更遠彭，斜陽力盡見歸鴻李。

霾

萬里黄雲到眼昏彭，荒荒寒�若無痕。旌旗野暗緑楊路李，桑苧人迷錦石村。徙几坐教沾灑遍彭，拂衣行厭往來煩。天河欲挽愁先劇李，短髮蕭蕭獨閉門彭。

春雨

霏微春雨細連空彭，高閣浮雲望眼中。芳意欲教花滿樹李，冶情應遣珮從風。孤鴻翅濕江天迥彭，歸燕巢深户牖通。愁坐轉添更漏永李，羈懷此夜獨成翁彭。

骨牌

散成霞綺簇成花李，失意咨嗟得意誇。製自宣和還作譜彭，格同雙陸獨名家。
世情反覆真隨手李，俗態紛紜詎有涯？醉眼幾回渾誤識彭，强於兒女鬭龍華李。

古鏡

土花深蝕舊盤龍彭，玉匣何年自啓對？春月暈寒隨手斂李，秋冰痕破向人溶。
秦宫曾見妖姬膽彭，梁國真憐美士容。珍重爲君頻拂拭李，也應光彩到疎慵彭。

方竹杖

江南方竹比琅玕彭，稜角真宜四面看。尺度有期隨意足李，提攜爲伴得身安。
漢廷浪説鳩形巧彭，楚地空餘鳳尾團。寄語山僧莫拋却李，蹤隨風雨入驚湍彭。

孤雁

海闊天高祇一身彭，朔風吹斷楚城春。江空自恨深無影李，月暗長疑誤入鄰。的的此心同別鵠彭，迢迢何處隔潛鱗？笳聲莫笑中宵起李，亦有孤舟夢裏人彭。

梧桐子

小摘疎林未滿筐李，旋披黄葉帶生嘗。清同巖桂還輸味彭，細入溪茶却愛香。歲晚不來三島鳳李，庭空先避九秋霜。荔枝龍眼真粗物彭，誰譜風流任玉堂李？

柑子

青苞壓樹入秋黄彭，采掇曾經萬里霜。北客愛香誰惜價李？東坡釀酒舊傳方。金盤擘送勞纖手彭，玉殿傳頒出禁囊。欲買洞庭三百顆李，坐看風露濕茅堂彭。

蟹

蘆花垂白稻垂黄彭，聚散惟應在水鄉。小市盤盂秋出饌李，幾家燈火夜攜筐。也宜吏部持隨酒彭，舊説河間共入糖。楚客近來諳兹味李，定須不作蔡謨狂彭。

橄欖

青青繁子簇高枝彭，雨撼風吹亦自持。垂老尚能辭采摘李，當生原不廢驅馳。餘甘繞齒香回液彭，清思隨詩冷入脾。此味向來供咀嚼李，御窮惟有老歐知彭。

蓮花燈

畫堂春夜擁芙蓉彭，香露晴薰緑蔕重。低逐月華波未定李，暖涵杯色臉初濃。輕紅泛泛還依幕彭，返照亭亭欲墮峰。年少六郎終日醉李，後庭花燭若爲容彭。

走馬燈

令嚴宵騎晝銜枚彭，聯炬兼城晚更催。日射魯陽戈滿地李，風馳赤壁旆飛灰。孤城不啻圍三匝彭，列燧頻驚報九回。畢竟英雄等兒戲李，浪將成敗使人猜彭。

漢高

昔年曾戴竹皮冠彭，百戰功危萬乘安。秦法不銷淮右鐵李，楚降先拜漢中壇。名依義帝旌旗正彭，力剪功臣羽翼殘。自古英雄原自異李，讀書翻笑腐儒酸彭。

秦始皇

六國銷沉戰伐空李，長城築罷見驪宮。李斯作相諸儒死彭，胡亥傳家二世窮。山上石碑原有字李，海中方士亦遭風。英雄竟逐坑灰盡彭，竹帛誰删漢史公李？

項羽

呼叱風雲萬里奔彭，九州環顧欲雄吞。入關已負諸侯約李，坑卒先離赤子恩。亞父有謀甘自棄彭，懷王稱帝竟誰尊？可憐慷慨江頭刎李，猶勝降兒晝樹旛彭。

讀李盱江集

袁州學裏見遺文李，周鼎商彝自不羣。一代典型今在眼彭，百年才氣獨干雲。狂言識孟誰辭却李？舊學傳曾恐誤聞。藩府薦章真不忝彭，史家餘論尚紛紜李。

讀蘇東坡集

一代文章有數公李，子瞻才論實豪雄。高天鉅浪鯨翻海彭，白日重光劍繞空。過嶺詩教蠻鬼泣李，弔湘魂與楚纍通。眉山壁立誰能到彭？振袂回看落木風李。

慈恩寺

沉沉幽寺俯層橋彭，細草環溪路寂寥。僧樹滿園春繫馬李，官船隔浦夜聞橈。黄羅擁道須香入彭，白髮比鄰載酒招。共説山林在城市李，杖藜來此不辭遥彭。

西山

望盡孤城見遠峰李，空青高擁玉芙蓉。雲低絶頂天臨近彭，霧隔層林樹繞重。乘興且隨溪石坐李，多情却與酒杯逢。捫蘿躡薜經遊處彭，縹緲猶疑日暮鐘李。

響閘

暗逐奔流吼怒雷彭，危橋欲度屢徘徊。風兼落木乘秋下李，沙擁浮鷗帶雨來。簡牒不勞津吏報彭，防關應遣禁鱗猜。酒醒難作中宵夢李，疑是江潮打岸回彭。

鐘鼓樓

層樓相對隔蒼茫李，鐘鼓迢迢刻漏長。鸛鶴不驚棲託定彭，輪蹄欲斷往來忙。
憑空樹杪東洲塔李，駐月雲低北塞牆。已罷玉簫隨夜月彭，更催銀燭引朝行李。

廣福觀

碧苔青磴石巉巉李，側壁虛疑九折巖。花落午壇鶯並語彭，果垂春圃鹿偷銜。
桃源地迥渾無路李，弱水風輕不受帆。相對捲簾終日坐彭，冷然心境隔塵凡李。

楊柳灣

寺前流水接南溪李，楊柳參差曲轉隄。斜映酒旗看不見彭，遠隨莎草到還迷。
風低燕影鉤簾外李，雲度鶯聲夾道西。寂寂子雲居在否彭？十三年度手重攜李。

桔槔亭

桔槔咿軋小亭東彭，溪上幽泉汩汩通。春雨過來從滿地李，野蔬沾足自多叢。也知機事隨心事彭，却笑今翁異昔翁。坐倚欄杆看流轉李，青山一半夕陽中彭。

菜圃 時爲中官所奪。

墻外湖陰一徑斜彭，慣栽畦菜接籬瓜。春來地濕全經雨李，蝶去叢深不見花。茆屋也宜留客坐彭，朱門占斷屬誰家？久諳世俗風情在李，獨立乾坤感歲華彭。

京都十景

瓊島春雲

蓬萊雲氣鬱參差彭，紫蓋長隨望眼移。朝旭欲浮雙闕仗李，春風不散萬年枝。玉皇縹緲樓居近彭，夏后飄揚輦步遲。五色豈勞占太史李？舜庭瑞氣已多時彭。

太液晴波

日照龍池萬頃開李，東風吹暖緑徘徊。錦屏得意從飄蕩彭，翠羽隨人自去來。
樹裏仙歌聞櫂舫李，雲中天珮見登臺。乘槎欲問支機石彭，已覺身從上界回李。

居庸疊翠

千山欲斷擁岧嶤彭，樹繞秦城睥睨遥。青磴入空通鳥道李，丹崖回日駐雲翹。
俯窺潮海秋毫外彭，仰見銀河北斗杓。自古華夷天限隔李，只今荒遠盡來朝彭。

西山霽雪

闕門西望數峰寒李，巖壑崚嶒學未殘。雲影遠隨飛鳥盡彭，日光微借捲簾看。
瑶臺路隔淩虚步李，碧海風翻□斗瀾。頓使塵氛無處著彭，玉堂晨起罷彈冠李。

盧溝曉月

長河流月曉縱横彭，野淡天昏漸欲明。深樹影濃隨馬去李，旅人程急聽雞行。
疎鐘隔岸依微度彭，宿鳥翻巢促刺驚。却倚欄杆望雙闕李，鬱鬱佳氣滿神京彭。

金臺夕照

秋盡高臺木葉稀李，離離煙草共斜暉。空微欲斂千山影彭，宛轉猶留百雉圍。
駿骨衹今塵土在李，地形依舊市朝非。不須灑淚歌懷古彭，獨立西風看鳥飛李。

薊門煙樹

水邊芳樹拂煙低彭，十里人家帶郭西。春氣濕衣渾欲雨李，暖塵吹面不成泥。
誤回馬首迷歸路彭，慣識鶯聲是故棲。亭午出溪風日霽李，天涯青草正萋萋彭。

玉泉垂虹

春山窈窕一泉流李，山下分明螮蝀浮。寒影動巖雲欲散彭，回光落澗雨初收。曾於五老峰前見李，不向天台嶺上求。醉倚石欄清到骨彭，九霄環珮想宸遊李。

南囿秋風

漢苑蕭蕭錦樹空彭，按鷹臺上起秋風。天清萬騎鳴弰發李，野静千門禁蹕通。武帝樓船歌在耳彭，相如羽獵賦誰工？今聞講武蓬山下李，内廄虚傳八尺驄彭。

東郊時雨

暖雲芳甸覆春陰李，密雨隨風入望深。沙渚水平流不斷彭，柳叢鶯杳聽將沉。占年共憶田家話李，憂旱無煩聖主心。明日東園看桃李彭，不將詩酒負招尋李。

瀟湘八景

瀟湘夜雨

苔卧清風缺岸崩彭，湘江地濕雨相仍。風回别浦吹還斷李，雲結層空散未能。殘枕半欹聞墜葉彭，短篷初泊傍疎燈。明朝苦竹江頭路李，拄杖何人共一簦彭？

洞庭秋月

素月流空滿洞庭李，君山照見一浮萍。魚龍不動蕭蕭籟彭，環珮猶疑杳杳靈。萬里碧槎天上坐李，五更清笛夢中聽。濯纓更有滄浪詠彭，醉倚高樓到酒醒李。

遠浦歸帆

江接長空浦樹回彭，歸帆落日共徘徊。孤舟望遠翻疑去李，曲岸移遲忽見來。雲裏青山前日夢彭，樓中翠黛有人開。柴門纜石依然在李，轉柁先期舊近苔彭。

平沙落雁

樹空江濶雁行斜李，落影翩翩尚暮霞。菰米水深遥認渚彭，白萍風急更鳴沙。孤舟野客依棲共李，高閣幽人矚望遐。不似驚鳥飛不定彭，也應南北恨年華李。

煙寺晚鐘

日斜孤寺暮煙生李，風度鐘聲過嶺鳴。沙上晚樵争渡急彭，城中行脚到門輕。藤蘿不礙前溪路李，舟楫還貪别岸程。却憶殘燈微雨後彭，幾回依舊報新晴李。

漁村夕照

數家殘照帶江灣彭，楊柳成村釣石環。淡淡竹籬浮水净李，渾渾沙渚著鷗閒。柴門欲閉先沽酒彭，樵伴相逢却問山。猶有清歌對明月李，夜深隨棹下潺湲彭。

山市晴嵐

野市山深路入雲李，嵐光晴翠暖紛紛。行人出樹衣巾濕彭，小屋開簾户牖分。望隔遠帘遥駐馬李，聆隨春水静鳴雞。湖南風景堪圖畫彭，長使何郎憶范君李。

江天暮雪

江雪初合晚冥冥彭，萬木呼風雪滿汀。天盡遠山無鳥迹李，路遥孤野失茆亭。漁舟裊裊寒煙出彭，野店深深舊竹扃。坐擁青燈聽蕭瑟李，消愁賴得酒雙瓶彭。

詠雪

詰曲樓臺宛轉風李，鐘鳴曙色到簾櫳。六街踏作銀河路彭，雙闕瞻疑玉帝宫。縹緲夢隨旌旆杳李，顛狂嗔見蝶蜂叢。閉門穩稱袁安卧彭，學句偏憐謝女工。愛舉輕裾承委籍李，慚將短髮競飄蓬。牆東著日先消盡彭，郭外尋梅正擬同。夜静隔窗聞折竹李，雲迷遠樹詑垂虹。藍關瘦馬迢迢去彭，剡曲孤舟渺渺通。厭客總仍僮倦掃李，題詩却賴酒相攻。罌瓶剩貯煎茶水彭，蓑笠慵開把釣篷。醉眼豈勝花作陣李？微軀多謝火能烘。黎陽妙曲今誰付彭？灞上幽懷想未窮。平野已無三窟兔李，冥淵徒恨九霄鴻。城頭月黑愁吹角彭，磧口風寒憶挂弓。漢使老餘青海節李，曹郎驕驟鄴城驄。萱芽出吐看全坼，峰頂摩空勢欲童。試拂丹梯捫斗柄李，誤猜金剪奪天工。舞衫亂點如添繡彭，獵騎斜披不受幪。墮落泥塗翻自惜李，鋪成溪沼亦旋空。頹堆倒岫從兒戲彭，北隴南村且歲豐。越客到時驚始識李，郢人歌罷覺難終。長號赤脚哀嫠婦彭，獨坐攣肩怯病翁。世事炎涼真覆手李，乾坤淒黯實盲瞳。旅遊對此仍羈絆彭，莫怪篇成大劇匆李。

與潘時用夜宿聯句

城頭落日散飛鴉彭，樓外回風送斷笳潘。留客坐深忘睡早李，分題吟就倚燈斜彭。奚奴貰酒勞歸市潘，候吏趨朝欲報衙李。星影動摇天自轉彭，漏聲迢遞夜還賒潘。瓦爐宿火頻催藥李，竹几看書更啜茶彭。獨鶴夢寒聞警露潘，羣鴻路遠憶鳴沙李。六街行避金吾邏彭，比屋從教稚子譁潘。吻渴正思仙掌露李，興豪疑上月宮槎彭。側身天地空雙劍潘，過眼糟糠漫五車李。虞詡有才終作郡彭，杜陵多病久無家潘。嗟余淺薄聲名在李，感子殷勤禮數加彭。弱質敢辭依榆樹潘，非才何以答瓊瓜李？龍門舊地容扳接彭，牛角長歌肯歎嗟潘。薦達幾年懷忝竊李，飄零何處問生涯彭？雲霄好在須平步潘，竹帛從來豈浪誇李？蘭桂不隨桃李盡彭，璠璵寧受碔砆瑕潘？詞章恥擅雕蟲技李，才學真成射斗華彭。世事紛紛翻手雨潘，人生滚滚落茵花李。雄談莫倚臧三耳彭，知己今逢鮑叔牙潘。醉裏狂言披豁甚李，據牀時起岸烏紗彭。

少時手鈔懷麓堂集，即知吾邑彭民望孝廉與文正公爲莫逆交。稍長，伏讀御定明詩選，民望詩闃然在焉。益慕其人，思得其全集觀之。遍覓邑之藏書家，不可得。歲庚午，偶從友人案頭見一編，曰老葵集也，亟繙閱一過。詩多律絶，古體則五言數首，七言一首而已。因疑民望之詩必不止於是，而是編不足以概民望也。文正嘗輯民望詩藏之，僅百餘篇，見懷麓堂詩話。是編數已逾二百，而詩話中録其送人云：「齊地青山連魯衆，彭城山色過淮稀。」桔橰亭云：「春風滿畦水不見，野人勞遍尋無有。」則知非懷麓堂所藏之本明矣。文正又言：「與民望聯句，幾二百篇，爲别録。」「悲秋詩長律七言四十韻，不欲重用一字。」今聯句不滿百篇，悲秋作不與焉。懷麓堂集既不載聯句，無由博觀其去取而考核其是非，則舊本之逸而不傳，又不獨如送人、桔橰亭諸作已也。邑前輩劉杜三先生曾序其聯句矣，乃謂自聯句外，止得答西涯五首。是編與西涯贈答甚夥，杜三所見之五首在其中否，皆不可知。獨念杜三先生百餘年前於五首後再求不得，余生後杜三三百餘年，乃得此於綱羅散失之餘。雖民望之詩不止於是，是編亦不足以概民望，要不可謂非幸也。小園春盡，繁花盈枝，今雨不來，人踪欲合，因正其豕魚而歸之。嘉慶辛未三月既望，半瓢居士謹識。

李東陽全集卷二一七

麓堂詩話一卷

麓堂詩話序

近世所傳詩話，雜出蔓辭，殊不强人意。惟嚴滄浪詩談，深得詩家三昧，關中既梓行之。是編乃今少師大學士西涯李先生公餘隨筆，藏之家笥，未嘗出以示人，鐸得而録焉。其間立論，皆先生所獨得，實有發前人之所未發者。先生之詩獨步斯世，若杜之在唐，蘇之在宋，虞伯生之在元，集諸家之長而大成之。故其評騭折衷，如老吏斷律，無不曲當。人在堂上，方能辨堂下人曲直，予於是亦云。用託之木，與滄浪並傳。雖非先生意，亦天下學士大夫意也。於戲！先生人品行業，有耳目者皆能知之〔一〕。文章乃其餘事，詩話云乎哉！遼陽王鐸識。

【校勘記】

〔一〕「者」原在「之」之下，右標一點（、），並於「目」字右下與「皆」字右上標有點下加斜杠的插入標號，以示須將下面之「者」字移入此處。此抄本爲一精抄本，又經清代名家杭世駿校過。抄校者極認真，當是嚴格依照正德初年刻本之行款繕録，隨抄隨校：發覺該句或該行漏抄文字，即用上述方法補救，或直接在漏字之處的右邊補入正字，並在該字下加一斜杠表示補入此字之意；發覺抄錯的文字，即對該錯字加圈，並於其右補寫一正字；發覺衍字，即圈去。下文有多處此類情形，徑依所示正之，不再一一出校。

李東陽全集卷一二七

麓堂詩話

詩在六經中别是一教，蓋六藝中之樂也。樂始於詩，終於律，人聲和則樂聲和。又取其聲之和者，以陶寫情性，感發志意，動蕩血脈，流通精神，有至於手舞足蹈而不自覺者。後世詩與樂判而爲二，雖有格律而無音韻，是不過爲俳偶之文而已。使徒以文而已也，則古之教何必以詩律爲哉！

古詩與律不同體，必各用其體，乃爲合格。然律猶可間出古意，古不可涉律。古涉律調，如謝靈運「池塘生春草」，「紅藥當階翻」，雖一時傳誦，固已移於流俗而不自覺。若孟浩然「一杯還一曲，不覺夕陽沉」，杜子美「獨樹花發自分明，春渚日落夢相牽」，李太白「鸚鵡西飛隴山去，芳洲之樹何青青」，崔顥「黄鶴一去不復返，白雲千載空悠悠」，乃律間出古，要自不厭也。予少時嘗曰：「幽人不到處，茅屋自成村。」又曰：「欲往愁無路，山高谿水深。」雖極力摹擬，恨不能萬一耳。

詩貴意，意貴遠不貴近，貴淡不貴濃。濃而近者易識，淡而遠者難知。如杜子美「鈎簾宿鷺起，丸藥流鶯囀」、「不通姓字粗豪甚，指點銀瓶索酒嘗」、「銜泥點涴琴書内，更接飛蟲打著人」，李太白「桃花流水杳然去，别有天地非人間」，王摩詰「返景入深林，復照梅苔上」，皆淡而愈濃，近而愈遠，可與知者道，難與俗人言。王介甫得之，曰：「坐看蒼苔色，欲上人衣來。」虞伯生得之，曰：「不及清江轉柁鼓，洗盞船頭沙鳥鳴。」曰：「繡簾美人時共看，階前青草落花多。」楊廉夫得之，曰：「南高峰雲北高雨，雲雨相隨惱殺儂。」可謂閉門造車，出門合轍者矣。

柳子厚「回看天際下中流，巖畔無心雲相逐」，坡翁欲削此二句，論詩者類不免矮人看場之病。予謂若止用前四句，則與晚唐何異？然未敢以語人。兒子兆先一日過庭，輒自及此，予頗訝之。又一日，忽曰：「劉長卿『白馬翩翩春草細，邵陵西去獵平原。』非但人不能道，抑恐不能識。」因誦予桔槔亭曰：

「閒行看流水，隨意滿平田。」響閘曰：「津吏河上來，坐看青草短。」海子曰：「高樓沙口望，正見打魚船。」夜坐曰：「寒燈照影獨自坐，童子無語對人閒。」以爲三四年前尚疑此語不可解，今灑然矣。予乃顧而笑曰：「有是哉！」

古律詩各有音節，然皆限於字數，求之不難。惟樂府長短句初無定數，最難調疊，然亦有自然之聲。古所謂聲依永者，謂有長短之節，非徒永也。故隨其長短，皆可以播之律呂。而其太長太短之無節者，則不足以爲樂。今泥古詩之成聲，平側長短，句句字字，摹倣而不敢失，非惟格調有限，亦無以發人之情性。若往復諷詠，久而自有所得。得於心而發之乎聲，則雖千變萬化，如珠之走盤，自不越乎法度之外矣。如李太白遠別離、杜子美桃竹杖，皆極其操縱，曷嘗按古人聲調？而和順委曲乃如此。固初學所未到，然學而未至乎是，亦未可與言詩也。

詩必有具眼，亦必有具耳。眼主格，耳主聲。聞琴斷知爲第幾絃，此具耳也。月下隔窗辨五色線，此具眼也。費侍郎廷言嘗問作詩，予曰：「試取所未見詩，即中能識其時代格調，十不失一，乃爲有得。」費殊不信。一日，與喬編修維翰觀新頒中秘書，予適至，費即掩卷問曰：「請問此何代詩也？」予取讀一篇，輒曰：「唐詩也。」又問：「何人？」予曰：「須看兩首。」看畢曰：「非白樂天乎？」於是二人大笑。啓卷視之，蓋長慶集印本，不傳久矣。

唐人不言詩法，詩法多出宋，而宋人於詩無所得。所謂法者，不過一字一句對偶雕琢之工，而天真興致則未可與道。其高者失之捕風捉影，而卑者坐於粘皮帶骨，至於江西詩派極矣。惟嚴滄浪所論超離塵俗，真若有所自得，反覆譬說，未嘗有失。顧其所自爲作，徒得唐人體面，而亦少超拔警策之處。予嘗謂識得十分，只做得八九分，其一二分乃拘於才力，其滄浪之謂乎？若是者往往而然，然未有識分數少而作分數多者，故識先而力後。

宋詩深，却去唐遠；元詩淺，去唐却近。顧元不可爲法，所謂取法乎中，僅得其下耳。極元之選，惟劉靜修、虞伯生二人，皆能名家，莫可軒輊。世恒爲劉左袒，雖陸靜逸鼎儀亦然。予獨謂高牙大纛，堂堂正正，攻堅而折鋭，則劉有一日之長；若藏鋒斂鍔，出奇制勝，如珠之走盤，馬之行空，始若不見其妙，而探之愈深，引之愈長，則於虞有取焉。然此非謂道學名節論，乃爲詩論也。與予論合者，惟張滄洲亨父、謝方石鳴治。亨父已矣，方石亦歸老數千里外，知我罪我，世固有君子存焉，當何如哉！

唐詩李、杜之外，孟浩然、王摩詰足稱大家。王詩豐縟而不華靡，孟却專心古澹而悠遠深厚，自無寒儉枯瘠之病。由此言之，則孟爲尤勝。儲光羲有孟之古，而深遠不及；岑參有王之縟，而又以華靡掩之。故杜子美稱「吾憐孟浩然」，稱「高人王右丞」，而不及儲、岑，有以也夫。

觀樂記論樂聲處，便識得詩法。

作詩不可以意徇辭，而須以辭達意。辭能達意，可歌可詠，則可以傳王摩詰「陽關無故人」之句。盛唐以前所未道，此辭一出，一時傳誦不足，至爲三疊歌之。後之詠別者，千言萬語，殆不能出其意之外。必如是，方可謂之達耳。

詩貴不經人道語。自有詩以來，經幾千百人，出幾千萬語，而不能窮。是物之理無窮，而詩之爲道亦無窮也。今令畫工畫十人，則必有相似而不能別出者，蓋其道小而易窮。而世之言詩者，每與畫並論，則自小其道也。

「雞聲茅店月，人迹板橋霜」，人但知其能道羈愁野況於言意之表，不知二句中不用一二閒字，止提掇出緊關物色字樣，而音韻鏗鏘，意象具足，始爲難得。若强排硬疊，不論其字面之清濁、音韻之諧舛，而云我能寫景用事，豈可哉！

詩與文不同體。昔人謂杜子美以詩爲文，韓退之以文爲詩，固未然。然其所得所就，亦各有偏長獨到之處。近見名家大手以文章自命者，至其爲詩，則毫釐千里，終其身而不悟。然則詩果易言哉！

「寫留行道影，焚却坐禪身」，開口便自粘帶，已落第二義矣。所謂「燒殺活和尚」，正不須如此說。

長篇中須有節奏，有操有縱，有正有變。若平鋪穩布，雖多無益。唐詩類有委曲可喜之處，惟杜子美頓挫起伏，變化不測，可駭可愕，蓋其音響與格律正相稱。回視諸作，皆在下風。然學者不先得唐調，未可遽爲杜學也。

「月到梧桐上，風來楊柳邊」，豈不佳？終不似唐人句法。「芙蓉露下落，楊柳月中疏」，有何深意？却自是詩家語。

陳公父論詩專取聲，最得要領。潘禎應昌嘗謂予詩宮聲也，予訝而問之。潘言其父受於鄉先輩曰：「詩有五聲，全備者少，惟得宮聲者爲最優，蓋可以兼衆聲也。李太白、杜子美之詩爲宮，韓退之之詩爲角。以此例之，雖百家可知也。」予初欲求聲於詩，不過心口相語，然不敢以示人，聞潘言，始自信，以爲昔人先得我心。天下之理，出於自然者，固不約而同也。趙撝謙嘗作聲音文字通十二卷，未有刻本。本人内閣而亡其十一，止存總目一卷。以聲統字，字之於詩，亦一本而分者。於此觀之，尤信。門人輩有聞予言，必讓予曰：「莫太洩漏天機！」否也。

國初，諸詩人結社爲詩。浦長源請入社，衆請所作。初誦數首，皆未應。至「雲邊路繞巴山色，樹裏河流漢水聲」，並加賞歎，遂納之。

林子羽鳴盛集專學唐，袁凱在野集專學杜。蓋皆極力摹擬，不但字面句法，并其題目亦效之。開卷驟視，宛若舊本。然細味之，求其流出肺腑、卓爾有立者，指不能一再屈也。宣德間，有晏鐸者選本朝詩，亦名鳴盛詩集。其第一首林子羽應制曰「堤柳欲眠鶯唤起，宫花乍落鳥銜來」，蓋非林最得意者，則其它所選可知。其選袁凱白燕詩曰「月明漢水初無影，雪滿梁園尚未歸」，曰「趙家姊妹多相忌，莫向昭陽殿裏飛」，亦佳。若蘇李泣别圖曰「猶有交情兩行淚，西風吹上漢臣衣」，而選不及，何也？

律詩對偶最難。如賈浪仙「獨行潭底影，數息樹邊身」，至有「兩句三年得」之句。許用晦「湘潭雲盡暮山出，巴蜀雪消春水來」，皆有感而後得者也。戴石屏「夕陽山外山」對「春水渡傍渡」，亦然。若晏元獻對「無可奈何花落去，似曾相識燕歸來」尤覺相稱耳。

詩有三義，賦止居一，而比興居其二。所謂比與興者，皆託物寓情而爲之者也。蓋正言直述則易於窮盡而難於感發，惟有所寓託，形容摹寫，反復諷詠，以俟人之自得。言有盡而意無窮，則神爽飛動，手舞足蹈而不自覺。此詩之所以貴情思而輕事實也。

元詩體要載楊廉夫香奩絶句，有極鄙褻者，乃韓致堯詩也。

質而不俚，是詩家難事。樂府歌辭所載木蘭辭，前首最近古。唐詩，張文昌善用俚語，劉夢得竹枝亦入妙。至白樂天令老嫗解之，遂失之淺俗。其意豈不以李義山輩爲澀僻而反之？而弊一至是，豈古人之作端使然哉！

古歌辭貴簡遠。大風歌止三句，易水歌止二句，其感激悲壯，語短而意益長。彈鋏歌止一句，亦自有含悲飲恨之意。後世窮技極力，愈多而愈不及。予嘗題柯敬仲墨竹曰：「莫將畫竹論難易，剛道繁難簡更難。君看蕭蕭祇數葉，滿堂風雨不勝寒。」畫法與詩法通者，蓋此類也。

劉會孟名能評詩，自杜子美下至王摩詰、李長吉諸家，皆有評。語簡意切，别是一機軸，諸人評詩者皆不及。及觀其所自作，則堆疊餖飣，殊乏興調，亦信乎創作之難也。

國初稱高、楊、張、徐。高季迪才力聲調過三人遠甚，百餘年來，亦未見卓然有以過之者，但未見其止耳。張來儀、徐幼文殊不多見，楊孟載春草詩最傳，其曰「六朝舊恨斜陽外，南浦新愁細雨中」，曰「平川十里人歸晚，無數牛羊一笛風」，誠佳。然「綠迷歌扇，紅襯舞裙」，已不能脱元詩氣習。至「簾爲看山盡捲西」，更過纖巧，「春來簾幕怕朝東」，乃豔詞耳。今人類學楊而不學高者，豈惟楊體易識，亦高差難學故邪？

詩用實字易，用虛字難。盛唐人善用虛，其開合呼喚，悠揚委曲，皆在於此。用之不善，則柔弱緩散，不復可振，亦當深戒。此予所獨得者。夏正夫嘗謂人曰：「李西涯專在虛字上用工夫，如何當得？」予聞而服之。

晦翁深於古詩，其效漢魏，至字字句句、平側高下亦相依倣。命意託興，則得之三百篇者爲多。觀所著詩傳，簡當精密，殆無遺憾，是可見已。感興之作，蓋以經史事理播之吟詠，豈可以後世詩家者流例論哉！

律詩起承轉合，不爲無法，但不可泥於法。泥則撑拄對待，四方八角，無圓活生動之意。然必待法度既定，從容閑習之餘，或溢而爲波，或變而爲奇，乃有自然之妙。是不可以强致也。若並而廢之，亦奚以律爲哉？

選詩誠難，必識足以兼諸家者，乃能選諸家；識足以兼一代者，乃能選一代。一代不數人，一人不數篇，而欲以一人選之，不亦難乎？選唐詩者，惟楊士宏唐音爲庶幾。次則周伯弜三體，但其分體過於細碎，而二書皆有不必選者。趙章泉絶句，雖少而精。若鼓吹，則多以晚唐卑陋者爲入格，吾無取焉耳。

古詩歌之聲調節奏，不傳久矣。比嘗聽人歌關雎、鹿鳴諸詩，不過以四字平引爲長聲，無甚高下緩急之節，意古之人不徒爾也。今之詩惟吴、越有歌。吴歌清而婉，越歌長而激，然士大夫亦不皆能。予所聞者，吴則張亨父，越則王古直仁輔，可稱名家。亨父不爲人歌，每自歌所爲詩，真有手舞足蹈意。仁輔性亦僻，不時得其歌。予值有得意詩，或令歌之，因以驗予所作。雖不必能自爲歌，往往合律，不待强致，而亦有不容强者也。

唐律多於聯上著工夫。如雍陶白鷺、鄭谷鷓鴣詩二聯，皆學究之高者。至於起結，即不成語矣。如杜子美白鷹起句、錢起湘靈鼓瑟結句，若奏金石以破蟋蟀之鳴，豈易得哉！

杜子美漫興諸絶句，有古竹枝意，跌宕奇古，超出詩人蹊徑。韓退之亦有之。楊廉夫十二首，非近代作也，蓋廉夫深於樂府，當所得意，若有神助。但恃才縱筆，多率易而作，不能一一合度。今所刻本容有擇而不精之處，讀者必慎取之可也。

文章固關氣運，亦繫於習尚。周、召二南，王、豳、曹、魏諸風，商、周、魯三頌，皆北方之詩。漢、魏、西晉亦然。唐之盛時，稱作家在選列者，大抵多秦、晉之人也。蓋周以詩教民，而唐以詩取士，畿甸之地，王化所先，文軌車書所聚，雖欲其不能，不可得也。荆楚之音，聖人不録，實以要荒之故。六朝所製，則出於偏安僭據之域，君子固有譏焉。然則，東南之以文著者亦鮮矣。本朝定都北方，乃夷狄僭竊所不能有，而又用夏變夷，爲一統之盛，歷百有餘年之久。然文章多出東南，能詩之士，莫吴越若者，而西北顧鮮其人，何哉？無亦科目不以取、郡縣不以薦之故歟？

昔人以「打起黄鶯兒」、「三日入厨下」爲作詩之法，後乃有以「谿迴松風長」爲法者，猶論學文以孟子及伯夷傳爲法。要之，未必盡然，亦各因其所得而入而已。所入雖異，而所至則同。若執一而求之，甚者乃至於廢百，則刻舟膠柱之類，惡可與言詩哉！

詩之爲妙，固有詠歎淫泆、三復而始見、百過而不能窮者。然以具眼觀之，則急讀疾誦，不待終篇盡帙，而已得其意。譬之善記者，一目之間，數行可下。然非其人，亦豈可强而爲之哉？蕭海釣文明嘗以近作試予。止誦一句，予遽曰：「陸鼎儀。」海釣即笑而止。

文章如精金美玉，經百鍊，歷萬選而後見。今觀昔人所選，雖互有得失，至其盡善極美，則所謂鳳凰芝草，人人皆以爲瑞，閱數千百年幾千萬人而莫有異議焉。如李太白遠别離、蜀道難，杜子美秋興、諸將、詠懷古迹、新婚别、兵車行，終日誦之不厭也。蘇子瞻在黄州，夜誦阿房宫賦數十遍，每遍必稱好，非其誠有所好，殆不至此。然後之誦赤壁二賦者，奚獨不如子瞻之於阿房及予所謂李、杜諸作也邪？

詩韻貴穩，韻不穩則不成句。和韻尤難，類失牽强，强之不如勿和。善用韻者，雖和猶其自作；不善用者，雖所自作猶和也。

「詩有别材，非關書也；詩有别趣，非關理也。然非讀書之多、明理之至者，則不能作。」論詩者無以易此矣。彼小夫賤隸、婦人女子，真情實意，暗合而偶中，固不待於教；而所謂騷人墨客、學士大夫，疲神思，弊精力，窮壯至老而不能得其妙，正坐是哉！

今之歌詩者，其聲調有輕重、清濁、長短、高下、緩急之異，聽之者不問而知其爲吴爲越也。漢以上古詩弗論，所謂律者，非獨字數之同，而凡聲之平側亦無不同也。然其調之爲唐爲宋爲元者，亦較然明甚。此何故邪？大匠能與人以規矩，不能使人巧，律者規矩之謂，而其爲調則有巧存焉。苟非心領神會，自有所得，雖日提耳而教之，無益也。

陶詩質厚近古，愈讀而愈見其妙。韋應物稍失之平易，柳子厚則過於精刻。世稱陶、韋，又稱韋、柳，特概言之。惟謂學陶者須自韋、柳而入，乃爲正耳。

李、杜詩唐以來無和者，知其不可和也。近世乃有和杜，不一而足。張式之和唐音，猶有得意，至杜則無一句相似。豈效衆人者易而效一人者反難邪？是可知已。

唐士大夫舉世爲詩，而傳者可數。其不能者弗論，雖能者亦未必盡傳。高適、嚴武、韋超、郭受之詩，附諸杜集，皆可觀。子美所稱與，殆非溢美。惟高詩在選者，略見於世，餘則未之見也。至薛端，乃謂其文章有神。薛華與李白並稱，而無一字可傳，豈非有幸不幸邪？

劉長卿集悽婉清切，盡羈人怨士之思，蓋其情性固然，非但以遷謫故也。譬之琴有商調，自成一格。若柳子厚永州以前，亦自有和平富麗之作，豈盡爲遷謫之音邪？

「樂意相關禽對語，生香不斷樹交花」，論者以爲至妙。予不能辯，但恨其意象太著耳。

詩太拙則近於文，太巧則近於詞。宋之拙者皆文也，元之巧者皆詞也。

唐音遺響所載任翻題台州寺壁詩曰：「前峰月照一江水，僧在翠微開竹房。」既去，有觀者取筆改「一」字爲「半」字。翻行數十里，乃得「半」字。亟回欲易之，則見所改字，因歎曰：「台州有人！」予聞之王古直云。

胡文穆澹庵集載虞伯生滕王閣三詩，其曰「天寒高閣立蒼茫，百尺闌干送夕陽」，曰「燈火夜歸湖上雨，隔籬呼酒説干將」，信非伯生不能作也。今道園遺稿如此詩者絶少，豈學古録所集固其所自選邪？然亦有不能盡者，何也？

元季國初，東南人士重詩社。每一有力者爲主，聘詩人爲考官，隔歲封題於諸郡之能詩者，期以明春集卷。私試開榜次名，仍刻其優者，略如科舉之法。今世所傳，惟浦江吴氏月泉吟社，謝翺爲考官，「春日田園雜興」爲題，取羅公福爲首。其所刻詩以和平温厚爲主，無甚警拔，而卷中亦無能過之者。蓋一時所尚如此。聞此等集尚有存者，然未及見也。

劉草窗原博己巳歲有詩曰：「塞雁南飛又北旋，上皇音信轉茫然。孤臣自恨無容地，逆虜誰能共戴天？王衍有時知石勒，謝玄何日破符堅？京城四塞山河固，一望龍沙一涕漣。」聞者傷之。今所刻本似此者，蓋不多見也。

國初顧禄爲宮詞，有以爲言者，朝廷欲治之。及觀其詩集，乃用洪武正韻，遂釋之。時此書初出，急欲行之故也。

紅梅詩押「牛」字韻，有曰「錯認桃林欲放牛」；蛺蝶詩押「船」字韻，有曰「跟箇賣花人上船」：皆前輩所傳，不知爲何名氏也。

國初人有作九言詩曰：「昨夜西風擺落千林梢，渡頭小舟捲入寒塘坳。」貴在渾成勁健，亦備一體，餘不能悉記也。

羅明仲嘗謂三言亦可爲體，出「樹」、「處」二韻，迫予題扇。予援筆云：「揚風帆，出江樹。家遥遥，在何處？」又因圍棋出「端」、「觀」二韻。予曰：「勝與負，相爲端。我因君，得大觀。」固一時戲劇，偶記於此。

京師人造酒，類用灰，觸鼻蜇舌，千方一味，南人嗤之。張汝弼謂之「燕京琥珀」。惟内法酒脱去此味，風致自别。人得其方者，亦不能似也。予嘗譬今之爲詩者，一等俗句俗字，類有燕京琥珀之味，而不能自脱，安得盛唐内法手爲之點化哉？

虞伯生畫竹曰：「古來篆籀法已絶，祇有木葉雕蠶蟲。」畫馬曰：「貌得當時第一匹，昭陵風雨夜聞嘶。」成都曰：「賴得郫筒酒易醉，夜歸衝雨漢州城。」真得少陵家法。世人學杜，未得其雄健，而已失之粗率；未得其深厚，而已失之壅腫。如此者未易多見也。

李長吉詩字字句句欲傳于世，顧過於劌鉥[一]，無天真自然之趣。通篇讀之，有山節藻棁而無梁棟，知其非大道也。

作詩必使老嫗聽解，固不可，然必使士大夫讀而不能解，亦何故邪？

張滄洲亨父、陸静逸鼎儀少同筆硯，未第時皆有詩名。亨父天才敏絶，而好爲精鍊奇思硬語，間見疊出，人莫攖其鋒。鼎儀稍後作，而意識超詣，凌高徑趨，擺落塵俗，筆力所至，有不可形容之妙。雖或矯枉過正，弗恤也。二人者，若天假之年，其所成就，不知到古人何等地步？而皆不壽以死，豈不重可惜哉！

謝方石鳴治出自東南，人始未之知。爲翰林庶吉士時，見其送人兄弟詩曰「坐來風雨不知夜，夢入池塘都是春」，争傳賞之。及月課京都十景律詩，皆精鑿不苟。劉文安公批云：「比見張亨父十景古詩，甚佳。」二友者，各相叩其妙可也。

夏正夫、劉欽謨同在南曹，有詩名。初，劉有俊思，名差勝。如無題詩曰：「簾幕深沉柳絮風，象牀豹枕畫廊東。一春空自聞啼鳥，半夜誰來問守宫？眉學遠山低晚翠，心隨流水寄題紅。十年不到門前去，零落棠梨野草中。」人盛傳之。夏每見卷中有劉欽謨詩，則累月不下筆，必求所以勝之者。後劉早卒，夏造詣益深，竟出其右。如虔州懷古詩曰：「宋家後葉如東晉，南渡虔州益可哀。母后撤簾行在所，相臣開府濟時才。虎頭城向江心起，龍脉泉從地底來。人代興亡今又古，春風回首鬱孤臺。」若此者甚多。然東南士夫猶不喜夏作，至以爲頭巾詩，不知何也？

人但知律詩起結之難，而不知轉語之難，第五第七句尤宜著力。如許渾詩，前聯是景，後聯又説，殊乏意致耳。

詩有純用平側字而自相諧協者。如「輕裾隨風還」，五字皆平；「桃花梨花参差開」，七字皆平；「月出斷岸口」一章，五字皆側。惟杜子美好用側字，如「有客有客字子美」，七字皆側；「中夜起坐萬感集」，六字側者尤多；「壁色立積鐵」「業白出石壁」，至五字皆入，而不覺其滯。此等雖難學，亦不可不知也。

徐竹軒以道嘗謂予曰：杜律非虞伯生註，楊文貞公序刻於正統某年，宣德初已有刻本，乃張姓某人註，渠所親見。予求其本，弗得也。又言：方正學勉學詩二十首，乃陳嗣初詩，爲集者之誤。亦未暇深考，姑記之。

漢、魏、六朝、唐、宋、元詩，各自爲體，譬之方言，秦、晉、吴、越、閩、楚之類，分疆畫地，音殊調別，彼此不相入。此可見天地間氣機所動，發爲音聲，隨時與地，無俟區別，而不相侵奪。然則人囿於氣化之中，而欲超乎時代土壤之外，不亦難哉？

六朝、宋、元詩，就其佳者，亦各有興致，但非本色，只是禪家所謂小乘，道家所謂尸解仙耳。

長歌之哀，過於痛哭，歌發於樂者也。而反過於哭，是詩之作也。七情具焉，豈獨樂之發哉？惟哀而甚於哭，則失其正矣。善用其情者無他，亦不失其正而已。

秀才作詩不脱俗，謂之頭巾氣；和尚作詩不脱俗，謂之餕餡氣；詠閨閣過於華豔，謂之脂粉氣。能脱此三氣，則不俗矣。至於朝廷典則之詩，謂之臺閣氣；隱逸恬澹之詩，謂之山林氣。此二氣者必有其一，却不可少。

韓退之雪詩冠絶古今。其取譬曰「隨車翻縞帶〔二〕，逐馬散銀盃」未爲奇特；其摹寫曰「穿細時雙透，乘危忽半摧」，則意象超脱，直到人不能道處耳。

子貢因論學而知詩，子夏因論詩而知學，其所爲問答論議，初不過骨角玉石、面目采色之間，而感發忻動，不能自已。讀詩者執此求之，亦可以自得矣。

陳白沙詩極有聲韻，崖山大忠祠曰：「天王舟檝浮南海，大將旌旗仆北風。世亂英雄終死國，時來胡虜亦成功。身爲左衽皆劉豫，志復中原有謝公。人衆勝天非一日，西湖雲掩岳王宮。」和者皆不及。餘詩亦有風致，但所刻浄稿者未之擇耳。

莊定山孔暘未第時已有詩名，苦思精鍊，累日不成一章。如「江穩得秋天」，與「露冕春停江上樹」，往往爲人傳誦。晚年益豪縱，出入規格，如「開闢以來元有此，蓬萊之外更無山」之類，陳公甫有曰「百鍊不如莊定山」，有以也。

詩文之傳，亦繫於所付託。韓付之李漢，柳付之劉夢得，歐有子，蘇有弟。後人既不前人若，又往往爲輯録者所累。解學士縉，才名絶世，詩無全稿。黄學士諫收拾遺逸，漫爲集刻。今所傳本，如采石吊李白、中秋不見月，不過數篇。其餘真僞相半，頓令觀者有「楓落吴江冷」之歎。然則江右當時之英，安能追後死者之責邪？若楊文貞公東里集，手自選擇，刻於廣東，爲人竄入數篇。後其子孫又刻爲續集，非公意也。劉文安公亦自選保齋存稿，至以餘草焚之，而其所選又徇其獨見，與後進之論或不相合，不可曉也。

楊文貞公亦學杜詩，古樂府諸篇間有得魏、晉遺意者。尤精鑒識，慎許可。其序唐音，謂可觀世變；序張式之詩，稱「勗哉乎楷」而已。

蒙翁才甚高，爲文章俯視一世，獨不屑爲詩。云既要平側，又要對偶，安得許多工夫？然其所作如公子行、短短牀二曲，綽有古調；留侯圖四絶句，句意皆非時人所到也。

劉文安公不甚喜爲詩，縱其學力，往往有出語奇崛、用事精當者。如英廟輓歌曰：「睿皇厭代返仙宫，武烈文謨有祖風。享國卅年高帝並，臨朝八閏太宗同。天傾玉蓋旋從北，日昃金輪却復中。賜第初元臣老朽，受恩未報泣遺弓。」今集中石鐘山歌等篇皆可傳誦，讀者擇而觀之可也。

五七言古詩側韻者，上句末字類用平聲，惟杜子美多用側。如玉華宫、哀江頭諸作，概亦可見其音調起伏頓挫，獨爲趫健，以別出一格。回視純用平字者，便覺萎弱無生氣。自後則韓退之、蘇子瞻有之，故亦健於諸作。此雖細故末節，蓋舉世歷代而不之覺也。偶一啓鑰，爲知音者道之。若用此太多，過於生硬，則又矯枉之失，不可不戒也。

昔人論詩，謂韓不如柳，蘇不如黃。雖黃亦云世有文章名一世，而詩不逮古人者，殆蘇之謂也。是大不然。漢、魏以前，詩格簡古，世間一切細事長語，皆著不得。其勢必久而漸窮，賴杜詩一出，乃稍爲開擴，庶幾可盡天下之情事。韓一衍之，蘇再衍之，於是情與事無不可盡，而其爲格亦漸粗矣。然非其宏才博學，逢原而泛應，誰與開後學之路哉？

歐陽永叔深於爲詩，高自許與。觀其思致，視格調爲深，然較之唐詩，似與不似，亦門牆藩籬之間耳。

梅聖俞云：「永叔要做韓退之，硬把我做孟郊。」今觀梅之於孟，猶歐之於韓也。或謂梅詩到人不愛處，彼孟之詩亦曷嘗使人不愛哉？

熊蹯雞跖，筋骨有餘，而肉味絶少。好奇者不能舍之，而不足以厭飫天下。黄魯直詩大抵如此，細咀嚼之可見。

楊廷秀學李義山，更覺細碎；陸務觀學白樂天，更覺直率。概之唐調，皆有所未聞也。

陳無己詩綽有古意，如「風帆目力短，江空歲年晚」，興致藹然。然不能皆然也，無乃亦骨勝肉乎？

陳與義詩：「一涼恩到骨〔三〕，四壁事多違。」世所傳誦，然其支離亦過矣。

中州集所載金詩〔四〕，皆小家數，不過以片語隻字爲奇。求其渾雅正大、可追古作者，殆未之見。元詩大都勝之，夷狄僭竊，固不足深論。意者土宇有廣狹，氣運亦隨之而升降邪？

詩在卷册中易看，入集便難看。古人詩集，非大家數，除選出者，鮮有可觀。卞户部華伯在景泰間盛有詩名，對客揮翰，敏捷無比。近刻爲全集，殆不逮所聞。聞江南人率錢刊板，附其家所得者以託名，初不論其好惡。雖選詩成集者亦然，若光嶽英華、湖海耆英之類是已。

輓詩始盛於唐，然非無從而涕者；壽詩始盛於宋，漸施於官長故舊之間，亦莫有未同而言者也。近時士大夫子孫之於父祖者弗論，至於姻戚鄉黨轉相徵乞〔六〕，動成卷帙，其辭亦互爲蹈襲，陳俗可厭，無復有古意矣。

作山林詩易，作臺閣詩難。山林詩或失之野，臺閣詩或失之俗。野可犯，俗不可犯也。蓋惟李、杜能兼二者之妙，若賈浪仙之山林則野矣，白樂天之臺閣則近乎俗矣，況其下者乎？

天文惟雪詩最多，花木惟梅詩最多。雪詩自唐人佳者已傳，不可僂數。梅詩尤多於雪，惟林君復「暗香」「疏影」之句爲絶倡。亦未見過之者，恨不使唐人專詠之耳。杜子美纔出一聯曰：「幸不折來傷歲暮，若爲看去亂鄉愁。」格力便別。

王古直以歌作詩，亦有思致。題嚴陵詩曰：「天地此生惟故友，江湖何處不漁翁？」遊西山曰：「舊時僧去竹房冷，今日客來山路生。」述懷曰：「窮將入骨詩還拙，事不縈心夢亦清。」餘不盡然。嘗與予和雪詩「蒸」字韻，數往復，時出新意。予頗訝之，久乃覺其爲方石所助，蓋古直時止謝家故也。因以一詩挑之，謝乃躍然出和，遂成鉅卷。古直藏而失之，懊恨累歲，邵郎中國賢偶購而歸之。後古直客死，方石盡鬻其書畫爲棺斂費，而獨留此卷云。

吾楚人多不好吟，故少師授。彭民望少爲諸生，偏好獨解，得唐人家法。如淵明圖詩曰：「義熙人物羲皇上，典午山河甲子中。恨殺潯陽江上水，隨潮還過石頭東。」送人曰：「齊地青山連魯衆，彭城山色過淮稀。」幽花曰：「脉脉斜陽外，微風助斷腸。」桔槔亭曰：「春風滿畦水，不見野人勞。」皆佳句也。獨不自貴重，詩不存稿。予輯而藏之，僅百餘篇而已。惜哉！

兆先嘗見予祀陵詩「野行愁夜虎，林卧起秋蠅」之句，問曰：「是爲秋蠅所苦，不能卧而起邪？」予曰：「然。」曰：「然則『愁』字恐對不過。」予曰：「初亦不計，『妨』字外亦無可易者。」曰：「似亦未稱，請用『迴』字如何？蓋謂爲夜虎所遏而迴也。」予曰：「然。」遂用之。

張東海汝弼草書名一世，詩亦清健有風致。如下第詩曰：「西飛白日忙於我，南去青山冷笑人。」送羅應魁曰：「百年事業丹心苦，萬代綱常赤手扶。」假髻曲等篇皆爲時所傳誦。嘗自評其書不如詩，詩不如文，又云大字勝小字。予戲之曰：「英雄欺人每如此，不足信也。」

予嘗有岳陽樓詩云：「吴楚乾坤天下句，江湖廊廟古今情〔六〕。」鏡川楊文懿公亟稱之。有同官者不以爲然，駁之曰：「『吴楚』『乾坤』之句本妙在『坼』字、『浮』字上，今去此二字，則不見其妙矣。」楊曰：「然則必云『吴楚東南坼，乾坤日夜浮』天下句而後爲足邪？」後以語予，爲之一笑。

蘇子瞻才甚高，子由稱之曰：「自有文章，未有如子瞻者。」其辭雖夸，然論其才氣，實未有過之者也。獨其詩傷於快直，少委曲沉著之意，以此有不逮古人之誚。然取其詩之重者，與古之輕者而比之，亦奚翅古若邪？

嘗有一同官見予輩留心體製，動相可否，輒爲反唇曰：「莫太著意，人所見亦不能同，汝謂這般好，渠更説那般好。」謝方石聞之，謂予曰：「是惡可與口舌争邪？」

方石自視才不過人。在翰林學詩時，自立程課，限一月爲一體。如此月讀古詩，則凡課及應答諸作皆古詩也。故其所就沉著堅定，非口耳所到。既其老也，每出一詩，必令予指疵，不指不已。及予有所質，亦傾心應之，必使盡力。予嘗爲匡山詩，内一聯渠意不滿，予以爲無更可易。渠笑曰：「觀子胸中，似不止此。」最後曰：「廟堂遺恨和戎策，宗社深恩養士年。」渠又笑曰：「微我，子不到此。」予又爲端禮門古樂府，渠以爲末句未盡。往復再四，最後乃曰：「碑可毁，亦可建。蓋棺事，久乃見。不見姦黨碑，但見姦臣傳。」渠不待辭畢，已躍然而起矣。

予嘗作漸臺水詩，末句曰：「君不還，妾當死。臺高高，水瀰瀰。」張亨父欲易爲「君當還」，乃見楚王出遊，不忍絶望之意。予則以爲此意則前已有之，末用兩「不」字，愈見「高高」「瀰瀰」，無可奈何，有餘不盡之意。間質之方石，玩味久之，曰：「二字各有意。」竟亦不能決也。

彭民望始見予詩，雖時有賞歎，似未犂然當其意。及失志歸湘，得予所寄詩曰：「斫地哀歌興未闌，歸來長鋏尚須彈。秋風布褐衣猶短，夜雨江湖夢亦寒。」黯然不樂。至「木葉下時驚歲晚，人情閲盡見交難。長安旅食淹留地，慚愧先生苜蓿盤。」乃潸然淚下，爲之悲歌數十遍不休，謂其子曰：「西涯所造，一至此乎！恨不得尊酒重論文耳。」蓋自是不閲歲而卒，傷哉！

潘南屏時用深於詩，亦慎許可。嘗與方石各評予古樂府，如明妃怨，謂古人已説盡，更出新意。予豈敢與古人角哉？但欲求其新者，見意義之無窮耳。及予所作腹劍辭〔七〕，方石評末句云：「添一『恨』字，即精神十倍。」南屏乃漫爲過目。新豐行，南屏評以爲「無一字不合作」，而方石亦尋常視之，不知何也。姑識之，以俟知者。腹劍辭曰：「腹中劍，中自操，一日不試中怒號。構仇結怨身焉逃，一夜十徒徒爲勞。生無遺憂死餘恨，恨不作七十二家藏山坳。」新豐行曰：「長安風土殊不惡，太公但念東歸樂。漢皇真有縮地功，能使新豐爲故豐。城郭不異山川同，公不思歸樂關中。漢家四海一太公，俎上之對何匆匆？當時幸不烹若翁。」

陸鼎儀嘗言謝方石詩好用「夢」字及一「笑」字，察之果然。間以語之，亦一笑而已，不易。因憶張亨父嘗言杜詩好用「真」字。豈所謂「許渾千首濕，杜甫一生愁」者，雖古人亦不能免邪？

韓、蘇詩雖俱出入規格，而蘇尤甚。蓋韓得意時，自不失唐詩聲調。如永貞行固有杜意，而選者不之及，何也？楊士弘乃獨以韓與李、杜爲三大家，不敢選，豈亦有所見邪？

聯句詩，昔人謂才力相當者乃能作，韓、孟不可尚已。予少日聯句頗多。當對壘時，各出己意，不相管攝，寧得一一當意？惟二三名筆，間爲商確一二字，輒相照應。方石嘗謂人曰：「西涯最有功於聯句。」若是則予惡敢當？但憶與彭民望作悲秋長律七言四十韻，不欲重用一字。已乃令亡弟東山細加磨勘，有一字乃復易之，蓋其用心之勤亦如此。其所録舊草初未嘗有所擇，輒爲王公濟所刻。自是始不以草稿假人，正坐是耳。與民望聯者幾二百篇，爲別録。既久而失，近易吉士舒誥始自長沙録得之。豈民望之詩有不容泯者邪？

集句詩，宋始有之。蓋以律意相稱爲善，如石曼卿、王介甫所爲，要自不能多也。後來繼作者貪博而忘精，乃或首尾衡決，徒取字句對偶之工而已。嘗觀夏宏聯錦集有一絶句曰：「懸燈照清夜，葉落堂下雨。客醉已無言，秋蛩自相語。」下註高啓等四人。因訝之曰：「妙一至此乎？」時季迪詩未刻行，既乃見其抄本，則四句固全篇，特以次三句捏寫三人名姓耳。其妄誕乃爾，又惡足論哉？

「無邊落木蕭蕭下，不盡長江衮衮來。萬里悲秋常作客，百年多病獨登臺。」景是何等景，事是何等事！宋人乃以九日藍田崔氏莊爲律詩絶唱，何邪？

詩中有僧，但取其幽寂雅澹，可以裝點景致；有仙，但取其瀟灑超脱，可以擺落塵滓。若言僧而泥於空幻，言仙而惑於怪誕，遂以爲必不可無，乃癡人前説夢耳。

李長吉詩有奇句，盧仝詩有怪句，好處自别。若劉叉冰柱雪車詩，殆不成語，不足言奇怪也。如韓退之效玉川子之作，斲去疵類，摘其精華，亦何嘗不奇不怪，而無一字一句不佳者乃爲難耳。

「風」、「雨」字最入詩，唐詩最妙者曰「風雨時時龍一吟」，曰「江中風浪雨冥冥」，曰「筆落驚風雨」。他如「夜來風雨聲」、「洗天風雨幾時來」、「山雨欲來風滿樓」、「山頭日日風和雨」、「上界神仙隔風雨」，未可僂數。宋詩惟「滿城風雨近重陽」爲詩家所傳，餘不能記也。

「廣武城邊逢暮春」，不如「洛陽城裏見秋風」；「落葉滿長安」，不如「落葉滿空山」；「庭皋木葉下」，不如「無邊落木蕭蕭下」。若「洞庭波兮木葉下」，則又超出一等矣。

太白集七言律止二三首，孟浩然集止二首，孟郊集無一首，皆足以名天下，傳後世。詩奚必以律爲哉！

太白天才絶出，真所謂：「秋水出芙蓉，天然去雕飾。」今所傳石刻處世若大夢一詩，序稱：「大醉中作，賀生爲我讀之。」此等詩皆信手縱筆而就，他可知已。前代傳子美「桃花細逐楊花落」手稿有改定字，而二公齊名並價，莫可軒輊。稍有異議者，退之輒有「世間羣兒愚，安用故謗傷」之句，然則詩豈必以遲速論哉？

作涼冷詩易，作炎熱詩難；作陰晦詩易，作晴霽詩難；作閒静詩易，作繁擾詩難；作貧賤詩易，作富貴詩難。非詩之難，詩之工者爲難也。

族祖雲陽先生以詩名。其和王子讓詩曰：「老淚縱横憶舊京，夢中岐路欠分明。天涯自信甘流落，海内誰堪託死生？短策未容還故里，片帆直欲駕滄瀛。他年便作芙蓉主，慚愧當時石曼卿。」此洪武初寓永新時作也。他如：「諸葛有才終復漢，管寧無計謾依遼。」及明妃詩：「漢家恩深恨不早，此身空向胡中老。妾身倘負漢宫恩，殺盡青青原上草。」皆清激悲壯，可詠可歎。而元詩體要乃獨取五言二絶，蓋未見其全集也。

國初，廬陵王子讓諸老作鐵拄杖，採詩山谷間。子讓乃雲陽先生同年進士，而雲陽晚寓永新，兹會也蓋亦預焉。其曾孫臣今爲廣西參政，嚮在翰林時，嘗爲予言，予爲作鐵拄杖歌。

吴文定原博未第時，已有能詩名。壬辰春，予省墓湖南，時未始識也。蕭海釣爲致一詩曰：「京華旅食變風霜，天上空瞻白玉堂。短刺未曾通姓字，大篇時復見文章。神遊汗漫瀛州遠，春夢依稀玉樹長。忽報先生有行色，詩成獨立到斜陽。」予陛辭日，見考官彭敷五，爲誦此詩，戲謂之曰：「場屋中有此人，不可不收。」敷五問其名，曰：「予亦聞之矣。」已而，果得原博爲第一，亦奇事也。原博詩醲郁深厚，自成一家。與亨父、鼎儀皆脱去吴中習尚，天下重之。

詩用倒字倒句法，乃覺勁健。杜詩「風簾自上鈎」、「風牀展書卷〔八〕」、「風鴛藏近渚」，「風」字皆倒用。至「風江颯颯亂帆秋」，尤警策。予嘗效之曰：「風江捲地山蹴空，誰復壯遊如兩翁。」論者曰：「非但得倒字，且得倒句。」予不敢應也。乃舉予西涯詩曰：「不知城外春多少，芳草晴煙已滿城。」以爲此倒句，非邪？予於是得印可之益不爲少矣。

嚴滄浪「空林木落長疑雨，別浦風多欲上潮」，真唐句也。「南山與秋色，氣勢兩相高」，不如「千厓秋氣高」；「野火燒不盡，春風吹又生」，不如「春入燒痕青」：簡而盡也。

「夢」字詩中用者極多，然説夢之妙者亦少。如「重城不鎖還家夢」、「一場春夢不分明」、「夢裏還家不當歸」，乃覺親切。陳師召在南京，嘗有夢中詩寄予。予戲答之曰：「舉世空驚夢一場，功名無地不黄粱。憑君莫向癡人説，説向癡人夢轉長。」以夢爲戲，所謂不爲虐者也。

吴文定善蘇書，予嘗作簡戲效其體。文定作「斑」字「般」音班字韻詩戲予，予和答之，往復各五首。予「斑」字韻有曰：「心同好古生差晚，力欲追君鬢恐斑。」「搨遍吴箋猶送錦，搦殘湘管半無斑。」「換羊價重街頭帖，畫虎心勞紙上斑。」「雲間天馬誰爭步，水底山雞自照斑。」「般」字曰：「聊以師模歸有若，敢將交行比顔般。」「鄭師乍許三降楚，墨守終能九却般。」「文心捧處慚施女，筆陣圍時困楚般。」文定詩大有佳句，今失其稿，求之未得也。

邵文敬善書工棋，詩亦有新意，如「江流如白龍，金焦雙角短」之類。又有「半江帆影落尊前」之句，人稱爲邵半江。間變蘇書，予亦以蘇書答之，跋云：「戲效東曹新體。」邵誤以爲效其詩，作「依」字韻詩抵予，首句曰：「東曹新體古來稀。」予又戲次其韻曰：「東曹新體古來稀，此意茫然失所歸。字擬坡書聊共戲，詩於崑法敢相譏。休誇騕褭才無敵，未必葫蘆樣可依。却問棋場諸國手，向來門下幾傳衣？」因相與大笑而罷。

趙子昂書畫絶出，詩律亦清麗。其溪上詩曰：「錦纜牙檣非昨夢，鳳笙龍管是誰家？」意亦傷甚。岳武穆墓曰：「南渡君臣輕社稷，中原父老望旌旗。」句雖佳，而意已涉秦、越。至對元世祖曰：「往事已非那可説，且將忠赤報皇元。」則掃地盡矣。其畫爲人所題者，有曰「前代王孫今閣老，只畫天閑八尺龍」，有曰「兩岸青山多少地，豈無十畝種瓜田」。至「江心正好看明月，却抱琵琶過別船」，則亦幾乎罵矣。夫以宗室之親辱於夷狄之變，揆之常典，固已不同；而其才藝之美，又足以爲譏訾之地，才惡足恃哉！然「南渡」「中原」之句若使他人爲之，則其深厚簡切，誠莫有過之者，不可廢也。

近時作古樂府者，惟謝方石最得古意。如過河怨曰：「過河過河，不過河，奈此中原何？」夜半檄曰：「國威重，空頭敕。相權輕，夜半檄。」皆警句也。

國朝武臣能詩者，莫過定襄伯郭元登。謫甘州時，有送蒙翁歸朝詩曰：「青海四年羈旅客，白頭雙淚倚門親。」曰：「莫道得歸心便了，天涯多少未歸人。」又曰：「甘州城南河水流，甘州城北胡雲愁。玉關人老貂裘敝，苦憶平生馬少遊。」今有聯珠集行於世。予集蒙翁類博稿，見舊草紙背翁親書王母宫四律，愛而録之。頗疑無改竄字，與他草不類。久之，見所謂聯珠集者，乃知爲此老詩，幸不誤録也。

維揚周岐鳳多藝能，坐事亡命，扁舟野泊。無錫錢曄投之以詩，有「一身爲客如張儉，四海何人是孔融？野寺鶯花春對酒，河橋風雨夜推篷」之句。岐鳳得詩，爲之大慟。江南人至今傳之。

莊定山嘗有書曰：「近見『冉冉月墮水』之句。」予南行時誠有之，但「蒼蒼霧連空」上句殊未稱耳。

予北上時，得句曰「山色晝濃澹」，兩日不能對。忽曰「鳥聲歌短長」，羅冰玉殊不首肯，曰：「對似未過。」然竟不能易也。

王介甫點景處自謂得意，然不脱宋人氣習。其詠史絶句極有筆力，當别用一具眼觀之。若商鞅詩，乃發洩不平語，於理不覺有礙耳。

凡聯句，推長者爲先。同年惟羅冰玉最長，羅以詩自許，每披襟當之。嘗有句曰「磊磈銅盤蠟」，坐客疑之。輒奮然曰：「此吾得意句，斷不可易。」陸静逸嘗曰「喑噤隱滅雯」，亦然。謝方石嘗曰：「矚然一笑出門去，燈火滿天飛鳥驚。」尤覺奮迅。是譬如周茹屈芰，自好之不厭，予未之知也。

曩時，諸翰林齋居，閉户作詩。有僮窺之，見面目皆作青色。彭敷五以「青」字韻嘲之，幾致反目。予爲解之，有曰：「擬向麻池争白戰，瘦來雞肋豈勝拳？」聞者皆笑。

界畫有金碧，要不必同，只各成家數耳。劉須溪評杜詩「楚江巫峽半雲雨，清簟疏簾看奕碁」，曰「淺絳色畫」，正此謂耳。若非集大成，雖欲學李、杜，亦不免不如稊稗之誚，他更何説邪？

古雅樂不傳，俗樂又不足聽，今所聞者，惟一派中和樂耳。因憶詩家聲韻，縱不能彷彿賡歌之美，亦安得庶幾一代之樂也哉？

矯枉之過，賢者所不能無。静逸之見前無古人，而歎羨王梅溪詩，以爲句句似杜。予嘗難之，輒隨手指摘，即爲擊節，以信其説。此猶可也，讀僧契嵩鐔津集，至作詩以賞之，初豈其本心哉？亦有所激云爾。

僧最宜詩，然僧詩故鮮佳句。宋九僧詩有曰「縣古槐根出，官清馬骨高」，差强人意。齊己、湛然輩略有唐調。其真有所得者，惟無本爲多。豈不以讀書故邪？

予嘗有詩曰「鸚鵡籠深空望眼」，或欲易爲「空昨夢」；又曰「翠籠鸚鵡空愁思」，或欲易爲「空毛羽」。予不能辯，姑以俟諸他日，更與商之。

張式之爲都御史，在福建督軍務，作詩曰：「除夜不須燒爆竹，四山烽火照人紅。」爲言者所劾而罷。詩體不可不慎也。

巧遲不如拙速，此但爲副急者道。若爲後世計，則惟工拙好惡是論，卷帙中豈復有遲速之迹可指摘哉？對客揮毫之作，固閉門覓句者之不若也。嘗有人言：

「作詩不必忙。忙得一首後，剩有工夫不過亦是作詩耳，更有何事？」此語最切。

元詩「山中烏喙方嘗膽，臺上蛾眉正捧心」、「空懷狗監知司馬，且喜龍門識李膺」、「生藏魚腹不見水，死挽龍髯直上天」，皆得李義山遺意。至「戲爾築壇登大將，危乎操印立真王」、「自是假王先賈禍，非關真主不憐才」，直世俗所謂簡板對耳，不足以言詩也。

杜詩清絶如：「胡騎中宵堪北走，武陵一曲想南征。」其富貴者則如：「旌旗日暖龍蛇動，宫殿風微燕雀高。」其高古者則如：「伯仲之間見伊吕，指揮若定失蕭曹。」其華麗者則如：「落花遊絲白日静，鳴鳩乳燕青春深。」其斬絶者則如：「返照入江翻石壁，歸雲擁樹失山村〔九〕。」其奇怪者則如：「石出倒聽楓葉下，櫓摇背指菊花開。」其瀏亮者則如：「楚天不斷四時雨，巫峽長吹萬里風。」其委曲者則如：「更爲後會知何地，忽漫相逢是别筵〔一〇〕。」其俊逸者則如：「短短桃花臨水岸，輕輕柳絮點人衣。」其温潤者則如：「春水船如天上坐，老年花似霧中看。」其感慨者則如：「王侯第宅皆新主，文武衣冠異昔時。」其激烈者則如：「五更鼓角聲悲壯，三峽星河影動揺。」其蕭散者則如：「信宿漁人還泛泛，清秋燕子故飛飛。」其沉著者則如：「艱難苦恨繁霜鬢，潦倒真停濁酒杯〔一〕。」其精鍊者則如：「客子入門月皎皎，誰家擣練風凄凄。」其慘戚者則如：「三年笛裏關山月，萬國兵前草木風。」其忠厚者則如：「周宣漢武今王是，孝子忠臣後代看。」其神妙者則如：「織女機絲虚夜月，石鯨鱗甲動秋風。」其雄壯者則如：「扶持自是神明力，正直原因造化功。」其老踈者則如：「安得仙人九節杖，拄到玉女洗頭盆〔二〕。」執此以論，杜真可謂集詩家之大成者矣。

【校勘記】

〔一〕「鉢」，原作「鉢」，顯以形近而訛，據文義與知不足齋叢書本正之。

〔二〕「車」，原作「風」，據宋蜀本昌黎先生文集卷之九詠雪贈張籍詩正之。

〔三〕「恩」，原作「思」，據四部叢刊影印常熟瞿氏鐵琴銅劍樓藏宋刊本增廣箋注簡齋詩集卷之四雨詩正之。

〔四〕「金」，原作「全」，顯以形近而訛，據文義與知不足齋叢書本正之。

〔五〕「轉」，原作「傳」，顯以形近而訛，據文義與知不足齋叢書本正之。

〔六〕「今」，明正德本懷麓堂稿南行稿所收此詩作「人」。

〔七〕「腹劍辭」，明正德本懷麓堂稿詩稿卷之二所收此詩題做「腹中劍」。

〔八〕「窗」，四部叢刊影宋刊本分門集注杜工部詩卷之五所收水閣朝霽奉簡嚴雲安一詩作「牀」。

〔九〕「樹」，原作「路」，據四部叢刊影宋刊本分門集注杜工部詩卷之一所收返照一詩正之。

〔一〇〕「慢」，四部叢刊影宋刊本分門集注杜工部詩卷之二十一所收送路六侍御入朝一詩作「漫」。

〔一一〕「真」，四部叢刊影宋刊本分門集注杜工部詩卷之二所收登高一詩作「新」。

〔一二〕「竦」，知不足齋叢書本作「辣」。

李東陽全集卷一二八至一二九

佚詩二卷

李東陽全集卷一二二八

佚詩卷之一

題高文簡山村隱居圖卷後

仇山有遺老，白首慕林屋。塵塗謝簪組，雅志不爲禄。誰將西湖水，去灌南陽菊？舊藏房山圖，幽意時往復。人皆愛毫素，此興渠往獨。新聲世亦少，遺響在空谷。蕭條異代間，不獨悲草木。嗟予亦何心，對此還駐目。平生不識畫，賞此一詩足。兹山幸吾鄉，老矣願終卜。

舜臣殿講家藏山水圖，云高侯爲仇山村作者。仇詩在焉，余愛而和之。予嘗爲舜臣題畫，有「與子坐結東西鄰」之句，不一年，果協鄰卜。殆亦非偶然者，故於此詩並致意云。成化乙巳春三月既望，翰林侍講學士長沙李東陽書於懷麓堂。

輯自吴昇大觀録卷之十八

輓刑科給事中鮑輝 鮑譜

漢宫有明月，戎馬在關山。孤光耿清寥，照見烈士肝。手中一雄劍，赫赫破愁顔。君王尚無虞，一死何足歎？

輯自民國十四年刊平陽縣志卷之九十六。清康熙三十三年刊平陽縣志卷之十一亦載此詩，標題作輓鮑輝詩，詩中「耿」字作「在」。

題林和靖二帖

湖亭路繞梅花曲，石硯年年洗芳渌。湖光照眼花絶塵，此老當年面如玉。誰應獨步難同調，字豈必工終不俗。城東蒼頭持卷來，一夜起看三秉燭。我從書法得相法，骨瘦精神清亦足。有如辛苦學仙人，火冷空山斷葷肉。遺編舊事已陳迹，五百年來登鬼録。水流花謝兩無情，誰能更和西湖曲？石田詩人亦清士，居不種梅翻種竹。他時併作隱君論，何似周蓮與陶菊？

輯自明趙琦美編趙氏鐵網珊瑚卷之三，題目新擬。

送姚用章父質庵封君還嘉興

長安路傍春草長，長安市中春酒香。江南有客思故鄉，攬衣上馬促去裝，白頭烏帽多輝光。離亭置酒歌未央，筵前上客懸鳴璫。玉壺金碗蒲萄漿，左揮右送不停觴。酒酣日落詩興狂，揮毫落紙忽成章。胡爲翻然振衣裳，僕夫歡呼小吏忙。揚鞭逸轡何飄揚，前途一去不可望。君家令子尚書郎，秋臺列署聯圭璋。鑾封五色雲錦囊，送君不見淚成行。人生悲喜常交相，何時獻壽登高堂？

輯自明正德刻本嘉興志補卷之九。

題宋文信國慈幼堂卷後

慈幼堂開吴孟氏，信國手書三大字。堂亡書在藏者誰？儒家有子元龍裔。元龍裔孫今幾世，重構高堂作書度。醫傳異姓偶同科，已遺前賢爲後識。堂前種竹青參差，眼見稚子生孫枝。人家有孫亦有子，妙意直與春無私。黄口呱呱不解語，疾痛癢屙皆得之。能將隻手奪造化，坐遣短折歸期頤。古言醫家術本慈，慈不建物空爾爲。此人此物兩不愧，爲爾登堂一賦詩。

此予三十年前舊作也。公尚之子寵請予重書，不能悉記，略補數句於中，以足其意云。西涯李東陽。

輯自清光緒間刻本陸心源穰梨館過眼録卷之四。

次邵國賢留別韻

才誇今代得，文識古人師。匣劍知埋處。囊錐見脱時。作官州郡小，爲客歲年遲。莫道黄金盡，猶堪鑄子期。

輯自明正德刻本邵寶容春堂後集卷之十三，本無題，據邵寶詩註新擬。

昨日雨中戲疊前韻聊啓一粲

城南春色去難招，不見東風見柳條。爲有陰霾昏白日，忽看佳雨洗青霄。應知酒價頻增劇，無那花情太放嬌。尺素此時須急就，寸陰於我不相饒。啼鶯惜羽深歸院，瘦馬銜寒獨散朝。夜榻正懸苔滿地，晨溪欲度水平橋。青衫不灑愁能濕，碧瓦無情夢已飄。漠漠浮煙何處斷？萋萋芳草去人遥。龍來楚岫雲隨駕，鳳失秦臺月暗簫。躡險豈辭靈雲屐？買歡誰惜阮孚貂？沙連野渚天同盡，樹繞晴山路未遼。白雪故人詩總好，可能吟望一停鑣？

二十一日，西涯散人稿上

金閶先生詩伯。

輯自清陸氏懷煙閣乾隆四十一年刻清陸時化輯吴越所見書畫録卷之二。陸釴，字鼎儀，號静逸，又號金閶逸吏。見本全集卷之四予破戒時頗念鼎儀之約鳴治師召許爲代罰既有成約再用韻邀三公同赴詩中之註。

送何喬新

執法秋曹徧兩京，極知冰檗是平生。衣冠帝簡三朝舊，父子家傳八座榮。返棹江湖思往事，著書林壑見高情。雲霄路在平如砥，他日蒲輪自在行。

輯自明嘉靖本何喬新椒丘文集外集，詩題新擬。

下陵與李學士賓之聯句

夜下西陵月露涼李，歸心偏逐馬蹄忙。迂途忽轉行宮右程，佳氣猶瞻寢殿旁。

老樹幾枝低拂帽李，秋嵐一抹遠侵裳。昌平未到東方白程，咫尺蓬山萬里長李。

輯自明正德刻本程敏政篁墩文集卷之六十九。

成化癸卯冬至謁陵與李賓之學士聯句二十首

賓之約德勝關土城寺候同行予誤出安定關土城過道赴約

策馬西來問路頻程，出城東望正懷人。先聲喜遂前呵至李，負約幾成左顧嗔。

孤堠影遲寒度日程，斷溪冰合遠迷津。他年記取同遊事李，語柄長堪寄一顰程。

清河會費廷言司業

故人相約會清河程，短日羸驂奈遠何。慰籍共逢辛苦地李，笑談聊續短長歌。
野翁愛客能分火程，戍客還家正擁戈。舉目關山驚歲晚李，舊遊那復向時多程。

沙河道中大風

掩地顛風作暮寒李，亂雲羈思兩漫漫。沙飛屢却行人步程，大冷誰供逆旅餐？
豈有賢勞裨國事李？最慚多病負儒冠。停驂小憩斜陽裏程，莫問前頭道路難李。

宿昌平新城劉諫議祠下兼懷鏡川楊翰長

五年重宿此齋居程，往事分明一感予。坐久青氈回夜暖李，話殘紅燭到更餘。
中堂諫議迎新主程，西郭耆民指故墟。因憶舊遊楊翰長李，摩挲三誦壁間書程。

劉諫議祠舊在學東談本彝府尹移奉於此

諫議高名此地存李，一輈寒淥奠忠魂。憂時有策堪垂涕程，泚顙何人是負恩？京府再修新棟宇李，廟庭遥隔舊牆垣。如公千載還生氣程，半夜驚風正到門李。

不寐有懷廷言司業時屠朝宗都憲遣人相聞約同行

煙火沉沉夜對牀李，山城寒漏覺偏長。詩脾欲困頻呼茗程，旅夢初回更换香。司業館深誰共宿李？中丞臺遠漫相望。隔窗明月窺人處程，猶似前宵在玉堂李。

將發

百年人世幾同袍程？此日追趨愛我曹。殘話半從幽夢續李，壯心寧覺畏途勞？雞聲繞舍催明發程，虎旅連城散夜櫜。北望寢園三十里李，齋廬還枕碧山高程。

早發暫過守備杜都閫

夜風吹盡曉晴新李，城上青山欲近人。暫訪元戎回馬首程，遠追司業認車塵。
岡巒宛轉隨雙眺李，官衛參差記六巡。擬向穹碑觀聖制程，道旁先望石麒麟李。

道中

山郊回望永安城程，白石黄沙舊路平。樹老空山無落葉李，泉通幽澗有餘聲。
明樓突兀中天見程，神道逶迤上界行。下馬紅門分徑入李，四陵雲氣正縱横程。

齋所

襆被來尋舊直廬程，石門斜映小窗虚。行廚午報新炊熟李，别院寒分半榻居。
對景忽疑山人座程，引流常憶水通渠。小臣正切遺弓念李，寢樹風生夕照餘程。

相贈 時與董尚矩侍讀同宿

玉署春坊本舊鄰李，眼中誰主復誰賓？論文共剪齋堂燭程，助祭同趨輦路塵。歲月催人成老大李，交遊屈指半新陳。松筠晚節期相保程，情話惟應此最真李。

晚眺

冒險尋幽興亦奇李，空林蕭颯凍雲垂。草中虎阱深難覺程，山下龍池遠莫窺。萬里乾坤容著眼李，一川風月解供詩。攬衣欲下愁荆棘程，賴有乘高力未疲李。

夜坐

不眠相對擁寒爐程，自起開門問僕夫。城角斗杓曾轉未李？殿頭風鐸有聲無？齋心耿耿懸孤月程，鄉思迢迢隔五湖。清話恐貪今夜永李，呼燈無惜效先趨程。

恭詣長陵景陵行禮

寢殿門深夜未開李，磬聲遥自月中來。千官鵠立供牲幣程，九地龍光徹斗臺。
人語不聞山更静李，靈風欲動使初回。一宵兩度陪禋祀程，還憶君王萬壽杯李。

下陵

車從紛馳出亂山程，月明燈影有無間。松林側過全欹帽李，馬首低回半脱鐶。
隔路幾人呼伴侣程，隨班十載愧容顔。孤城尚有淹留地李，舊榻殘燈正候關程。

飲杜山守備宅 乃先公舊部曲

七年旌節駐山城程，曾見官曹説姓名。酒出佳醖緣愛客李，劍傳奇術爲談兵。
四陵宿衛嚴宵警程，千頃屯田足歲耕。試問尚書門下士李，征南勳業幾人成程？

至日歸途有作

驛路晴風不著人程，仲冬天氣早回春。寒輕頗覺貂裘重李，沙軟何勞馬策頻？
吾道漸從今日長程，官曹常與故交親。清時令節多休暇李，歸引壺觴正及辰程。

遊清河惠應寺

金銀樓閣倚晴空李，幾日新城此梵宫。同拂衣塵聊駐馬程，擬呼尊酒更開筩。
山僧見面如相識李，詞客參禪也自通。撫事臨風三歎息程，一杯茶話正匆匆李。

望闕

城觀巍巍入望深程，五雲長繞閬山岑。塵蹤暫隔仙凡境李，末使叨陪翰墨林。
池上衣冠應候我程，道傍車馬亦關心。休言日共長安遠李，已覺天威下照臨程。

入城

市橋煙火路東西李，咫尺門牆望不迷。歸計從容堪作例式，別懷匆卒更留題。

還家共有平安慰李，行李惟多卷册攜。與子竟成三宿契程，向來無地不同躋李。

以上二十詩輯自明正德刻本程敏政篁墩文集卷之七十三。

二月二日成憲宅讌飲聯句二首

一酌松醪興便生璟，幾人吟對燭花明顯。江南別久還風味鐸，闕下交深不世情音。溪荇采香青入饌東陽，雨蒓烹滑紫浮羹寬。聯裀坐暖知春早泰，宿火煨殘覺面赬釴。後閣未開樽未盡庚，中星初見斗初横旻。行蹤不用金吾問，歸路何妨月二更成憲？

匆匆四老欲西還顯，無奈東君興未慳璟。尊酒盡酣寒月出鐸，簾鈎初捲暮雲閒東陽。令嚴城柝驚心遠音，坐久牀屏睡思孱寬。味得吴鄉蒓荇美泰，忘嗟客舍鬢毛斑釴。況當羣彦皆金馬庚，豈惜狂夫倒玉山旻？任是寒家且歡賞，百年渾有幾開顔成憲？

此二詩輯自民國十年鑒古書社影吴興密均樓本式古堂書畫彙考書卷之三十。詩後有吴寬所撰跋文：「璟，泰和羅明仲，司經局洗馬；顯，山海蕭文明，兵科給事中；鐸，黄巖謝鳴治；音，莆田陳師召；東陽，長沙李賓之：皆翰林侍講。寬，長洲吴原博；泰，太倉張亨父；釴，崑山陸鼎儀：

皆修撰。庚，古吴周原己，太醫院御醫；昱，崑山朱希仁，石首縣學教諭。聯句既成，成憲既請原己登卷，復欲予綴數語于後。予無以復也，特爲註其人而還之。後三人之作，皆以事不赴補和者：容，文量，兵部郎中，邑同鼎儀；璚，玉汝，官同文明；經，士常，監察御史，姓邑自見，不復註。明年辛丑四月八日，寬書。」

三月十七日原博諭德餞玉汝給事於玉延亭會者賓之學士于喬諭德濟之世賢侍講曰川校書道亨編修暨予得聯句四章時黄薔薇盛開復移尊於海月庵酹花酌别又得三章予亦將有餞約而觴玉汝者多刻日有次第不能奪也手録此以致繾綣不已之意

酒半離筵客未來東陽，諸公興淺欲停杯寬。亭前花影看移日鼇，池上波光愛潑醅傑。延佇不堪南省迴震，時玉汝燕於禮曹，故云。淹留豈待北門催瀚？蹇予恐未當君意敏政，習氏池邊未肯回東陽。

皇華南去正春風遷，水長灣頭畫鷁通寬。萬里瀟湘如在眼鏊，九重霄漢未忘忠傑。

淮陽夜泊應懷古震，吴越秋成久願豐敏政。歸疏邊儲報明主瀚，太倉無地不陳紅東陽。

命下龍樓重歲儲震，城東春色擁離車敏政。過家路便心先到瀚，報國身勞我不如東陽。

獻納暫違青瑣直遷，諮詢争睹紫泥書寬。送君正是花時節鏊，飲盡瓶罍興有餘傑。

江南春色動歸人東陽，畫舫紅旗早問津敏政。湖口過家漁正美寬，城邊迓客酒初醇傑。

催詩數點朝來雨鏊，撲馬無端陌上塵瀚。莫忘玉延亭下宴敏政，相看不是白頭新寬。

刺蘗花下送離觴敏政，别思詩情共渺茫瀚。折贈不須河上柳東陽，醉眠真愛井邊牀傑。

籬根瀌瀌聞流水鏊，屋角亭亭見夕陽寬。繞樹未堪分去住敏政，還看海月照東堂瀚。

移席東園就看花傑，花前起坐即喧嘩寬。却因送别成嘉集鏊，不用尋芳感物華敏政。

漸有緑陰看繫馬東陽，豈無銀漢待乘槎瀚？共君秉燭須今夕傑，最喜西鄰酒易賒寬。

一種籬邊未滿叢瀚，瓣香含雨葉含風東陽。遊絲惹地牽黄蝶遷，細雨臨階綴玉蟲鏊。滿院旃檀春欲暮傑，印池羅縠夜將空敏政。行人幸與憑闌會璠，盡有光華付與公鏊。

輯自明正德刻本程敏政篁墩文集卷之七十五。

萬福寺送文明與倪舜咨李賓之二學士傅曰川吴原博謝於喬三諭德林亨大修撰陳玉汝給事李士常侍御聯句二首

送客東城擁霧來敏政，對爐先遣一尊開岳。盤因待别留兼味傅瀚，詩爲陶情且共裁林瀚。庭竹未青寒尚在東陽，江波初緑暖將回寬。臨岐聊爲歌三疊遷，門外驪駒莫漫催璠。

愛客幽僧開竹房岳，春來偏稱舉離觴傅瀚。東風立馬情如海林瀚，南雪欺人鬢欲霜東陽。關樹蕭疏家在望寬，江梅零落路生香遷。後期莫忘論交地敏政，隨處江湖與廟廊琦。

輯自明正德刻本程敏政篁墩文集卷之七十五。題中「陳玉汝」原作

「陳汝王」，據詩之末句所署「璚」，知「陳汝王」爲「陳玉汝」之訛。陳璚，字玉汝，參見懷麓堂稿。

涯翁約過相與聯句爲希大贈屬予選事方冗不得赴因各起句令吏人遞傳相續共得八首并得五言長句一首通録贈之

三載相違一月逢楊，笑談何事未從容？停雲在眼翻疑近李，舊雨關情轉更濃。

老去不禁離思惡楊，閒來偏覺賦詩慵。鱗鴻豈必傳千里李？咫尺書郵尚費供楊。

隔巷詩筒遞往來李，一時幽抱爲君開。病餘已廢揮毫興楊，檄罷還驚倚馬才。

似有神交同曲水李，久知才望重容臺。留飲不盡通家話楊，憑杖深情送淺杯李。

關塞風高落葉初楊，太行西去雁行疏。漏聲遥送尚書履李，秋色長隨使者車。

池草夢回翻惜别楊，江鄉地好欲移居。平生出處論難盡李，聊復微吟意有餘楊。

擬駐竹軒當别筵李，向來相望渺雲天。歸心又逐徵鴻去楊，陋巷猶堪匹馬旋。

道義幾人肝膽盡李，勳名千古簡書傳。丈夫末路須珍重楊，豈向雲霄羡著鞭李？

又傳新句入芳鄰李，時在衍聖公宅。下里陽春恐未倫。短日肯虚良夜永楊？暮年方識故情真。官曹嚴重無私札李，門巷崇深有重賓。忙裏博忙成一笑楊，是日部試諸生。又將清事惱閒人李。

西堂如聽賦離歌楊，南國高人興更多。應謝遠梅移健步李，要從滄海藉餘波。詩壇或恐傳奇事楊，藝苑誰知有别科？猶喜催逋非俗吏李，個中風景未容磨楊。

廊廟山林調不同李，欲將雙翼附雲鴻。情深總爲門牆故楊，義重兼勞栝羽功。翻雲覆雨空過眼李，感今懷昔各成翁。閒愁萬種誰消得楊？不在吟邊在酒中李。

擬共高筵愧未能楊，却煩佳句遠相仍。不須風采來傾座李，已向西南慶得朋。少日相從今已老楊，青雲隨處可飛騰。悲歡萬事休勞問李，别有閒愁似杜陵楊。

五言聯句

君來一何徐，君去何太急？欲留恨未可，相望恐無及。幽居懷平生楊，老景侵七十。情深倒裳衣，力倦忘拜揖。每煩三南叟，慰我百憂集。庭花有新栽李，手稿多舊輯。通家昔綢繆，不見增鬱悒。將歸留復止，欲語意先入。誰哉籍湜倫楊，先讓遊楊立。真同握手戀，壯豈臨岐泣？幽襟藉陶寫，陳語羞蹈襲。意得時起予李，堂升從涉級。文章逐泉湧，青紫如芥拾。塤篪相和鳴，簪組共輝熠。天曹助清鑒楊，邦禮聞雅執。登高騁遐步，學古得深汲。石淙誠浩浩，白巖方岌岌。物理諒有然李，朋交非易翕。篇章遞相續，應按不遑給。緇衣好未已，白駒去難縶。蕭蕭風葉下楊，悄悄霜蛩蟄。畦荒每思鋤，屋漏頻苦葺。有迹寄山林，無緣謝城邑。餘談信瑣屑李，大隱久閒習。客來酒不空，興到詩成什。揮殘彩毫鋒，染盡銅盤汁。高歌爲離人楊，洞酌思彼挹。籠燈焰猶短，匣劍苔應澀。文逢章甫盛李，武念干戈戢。周道莫倭遲楊，皇華在原隰李。

輯自明嘉靖刻本楊一清石淙詩抄卷之八。

蘋蔞乃北方佳果按飲膳正要作平坡未知孰是近有饋者因賦謝此詩交木公與木公交久矣試一評之

倚風和露不勝垂，盛夏園林出每遲。嚼愛輕鬆宜病齒，漱憐芳潤入詩脾。年過野柰須爭長，實比山梨未後時。莫怪筠籠先到我，風情元許北人知。

輯自明刻本文温州集卷之二。

宗儒寺丞考最奏引之暇飲我剪春園誦早朝佳什即席奉和奏滿之日兩沾盛服故頸聯及之

鴛行親見陛前參，傴僂雖勞力尚堪。問馬有曹應不忘，伐檀無負定何慚？日邊旗影香煙亂，天上樓陰雨意含。總道先生公事了，相過應不廢清淡。

輯自明刻本文温州集卷之二。

南園別意聯句

送客南莊秋色清羅璟，酒杯花事總關情黎淳。長材用事須爲郡吴希賢，野興逢人慣出城李東陽。好憶行囊詩卷富倪岳，還看遠道驛舟迎楊時暢。黑頭太守黄金重陸釴，汗竹應垂千載名陳音。

輯自陳田明詩紀事丙籤卷之六，無題，據紀事新擬。

次邵文敬留別韻

徼外天留萬里州，送君無賴倚高樓。閒將筆札供餘興，閲盡江山壯遠遊。紅樹夕陽深駐馬，碧溪芳草漫隨舟。人生巧拙渾閒事，莫更重論鵲與鳩。

輯自陳田明詩紀事丙籤卷之六，無題，據紀事新擬。

病中無聊奉和三先生聯句韻二首

病體蕭然一鶴如，城南風物似郊居。養生術幻書空在，負郭田成計已疏。風斷角聲寒堞迥，月斜窗影夜堂虛。雞壇有約君須記，日日高樓望小車。

寂寂寒門掩暮街，貧居真念伯鸞釵。愁心漫作千絲錦，險句如登百折厓。紫陌紅塵俱是夢，麓山湘水正堪懷。草堂莫道無來景，纔得新題境更佳。

初五日，東陽再拜

鼎儀先生詩伯

數日來，悶鬱殊甚。蒙許高軒見過，風晴日暖時，煩拉張、謝二先生，以終季諾，幸也。初十、十一，此二日有小妨，亦望知之。陽又言。

輯自清陸氏懷煙閣乾隆四十一年刻清陸時化輯吴越所見書畫録卷之二。

和葉載道醫士韻

葉嘗與兆先讀書朝房，時卧病。

哀訃能令病客驚，文章空落大家評。人間漫有瓊樓召，天上誰題桂籍名？官省直廬皆逆旅，藥爐書卷盡平生。銜哀莫向傍人説，不是尋常父子情。

輯自正德刻本李徵伯存稿之附録。

次許啓衷給事韻

多情又作一番愁，門下衣冠感舊遊。許劭有評空月旦，王郎無力更煙樓。餘生僅許孤忠在，一念真拚萬事休。老我未知松柏地，他年誰與泣王裒！

輯自正德刻本李徵伯存稿之附録。

李東陽全集卷一一二九

佚詩卷之二

和顧氏詠思録詩

寂寞斑衣滿舊塵，悲來一度一沾巾。夢中不隔羹墻面，老去猶存繈褓身。天地有情終雨露，山川無路盡荆榛。須知死別兼生別，應羡天涯陟屺人。

輯自雅昌藝術網。葉盛、李東陽等人關於崑山顧鼎臣之父顧恂詠思録之詩作，近代書法家朱屺瞻題爲明崑山顧氏文獻詩牘卷。

履庵先生謫官鎮寧詩以送之（二首）

其三

交誼如君眼底稀，十年於此幸相依。長因刻燭通宵坐，每爲看山竟日歸。道義祇教吾不負，功名甘與世相違。遥憐握手論心地，應自無言對落暉。

其四

十載郎官佐一州，宦途萍梗若能收。久判世事如春蘿，何必家山可晝遊？聊適惟山水樂，更難忘是廊廟憂。絳紗銀燭中宵晏，應憶爐香侯冕旒。

載明嘉靖刻本海釣遺風集卷之三，轉録自魏寧楠撰李東陽佚詩文考釋一文，見古籍研究二〇一八年第一期。原詩題下有四首，前二首懷麓堂稿詩稿卷之十四已以送蕭履庵之鎮寧二首爲題收録，文字小異。

海釣謫官鎮寧述懷 辛丑十二月

西掖詞垣近鎖闈，鳳毛池上惜分飛。半生交誼新題卷，十載君恩舊賜衣。志士有懷皆後樂，達人於物本先幾。行藏但使心無愧，莫向天涯歎未歸。

載明嘉靖刻本海釣遺風集卷之三，轉録自魏寧楠撰李東陽佚詩文考釋一文（古籍研究二〇一八年第一期）。

海釣蕭公輓詩

書罷銘文一黯然，故人今已隔重泉。燈前细雨聯詩夜，河上輕塵送別年。身似任公長釣海，書如米老自行船。因逢令子詢遺事，猶教諸孫讀舊編。

同前注。

送秦武昌廷韶

鳳凰臺上題詩去，鸚鵡洲前建節行。萬里山川佳麗地，六年江漢別離情。悠悠曉夢塵隨馬，漠漠春寒雨帶城。好種甘棠三百樹，他時留詠漢公卿。

成化壬辰，予識秦君廷詔于南曹，屬不鄙。予既北歸，而君有武昌之命，聲稱翕然。兹報政京師，行且歸，謂武昌予舊遊，而於君又有夙昔之雅，因以小詩奉贈，且以期諸他日云。

輯自明嘉靖元年秦鋭等刻本五峰遺稿卷之二十三。懷麓堂稿詩稿卷之十一已收此詩，而無跋文，今同録於此。

送中齋秦先生載任建昌

仕路相逢説建昌，更無烽燧祇耕桑。不勞車馬供迎送，況有山川屬主張？幾日尚懷佳客話，一麾真領使君章。方州亦是羈栖地，終見長才起廟廊。

輯自明嘉靖元年秦鋭等刻本五峰遺稿卷之二十三。

與邵文敬聯句四首

送君多在社中筵珪，爾耳亭中亦偶然東陽。玉瓮旋篘桑落酒珪，彩毫同賦竹枝篇東陽。已判樂事萍蓬外珪，又感流光鬢髮前東陽。聞説郡齋山樹裏珪，可無公事惱高眠東陽。

可人相過本無期東陽，此地神交事亦奇珪。門隘尚能容五馬東陽，庭空聊共倒雙鴟珪。冰盤忽送秋桃至東陽，露榻頻隨晚樹移珪。誤聽西鄰作吴語東陽，鄰有蘇人。東曹候吏報還遲珪。因君偶憶惠山泉珪，獨買官河八月船東陽。十載塵纓隨汗漫珪，兩宵詩話許留連東陽。清才已辨棠陰訟珪，舊賞還疑石上緣東陽。此日清風江右路珪，有人騎竹使君前東陽。城上風高五馬鳴東陽，憐君又載一琴行珪。天空碧海雲俱盡東陽，秋入澄江月更明珪。老去玉人詩骨瘦東陽，舞餘豪客劍心平珪。麻姑仙酒三千斛東陽，誰遣東坡洗破觥珪？

建昌將行，期與東曹過我。東曹至，相與聯句待之。詩成而建昌不至，遣吏候之，知在馬中舍小燕。明日遂行，竟不及見而別，因附此詩于贈行卷末以識意云。

輯自明嘉靖元年秦鋭等刻本五峰遺稿卷之二十三。

辱與東曹聯句見貺依韵奉答三首方惜目力東曹不及另書幸爲傳致同加郢正病中草草

兩雄酣戰擁霜毫，怒遣吟髭作蝟毛。筆陣忽驚飛鳥變，詩場不數鬬雞豪。君才定許嫖誰奪？我怯猶慚轂未膏。聞道合從謀未已，鼎分何敢望孫曹？

目病，不能作陪客，蓮花詩不敢更和，恐爲藕絲所絓也。壺觴别期之説，惟東曹善自圖之。

輯自明嘉靖元年秦鋭等刻本五峰遺稿卷二十三。此詩題下原有二首，懷麓堂稿詩稿卷十四已收第一首，題爲廷韶文敬聯句見寄疊前韵一首。此題中「三」字或爲「二」之訛，今得見同韻和詩僅二首，五峰遺稿卷之十收有邵珪與秦夔的同韻聯句詩，亦僅二首。

和邵東曹

邵家宅裏王郎卷，索筆題詩我興同。池草遠憐千裏緑，棣華晴舞兩枝紅。雁行翼樹斜行北，馬首京塵獨向東。後夜相思應不寐，逍遥堂上雨兼風。

偶過邵東曹，見方展卷作此詩，遂和之。時有他約，歸，東曹則此卷失矣。數日成，悉以卷至，乃爲書之。八月晦，長沙李東陽識。

此詩草書横幅見雅昌藝術綱，有當代著名書畫碑帖鑒定家馬成名題識，云此卷經明代收藏家項元汴、近代書法家吴湖帆收藏。詩題新擬。

題寄寄亭

寄寄亭中寄此身，此身真作寄中人。離心落雁同十里，倦眼開花又一春。楚地山川南北會，漢槎風月往來頻。他年石上看名姓，多是東曹奉使臣。

輯自清光緒二年刻本清河縣志卷之二十五

題米南宫湘西詩帖

惆悵江東起暮雲，騷人疑有未招魂。神從海嶽真能降，名與蘇黄得並論。千歲鶴歸林未冷，百金馬死骨猶存。因君話取書家事，始信鍾王别有名。

輯自清抄本汪氏珊瑚網法書題跋卷之六，詩題新擬。

題何宇新孝子廬墓詩卷

大書題孝行，高義比旌門。許邵同鄉里，何蕃有子孫。乾坤吾分内，骨肉我生存。贈爾三緘意，逢人慎勿言。

輯自清道光二年刻本廣東通志卷之二百二十七，詩題新擬。

茅山

丹閣煙霄外，登臨萬象分。槎排曲阿樹，窗觀溧陽雲。種术耕巖石，尋芝採玉文。遥因不死訣，來此叩茅君。

其二

迢遞出重氛，高瞻了四垠。雨鳴千鶴籟，晴看萬峰雲。翠□猶丹□，□□尚紫文。法教機樞廢，身與鹿爲羣。

輯自清光緒三年懶雲草堂重刻本茅山志卷十三。

送卜使君釗

遠岫開新霽，江城散曉寒。離情頻駐馬，别望幾憑欄。老覺功名淡，歸忘道路難。甘棠遺愛在，留把後人看。

輯自清乾隆十八年刻本潁州縣志卷之十一。

賈島墓

百里桑乾繞帝京，浪仙曾此寄浮生。葬來詩骨青山瘦，望盡荒原白草平。無地椒盤供廟祀，有人驄馬問村名。時盧侍御修復其墓。穹碑四尺標題在，詞賦風餘萬古情。

輯自續修四庫全書影印明崇禎刻本帝京景物略卷之八，(雍正)畿輔通志卷之一百十九、天府廣記卷之四十四、日下舊聞考卷一百三十二等皆載此詩。

輓簡介齋詩

錫宴瓊林始識君，才高肝肺琢雲斤。誰知黄甲三年客，又見青山數尺墳！漢代衣冠留畫像，商家彝鼎罷銘勳。秋風吹盡英雄淚，鄰笛淒涼不忍聞。

輯自清同治十二年瀛洲書院刻本新喻縣志卷之十。

七寶山

登臨獨愛此山幽，百尺簷楹礙斗牛。黄鶴影高松月冷，玉爐香裊曉煙浮。石泉帶雨聲猶細，嶺樹含雲翠欲流。極目鵝湖成獨嘯，當年應不負閒遊。

輯自清乾隆四十九年刻本鉛山縣志卷之二。

題東溟一覽卷

望盡東溟遠樹蒼，老烏啼日上扶桑。三山風景開圖畫，萬古乾坤入混茫。漢主有才通使節，秦皇無計覓仙方。於今重譯來王貢，笑指風濤久不揚。

輯自影抄明天啓六年何氏刻本舟山志卷之四，此詩列題東溟一覽題下。李東陽一生未曾至舟山之境，此詩或爲當時抗倭將領舟山定海衛李指揮使東溟一覽畫卷而作。其友人程敏政篁墩文集卷之七十五亦收有同題材詩作定海李揮使東溟一覽卷七言古詩，中有「李侯落落千人雄，指揮戰艦横雕弓。倭奴斂迹向沙島，不敢出没鯨濤中……掀髯長嘯動林木，勝覽直盡東溟東……披圖擊節壯吾子，高歌遠寄南歸鴻」等句。

永感堂

慘淡西原落木風，水流無限夕陽空。十年晝錦還鄉地，半夜青燈教子功。恩到九泉成雨露，老看雙鬢憶兒童。傷心重檢登科記，猶在當時具慶中。

輯自清乾隆十五年刻本順德府志卷之十六。李東陽門生顧清東江家藏集卷之十二亦收有永感堂爲同年王威遠賦七律一首。

與高惟清復竹茶爐詩和韻一首

夜窗湯火共幽禪，回首風塵幾歲年。合浦故應還灼爍，湖州空解惜嬋娟。浮生尚覺俱成幻，微物從來亦有緣。疑是郡侯清德在，他時秀句必同傳。

輯自故宫珍本叢刊影印明邵寶撰、清邵涵初增訂清同治七年刻本惠山記卷之三，秦旭作與高惟清復竹茶爐七律一首，李東陽作此和韻詩。詩題新擬。

盛舜臣新製竹茶爐詩和韻一首

石爐曾分裊裊泉，裹茶添火試同煎。形模豈必隨人後，鑒賞何因置我前？秋共林僧燒葉坐，夜留山客聽松眠。王家舊物今雖在，竹缺砂崩恐未全。

輯自故宫珍本叢刊影印明邵寶撰、清邵涵初增訂清同治七年刻本惠山記卷之三，吴寬作盛舜臣新製竹茶爐七律三首，李東陽作此和韻詩一首。詩題新擬。

社飲堂詩

背屋蕭然蔭遠村，碧榆青柳似雲屯。仲春到日長爲社，野老來時不扣門。杖屨東風花下酒，牛羊斜日路傍原。分明記憶前年事，醉掃蒼苔卧竹根。

輯自四庫存目叢書影印明正德刻本嘉興志補卷之九。

采芳艇

十里溪頭菱葉稀，木蘭舟楫蕩晴暉。蕭條别浦看花盡，爛熳寒香載酒歸。豈有紅裙來蕩槳，只愁清露欲沾衣。黄昏不辨柴門處，洲渚蒲芽白鷺飛。

輯自四庫存目叢書影印明正德刻本嘉興志補卷之九。

送高涼林知縣廷瓛之永嘉

楚客曾經越地遊，每從杭士説温州。城因海近魚頻入，山爲霜繁稻更稠。民力故知非往歲，甲科今已得名流。登臨不與承宣事，肯放功名過黑頭？

輯自明萬曆間刻本高州府志卷之八。

東皋　爲處士黄鈺題。

日日沙頭看鳥飛，柴門剛枕釣魚磯。鶴鳴驚見海出月，客嘯不知風滿衣。鄰舍墻邊呼酒近，故人天上寄書稀。從今小隱須稱大，新向長安市上歸。

輯自明正德十六年刻本瓊臺志卷之二十四，詩題參考明萬曆四十五年刊本瓊州府志卷之十一所收此詩而定。據府志，同題作者尚有李東陽寮友與門生林翰、陸簡、彭紹、楊廷和、靳貴等。

送商素庵歸淳安

兩朝三事屢登崇，冠珮巍然長者風。霖雨帝思商傳説，科名人比宋沂公。光華咫尺瞻依地，禮義從容進退中。歸著錦袍環玉帶，白頭林下幾人同？

輯自明萬曆四十一年刻本續修嚴州府志卷之二十一。清商鍾祥重編明三元太傅商文毅公年譜（見孫福軒校本商輅集附録）卷之三亦録此詩，繫於成化十三年七月二日。

贈御史謝元吉謫南陵

仕路逢人歎陸沉，爲君真不負朝紳。平生恥學藏名粥，獻納惟知報主心。白日驊騮辭曉仗，高秋鷹隼下青冥。贈行詩句多如雨，獨有劉郎意最深。

輯自明嘉靖十五年刻本衡州府志卷之八。謝文祥，字元吉，成化二年進士，衡州耒陽人，以直言被謫南陵丞，李東陽與友人劉大夏等皆賦詩壯其行。

次韵蕭顯宿普利驛感懷詩

翁在江南兒在此，天涯無復問晨昏。幽懷每共官僚説，遺迹多從父老言。白雪新詞真寡和，青氈舊物想長存。君看道路逢迎地，猶是當年侍從恩。

輯自明弘治間刻本貴州圖經新志卷之九，詩題新擬。

得月亭

湖天空闊暮雲收，長愛清光照白頭。海上三山元不夜，人間萬木未知秋。謫仙有酒如邀客，庾亮無心復上樓。醉倚石欄幽夢醒，尚餘清興在簾鈎。

輯自明弘治十八年刻本震澤編卷之七。李東陽友人王鏊之祖父於所居之地太湖之濱建得月亭，友人吴寬爲撰記(見匏翁家藏集卷之三十四有得月亭記)，此詩或爲此樓而題。

與秦廷韶潘時用聯句

一庭疏雨荳花秋秦，五馬南來此徑幽李。北海有情能小款秦，太虚多暇得清遊李。詩成漫灑金壺墨秦，酒熟先分玉瓮篘李。時武昌前一日惠酒。腰下郡符憐我老秦，筆端文采羨公優李。江湖别後還青眼秦，霄漢逢時尚黑頭李。寂寞文園猶卧病秦，時文敬地官方墜馬傷足。蕭條環堵未忘憂李。東曹花月孤同賞秦，西館珠璣惜暗投李。倒屣忽傳郊老至秦，至此時用至。解貂聊爲季真留潘。凉生楚葛風初静李，氣逼湘簾露未收秦。櫪馬隔鄰銜晚秣潘，候蟲當户促功裘李。坐深不覺爐熏换秦，話久仍呼茗碗浮潘。鸚鵡巧能傳客意李，琵琶亦解亂鄉愁秦。登龍偶合風流地潘，附驥終慚遠大謀李。良會百年知有幾秦，爲君傾倒夕陽樓潘。

武昌秦先生過予爾耳亭，邀文敬邵地官不至，偶發小興。適潘時用文學至，續成之。時吕進士宜中在坐，强之，不可得，翌日獨和一首。成化辛丑七月十一日，李東陽賓之書。

輯自明嘉靖元年秦鋭等刻本五峰遺稿卷之十，詩題新擬。

題徐幼文龍塢春雲圖並題畫

最恨江雲解逐人，若教飛盡轉傷神。如何龍塢山頭望，不見河陽樹裏春？

輯自民國十年鑒古書社影吴興密均樓本式古堂書畫彙考畫卷之七。

題梅老秋江獨釣圖

秋落寒潭水更清，釣竿裊裊一絲輕。斜風細雨誰相問，破帽靑鞋却有情。

輯自民國十年鑒古書社影吴興密均樓本式古堂書畫彙考畫卷之十九。

題張東海遺墨卷二首 有跋

試將東海續東坡，過也風流却未多。猶有白頭遺裔在，權門不許踏風波。

一代文章與衆傳，由來得失寸心憐。草書今日真增價，消息誰應酹九泉？

鄉進士張時行持乃翁東海先生遺墨相示，悵然感之。且憶先人嘗與人書云：近有傳吾死者，果然，則草書增價矣。嗚呼，孰謂其遽至此耶！弘治癸丑四月朔後一日，長沙李東陽。

輯自明正德刻本張弼張東海文集附録，詩題新擬。

東作莊

知時好雨正當春，黄犢籬邊緑水清。林外不須催布穀，農家自少晏眠人。

輯自清康熙六十年刊本嘉興府志卷之十五，檇李詩繫卷之三十九亦收此詩。

説夢戲答陳愧齋

舉世空中夢一場，功名無地不黄粱。憑君莫向癡人説，説與癡人夢轉長。

輯自明正德抄本麓堂詩話，明嘉靖二十九年刻本廣平府志卷之七亦載此詩。

題貞節堂

面面青山繞白沙，蕭蕭白髮映烏紗。欲知内翰先生宅，元是南州節婦家。

此詩見明萬曆刻本陳獻章白沙子全集附録，同題下原有絶句四首，其餘三首懷麓堂稿詩稿卷二十壽陳石齋母節婦竹枝題下已收録，僅個别文字小異。

跋歐陽修灼艾帖後二絶

醉翁常恨作書難，道是撑船上急灘。畢竟晚年多自得，盡留風韻與人看。

宋代書家自不孤，當時只許蔡君謨。若將晉法論真印，此老風流世亦無。

崔禮部傑得歐公真迹，間爲之三復展玩，因題之二絕。正德己巳正月六日，後學李東陽。

輯自三六〇個人圖書館·畔山園敔坤書館，草書真迹藏於北京故宫博物院。

跋蘇軾洞庭春色賦中山松醪賦卷二首

中山松節洞庭柑，不待銜杯意已酣。三復好辭還妙翰，署風吹鬢晚毵毵。

不用殷勤著酒經，自將詞賦託芳馨。若從顛素論書法，肯放人間是獨醒？

輯自蘇興鈞記蘇軾二賦墨迹一文，見吉林省博物館學術論文集第一輯，一九八六年十二月。真迹見吉林省博物院藏蘇軾洞庭春色賦中山松醪賦卷尾。詩題新擬。

環水八詠

桂峰聳日

海門紅日隱曈曨，晴彩光浮海上峰。怪底朝陽雙紫鳳，夜深飛上玉芙蓉。

梅嶺横雲

山上梅花隔翠微，山頭嵐氣滿朝輝。笛聲吹起浮雲暮，盡日横空不肯飛。

秋林清趣

翠竹青松對掩扃，四山秋色上畫屏。露牀風簟凉如水，獨卧高窗對酒醒。

花塢餘輝

黄菊香宜間緑葵，桂蘭紅紫鬬葳蕤。階前芍藥堪憐汝，看盡開時看落時。

經魁棹楔

高門大榜照崔嵬，聞道王郎舊擢魁。此地有人時駐馬，青雲回首獨憐才。

古木深祠

古木殘鴉滿夕陽，年年香火奉祠堂。君看白骨堆荒冢，盡日無人奠酒漿。

西塘晚釣

渡頭秋水碧於沙，萬里滄浪一釣槎。夜半得魚還換酒，任他寒月照蘆花。

南畝春耕

一生犁插鎮隨身，野老逢春却怕春。回首郊原芳草路，踏青携酒是何人？

輯自上海圖書館藏清光緒八年木活字本淳安始新王氏宗譜。

送方司訓之贛州

度嶺沿溪十日程，半生心事此功名。從今不作思鄉夢，月調風絃夜夜聲。

輯自清同治十二年刻本贛州府志卷之七十五，康熙本懷麓堂集文續稿卷之一南行稿亦收此詩。

李東陽全集卷一三〇至一四〇

佚文十一卷

李東陽全集卷一三〇

佚文卷之一

送刑部尚書何公歸盱江序

天下之書士所當誦習而施用者，若經史文賦、章程法比，雖其論議有大小深淺之殊，而惟用之適。顧專攻者或泥於偏滯，博取者或失於汎濫。皮膚口耳之學，無所往而適於用，斯患也亦恒有之。故倪寬以經術飾事，雋不疑以經義斷獄，竇儀讀書以爲翰林，歐陽能文章以爲參政，孔休文解朝儀以爲郎官。學之不善，則雖經如陸贄，文如柳宗元，不免爲罪人；法令如張湯，不免爲酷吏；典故如陳彭年，不免爲佞夫。揆其所就，而所學可知已。若用舍顯晦，則皆時之所爲，豈君子之所計哉！

刑部尚書盱江何公受尚書，舉進士，以博洽聞。爲部屬，遂精法律，同署者皆自謂不及。爲大臣出行：荒政則先賑貸，蓋取諸周禮；夷狄則先撫恤，次攻伐，蓋取諸春秋；至於議大政，斷大獄，則雜取諸子百家之言：皆有所據，不爲空撰臆説、苟且滅裂之事，非庸流悍吏之所敢望。又以其餘爲著述，爲詞賦，皆食體裁，該時制，鑿鑿乎不可闕者。要其所學，可謂專而不滯，博而不濫者矣。而公益篤嗜不厭：雖家無贏資，食不重肉，而諷誦抄録，恒若有餘；雖剖決如流，庭無留案，而稽據探索，恒若不足。其所施用愈多而愈不窮。故登朝歷省，人皆想望翹企，以冀其來。及其解簪組，歸田園，則惋惜不暇，以爲不易得。

蓋公自掌邦政以來，有所咈，嘗累月不視事，上疏乞歸者亦屢矣。察其意，殆將斂未究之事業於不朽之文章。去留進退，無所往而不得其樂者。著宋論，人固有見之者矣。又嘗欲輯國朝諸製作爲一代之典，而尚未編究。其所自爲文章，不與之並傳於後也哉！夫政，雖大臣，尤分曹限職，有所不得爲。文，則天下之大，無所不得與。其緩急雖殊，而遠近之辨又如此。公之去，安知其不得爲用也？詩云：「左之左之，君之有之；右之右之，君子宜之。」予辱知公，謂其不獨宜於此，而又有於彼也，故因部院諸公卿之贈，追而爲之辭。

賜進士出身中順大夫太常寺少卿兼翰林院侍講學士經筵講讀官同修國史長沙

輯自明嘉靖本何喬新椒丘文集外集。

李東陽書。

襪線集序

往年，大河衛百户史侯孟哲既致仕，嘗自爲生輓詩。工部侍郎楊公貫之屬和於予，曰：「侯意也。」侯既得羣和，并徵諸銘狀，彙刻爲一帙以藏。其子千户誠復取其平生所自爲詩曰襪線集者，别刻爲帙，侯蓋及見之。及侯以壽終，其孫慶奉遺集上京師，因吾同年友知廣信府葉公崇禮請予序，曰：「侯之治命也。」予方念貫之之没，又重崇禮請，故不得辭。

噫！侯之自爲輓詩也，固將閲穹壤，齊彭殤，雖其身，有所不恤。至其所爲詩，則眷念往復，若不能忘情於傳不傳之間，是必有見也。昔馬援有馬革之志，王彦章有豹皮之喻，皆以身殉名者。今天下一家，兵甲不試，闒幕之士多舍弓矢而談詩書。詩者又侯之所素能而夙好者，雖於此取名焉何傷？觀侯之詩，類皆和易沖泊，非不能肝雕腎琢、縮舌蜇吻以求必異於衆，而若有不屑焉者，殆曰：「吾以自適，而非自苦也。」此雖不忘乎名，而亦非汲汲以殉名者也。然予又觀其見傷麥而歎，聞黠虜死而喜，皆見於詩。此其身雖早退，而亦非漫焉忘世者。若必欲其死灰槁木，目不能一丁，舌不能三寸，而後爲無意乎名，噫！亦固矣。淮之人若金廣信宗潤最有名，而與侯爲忘年友，且序其詩。官於淮者，若今平江伯陳公志堅最顯，而侯實其祖恭襄公所奏，得遊黌校，以是起聲譽，至與今公相倡和。此其人又可知也。

侯諱傑，字孟哲，別號敬庵。年二十而蔭官，六十二而謝事。八十二而卒，藏於淮之東郊。集名襪線，蓋其所自喻也。

弘治五年壬子春二月四日，賜進士出身太常寺少卿兼翰林院侍講學士經筵官兼修國史長沙李東陽序。

此序由李蕾君提供，輯自明弘治刻本襪線集卷首。

許州志序

予讀中秘書，見天下圖志簡帙山積，時取而閱之，未嘗不歎作志之難也。天下之政在實不在文，顧亦有賴文以傳者。大則史，小則志，兼行而互證。政治之因革損益，恒必須之。然又有國志，有府、州、縣志。志愈小則爲法愈詳，苟挂一漏萬，固無取乎志。或藻飾附會，誇多鬬麗，而反傷其實，則雖詳莫取焉。昔人謂作史必具志之長，志，史類也，亦不可闕一。故非志之難，難乎其人也。且天下之吏各有統屬，及其至也，彼此不相攝，必各盡其所知與其所得爲者，則君與相得以總其成而無遺。志者，非其土之吏莫能知，且莫得爲也。今志法漸廢，以府、州、縣稱者，殆不能十一。間有之，又不詳且實焉。不亦重可難哉！

許爲州，屬河南開封府，統縣四。舊有志，合若干卷，永樂間知州五羊陳君璉嘗修之。弘治初，無錫邵國賢以進士來領州事，欲重修之，未敢苟作。據郡乘，參史籍，越六年始克成編。雖仍故迹，而立義著例，則斷以己意。如論魏之都始於刦遷；論漢末帝謚當從蜀漢，不當從魏；論人物則最道德，殿功名，而斥富貴爲非士：皆前輩所未及也。他如風俗之升降、户口之增減、莊園之廢置，亦謹書而備録之，皆有綱目，有經與緯，可覽而悉也。其視因陋以爲質，騁華以爲文者，亦遠矣。然猶有足取者，録名宦而不及乎今，録文章而不及其所自著，尤世俗之所難。惟類有例，編有序，皆爲志作，故不容孫也。

國家有一統志，則爲天下作者，其法尚簡。使天下之爲志者皆舉而獻諸朝，其不足爲國志之羽翼哉？予請自是州始。國賢名寶，予南畿所取士，謂予爲知己，故以志視予，請序之。其所爲政如其作志云。

弘治癸丑冬至前一日，中順大夫太常寺少卿兼翰林院侍講學士經筵講官兼修國史長沙李東陽賓之序。

輯自明嘉靖刻本（嘉靖）許州志卷首。

擬古樂府引

予嘗觀漢、魏間樂府歌辭，愛其質而不俚，腴而不豔，有古詩言志依永之遺意。播之鄉國，各有攸宜。嗣是以還，作者代出。然或重襲故常，或無復本義，支離散漫，莫知適歸；縱有所發，亦不免曲終奏雅之誚。唐李太白才調雖高，而題與義多仍其舊。張籍、王建以下，無譏焉。元楊廉夫力去陳俗而縱其辯博，於聲與調或不暇恤。延至於今，此學之廢蓋亦久矣。間取史册所載忠臣義士、幽人貞婦、奇蹤異事，觸之目而感之乎心，喜愕憂懼、憤懣無聊不平之氣，或因人命題，或緣事立義，託諸韻語，各爲篇什。長短豐約，惟其所止；徐疾高下，隨所會而爲之。内取達意，外求合律。雖不敢希古作者，庶幾得十一於千百。謳吟諷誦之際，亦將以自考焉。其或剛而近虐，簡而似傲，樂而易失之淫，哀而不覺其傷者，知言君子，幸有以

正我云。弘治甲子正月三日，西涯李東陽書

輯自明别集叢刊影印明嘉靖三十一年唐堯臣刻本擬古樂府卷首。

章丘縣志後序

予觀章丘縣志而歎曰：是非希遠不作，非君謙不能作也。蓋其爲目十有二。曰建置者，自漢丘國以至爲縣，爲州，爲軍以復爲縣，其時代年月皆書。曰鄉鎮者，自縣分鄉，鄉所析爲鎮，爲市，其俗與産皆書。曰山水者，書其高山大川，而又以嶺洞之類繫之山，井泉之類繫之水。曰物産者，書田野、山澤、園圃，民間之産各以類列，而以雜産終之。曰貢者，書累年賦額，繫以田畝、户口之數、官吏設置之令、轉輸之制。曰公宇者，自縣治至蕃臬寺府之分司、廟學堂室之建造修葺皆書，陰陽、醫學、税課、僧道會之司亦書。曰祠宇者，有縣祀，有學祀，皆書。附書而不廢者，若民間之私祀，及二教之祀。曰縣令題名者，其前莫能傳，自金承安以後，至國朝爲縣者，名氏、邑里、科第、履歷，皆書。而治狀之尤著者，雖丞亦預。曰人物者，凡縣所産文儒、武將、謀臣、節婦，戰國而下，各爲目以書。舊志所載，凡以子封者，雖貴不録。在國朝，舊所不載，得數人而特書之。曰登用者，自洪武而後，以紀年爲目，進士、鄉舉則詳繫以科，歲貢則總繫以年。又有例貢，有類進，則稍略其年而註其名與籍。惟進士於鄉貢，不厭累書。歲貢、類進之貴且賢者，書於人物，不復累以本例。而數者之右，又虚其列以俟後人。曰古迹者，漢以後考其侯封、縣治，遺墟可指數者，皆列書而存其疑。曰墳墓者，元以前有名氏可識，皆書。而溯自上古，若赫胥氏者，亦存而不言。曰亭館者，金以後凡名勝所在，節義、事業所繫，皆次第書之。最後書館舍、橋樑、坊牌之屬。凡事之碎細者，曰雜志。而凡前賢之著述、故老之題識，則各繫於本條之下，不別爲卷云。

夫志，史屬也。今天下一統，史惟朝廷有之，志則通上下而不爲之禁。故國志舉其略，而府、州、縣志則各敍其詳。綱目相維，本末互見，皆不可闕也。世變歲易，或闕而不具，或具而不詳。所謂府者，尚不能爲完書，而況縣乎？東漢之初，詔南陽撰作風俗，故在魯有名德先賢之贊，而不可復見矣。

章丘隸濟南府，爲山東近地。地方二百里，民物阜盛，文獻不乏。承平豐豫之餘，宜有以紀往牒，示來裔，而莫之及。雖簿書之才、法律之能，殆無所逭重責。然天下爲是物者，往往昧其義例，雜取而苟作之，適足爲政體之龐贅。由是言之，非惟不作，而亦豈易作哉！希遠之爲縣，識治體，慎官守，志優而力暇，此志所由作，而又得君謙以成之，宜其作之善如此也。後之觀者善君謙之志，則將於希遠乎賢之，亦豈特志中所載廉孝一二事而止哉！希遠陸姓，名里，宜興人。君謙楊姓，名循吉，吴人，皆甲辰進士。君謙以禮部主事致仕，歸嘗道章丘，居一月而去。弘治壬子長至前一日。

輯自明嘉靖修補藍印本章丘縣志，以康熙三十年本章丘縣志所載此序校之。

龍溪書屋圖序

龍溪書屋者，宋氏獻翁之所作也。翁舊家麻城，世守儒業。翁嗜學，博涉經史，買書數千卷，置書屋于溪上，以爲藏修之所。又延師置塾，聚宗族鄉黨之子弟而教之。暇則挹清流，玩羣芳，遊詠以自適。如是者若干年，翁老且卒矣。其子兑以鄉貢士作宰于濰，宗黨子弟亦多出就事業，而宋氏之遺書尚存，嗣其業者未已也。兑在濰三年，遣其子文杰上京師，徵諸大夫爲龍溪書屋之詩若干篇，介熊進士載道請予序。

夫人之材質不同，而亦各繫其地。内有賢父兄，而其子弟幸而生乎其家，外有宿儒老師，而其後進者幸而出乎其鄉，則所以育德成業者易矣。令尹君得以成其仕、麻城之士得以成其業者，皆龍溪之教，其及於一家一鄉者不既多乎？今使人過其地，登其堂，取其書讀之，想見其爲人，蓋有勃然而興者矣，而況其鄉人乎？況其子孫乎？有父書而能守，守而能讀，讀而行之者，令尹君之志而子孫之事也。若溪山之奇勝、庭宇之宏麗，則世之恒事，人之所共有者，豈足爲宋氏重耶？諸詩皆敍景興事，而其歸在乎問學行業之間，予以爲猶有引而不發於此者，故比論之以爲序。

輯自明弘治十三年刊本黄州府志卷之九。

簡襄子默齋詩序

新喻之樓山有鉅族曰簡氏，有號古澹先生曰公簡，以「簡」行者數十人。古澹之子有號竹逸君曰襄子，以「子」行者亦數十人。昕夕坐談者，皆以經義史學自相師友，論議詰難，往復同異，各極其趣。而君獨好沈默，闃然居其間。衆論既畢，徐爲剖決，一言而止。與客交際，苟非其所知者，未嘗見其開口云云也。故又號曰默齋。君平生不喜稱人過，尤不能以捷給取勝。人有以此誚君者，或有加侮焉，君默然自若也。顧獨好詩，興致所及，伸紙濡墨，長歌短調，動數十百言，倡和酬酢愈多而不厭。欲與君言而不可得者輒以詩，詩無或不應者。故從而想像其人者，亦以詩。及其意窮興盡，弛而復張，或非其所可與倡和者，雖以强之，君默自若也。故人之稱君者，不曰竹逸，而曰默齋。

吾友傅先生諱瀚者，思有以樂君之志而不可得，則爲致默齋之詩若干篇，畀其弟曰會而歸以遺君，屬予敍。予之默固出曰川下，不能無愧於君，然所處又有與君異者，欲詳叩其所以默，以質於古之所謂默者，而蕪詞冗義懼重貽默者之笑，因略述其概以爲默齋詩序。君名贇，襄子其字，瀚之舅氏也。

輯自清同治十二年瀛洲書院刻本新喻縣志卷之十。

壽海鈞蕭公七十詩序

海鈞蕭公文明以福建按察僉事致政，歸幾十年。予每詢東來□，知其動履康裕。且數得所遺詩翰，皆遒勁如少壯時。今年，其子鳴鳳上京師，則知其壽已七十矣。舊與公遊者，多布列朝者，間語及，皆愛慕欣悦，形爲歌詩，不旬日而成卷，因寓其子歸爲壽觴之侑焉。

初，公舉京闈，上春官，累舉而得進士。及爲給事，遷貴州，移浙江。又再轉而佐一方，秩五品。其間攻苦力學，危言切諫，不暇爲身家計，跋涉險阨，抵冒嵐瘴，衝犯豺虺，人事之錯遷，歲月之淹滯，亦勤且久矣。迨夫引身遯迹，居高山鉅海之間，延覽形勝，搜奇而蹈僻，闢晚榆之堂，開墨香之亭。官軺使節、騷人韻士，遊有從，倡有和，惟其所適，天下之事，殆無以嬰其中焉。鄉使公曲志降氣，稍俟其定，資循而級進，計其筋力才識，猶足以堪之，雖至于今而後謝，其於禮猶有合也。公則寧使謀有餘智，行有餘力，先幾勇退，以全其身，以益保其天年，不得乎彼而得於此。校其所直，豈止倍蓰什伯之差哉！□先事而後得者，士之心也；先嗇而後豐者，物之數也。公之歸亦豈絜長度短，故爲是蠖屈以求信哉！顧造物者之綱，維權度潛捈默運，自有不能不然者耳。且公有子四人：鳴鳳以家學應貢入成均，當趾美科第；儀鳳被章服，爲義官；他子姓皆秀穎駢出，左右列侍。回憶曩昔之川阻陸限、曠定省而思睽離者，異矣。則其志養所適，和氣所積，又頤神益壽之資，是亦非天之所畀而何哉！

予聞唐有香山之社、宋有洛下睢陽之會，皆託諸文字，爲衣冠盛事。山海實王畿，地遠不能數百里，第吾曹爲官守所縶，不獲肆筵授簡以相娱樂，相祝頌，乃徒翹首注目，寓意於卷秩郵傳之中。若公之雄篇妙翰所以輸寫懷抱、導迎休祥者，尚可得而聞乎否也？試以諸公之作諗之。詩凡若干首。

弘治庚申十二月朔日，賜進士出身資政大夫太子少保禮部尚書兼文淵閣大學士知制誥經筵官兼國史會典總裁長沙李東陽賓之書于懷麓堂。

原載明嘉靖刻本海釣遺風集卷四。轉録自魏寧楠撰李東陽佚詩文考釋一文，見古籍研究二〇一八年第一期。

李東陽全集卷一三一

佚文卷之二

顧侯祠記

弘治庚戌冬，處州雲和民數十輩走告于府曰：「吾邑故侯顧姓者，有功于民四十年矣，吾父老屢欲建祠祀之，而地小力綿，又多歉歲，弗能集事。今官府無事，而歲適告登，思有以畢吾志者。」時雲和丞王言方在謁，知府傅公鼐諭之曰：「此義舉也，汝其爲民倡之。」丞歸以告，知縣諶宜紳奉諾惟勤，乃率寮屬捐貲爲費，相地于縣治之東南，爲堂三間，高丈有八尺，深略稱，廣倍之，題主其中，繪事迹于左右壁，令民以時祭祀。壬子，丞有事上京師，乃致其令佐之意，謂宜記事始爲後識，因吏部郎中周公木以請于予，出侯銘狀家乘，并道其遺事。

蓋侯諱立，字成夫，世爲蘇州常熟縣人。由府從事授湖州烏程主簿。正統己已，閩寇作亂，王師南討，侯與領饋餉，屢受功賞，聲動閩浙間。景泰庚午，處州賊起，都御史軒公輗置侯幕下，俾守金公巖寨，仍令察諸營功過，既平，賚賜有加。比秩滿，增禄一級。兵部尚書孫公原貞暨諸守臣薦其剛毅有節，可任縣事。時雲和新置，僻在山谷，尤號難治，乃以屬侯。至則摧强扶弱，構廨建學，置驛傳，立壇壝，百務咸備。東有雲章道險甚，民病樵采，侯刊木剗草，闢爲夷途，民甚利之。都御史韓公雍巡撫江西，薦其可掌府事，與守臣章交上。侯適入覲，命且下而卒，嗟夫！

仕者之譽，或可以媚官長、釣道路而得，惟民不容僞，然亦或偶中而獲焉。至其去而思，死而哀，爲之祠廟，衆以著不忘者，則斷斷乎非可僞爲也。初，雲和之民大則亂，小則狀，污染沈治，不可爲制。理亂爲治，轉危爲安，戢鋒鏑，銷鬭訟，更新革舊，俾歸於紀綱法度之内，侯之功豈一世利哉！堂而祀之，禮也，亦法之所得爲者也。且侯以一從事崛起枳棘間，而卓自振拔以立于不朽之地。彼世之身死名没，或又爲民所怨讟、所嗤笑者，亦豈無高科重任其人者哉？乃或以勢位爲輕重，而不求其實者，亦惑之甚哉！天下事固未敢深論，其有官兹地、莅斯民者，稽事考迹，惟力之弗繼是懼，則侯之祠利乎人大矣。

助是役者，主簿劉萬勝、典史倪冕，而丞之勞苦居多，故吾記之，俾歸刻焉。

輯自四庫存目叢書影明萬曆七年刻本栝蒼彙紀卷之九。清雍正浙江通志卷之二百二十五、清同治雲和縣志卷之七亦載此記。

修孔子廟記

弘治丙辰春，知臨清州馮侯傑莅政之初，謁先師廟。見其殿廡宏闊，像設嚴整，器具精備，尊經有閣，會講會饌有堂，堂有室，門墉塗徑，規制井井，歎曰：「真偉觀也！」遍閱碑記，皆永樂、正統間縣未陞州時所建。乃集諸生，問其修治之故。皆曰：「按察陳公之力也。」問其財用所出。曰：「刑獄之贖金及凡所區畫者，而吏民不與也。」則又歎曰：「學政弗修者，吾有司之責也。公以明天子之命分憲一方，庶政攸萃，而兵與刑又其急者，乃以餘力留意於教化之地，而不煩於民。吾黨之愧也，不亦甚乎！」於是會籍丁力，以相其所弗及，越數月而告成焉。馮侯乃具書京師，請予記以書陳公之績，予亦不能辭也。

惟孔子之道，自修身治家以至於國與天下，無所不備。其所以治人者，皆其所自治者也。治人之政，先德而後刑。必有所不得已，則寧去兵而存信。其輕重之序又如此。然受成訊馘，皆必於學宫，思樂之詩，實有取焉。學者亦惡可以兵與刑爲末務而不之究哉？今之學者，大抵不知修身之爲急。其爲政者雖專領學校，亦不過習書課，嚴程期而止。其各局於一事者，亦何怪乎不能相通也哉？

臨清爲東藩要地，南北舟車之所會。自國家定鼎北方，百年於兹，文軌玉帛與絃誦之聲日益月盛，固人材之淵藪也。而衆大之後，蘖萌其間，鼠牙雀角、雞鳴狗吠之警，或以廑廟堂之慮。故郡縣有牧，學校有師，而兵刑之備猶不免於專設。以此視彼，亦豈不各有所限哉？若陳公之志，亦可謂勤而能周者矣。夫天下之政必以身率之，而後可成。今按察一舉，而衆正翕然以應。推是類也，則凡有職乎教與育者，苟以身先之，何患乎士習不變哉？且縣陞而州，則士額加廣，師員加盛矣。由前日以至今日，其廟學加新且備矣。發揚奮勵之機、澡雪修治之力，彼士者亦盍知所以自勵哉？此則陳公之意也，故書以爲記。

陳公名璧，山西太原衛人。壬辰進士，爲御史，有名。其爲按察，風裁益加於昔。馮侯，涿鹿衛人。丁未進士，初知諸城縣，以薦擢今官。其舉鄉貢，則予京衛所校士也。

輯自清康熙十三年刻本（康熙）臨清州志卷之四。

信陽州修造記

信陽在禹貢豫州，周申伯所封地也。洪武初，仍元制爲州，越二年降爲縣。成化乙未，朝廷用議者謂其地險要，且兵民錯處難制，復陞爲州，以羅山、確山二縣屬焉。州舊以縣制，卑隘傾圮弗稱。金谿江君以進士來知州事，乃修廢起敝，次第而新之。州即縣故治修堂三楹，前爲露臺，臺之前爲甬道，東爲承發司，西爲架閣庫，各三楹；其南爲六房，楹各二；南爲儀門，又南爲譙樓三楹；徙廨宇於堂後，增置獄室；樓之南、東、西建榜房，其後爲申明、旌善二亭，各三楹；州之東爲布政分司，又東爲汝南道，皆市民家地，以闢舊址爲新堂室，各二十有八楹；樓西南爲公館，剗高就夷，爲堂室，共十有一楹：而凡爲公署之事皆備。州之東、布政分司之北爲州學，元信陽軍故址也，市民地倍於舊址；廣明倫堂爲五楹，三齋爲九楹，孔子廟殿三楹，二廡楹十有四，戟門一，櫺星門一：而凡爲學之事皆備。州之西郊外一里爲社稷壇，南郊外一里爲風雲雷雨壇，北郭外爲郡厲壇，修治壇壝，增建堂室，悉加於舊，而凡爲祭祀之事皆備焉。於是信陽之爲州，規模制度閎高壯麗，巍然爲中原鉅郡，自江君始也。工始於戊戌，成於庚子。學正胡君傑、諸生呂永福輩聚而落之，則相與謀曰：「是不可不紀歲月、書功迹以詔來世，俾相成而勿墜。」乃寓書上京師，請予記。

予聞江君之至是州也，究民隱，絀弊端，均賦役，辯冤理抑，教民爲水田，尤重學政，躬爲辯難懲勸之法，又以其餘爲是役，可謂精且勤矣！夫天下之事，必財與力而後成，苟用之以道，雖費不爲侈，雖勞不爲虐，然不獲上而信民，則功未施而謗已作，亦難乎其成矣。江君政未三載，百役具成，而藩臬交譽，士民相頌，有不謀而合者，固其有所獲而然哉！夫官署，政令之所出也；學校，教化之所由以行者也；壇與廟，祭祀之所在者也。江君之治，於斯乎始，且圖於厥終，俾後之繼君者睹其功，求其所用心，益圖於所謂不墜者。兹州之人其世世德君之不替，又何謗與怨之有哉？

輯自民國十四年鉛印本（乾隆）信陽州志卷之十。

重修永嘉縣學記

永嘉爲温屬縣，縣附府郭，府與縣各有儒學。縣學在縣治東華葢山之陽，葢始自宋元祐間，歷至國朝，興替不一。顧其舊址後偪道院，前迫民居，既隘且湫，不稱爲施教地。前知縣東廣林君廷瓛圖爲改作，拓其故而新之，首建宣聖廟庭及左右廡。尋擢貳蘇州，不果畢而去。新安汪君循繼知縣事，欲踵成之。會所積費已就盡，歲方告饑，無所於益。師生屢以爲請，君但領之，衆莫知其將有所爲也。秋既穫，官稍有贏羡，乃庀材集工，卜日興事。簡義民有才力者領之，而躬督其成。於庭之前爲戟門，旁隙地爲庖爲庫，而廟成，又爲堂及左右齋，旁爲號舍，前爲泮池，而橋其上，又前爲儀門。而學成，又爲名宦、鄉賢二祠于學之兩偏，以備學之所有事。凡木石瓴甓之材、金碧丹堊髹繪之飾、繩墩剸斫構結甃築之用，選堅擇良，精極壯麗。數十年之陋，一旦爲浙東大觀。於是衿佩交集，絃歌迭奏，類聚志萃，思所以擢舊而來新者不謀而合，相與頌君之賢，而享其功。教諭諸葛駿等伻來京師，通介以請圖爲不朽計，予弗能避也。

予聞孔孟論政，必先富而後教。夫政出乎君，而守令者皆分君之事者也。其所以爲富與教者，條目宜詳，序次宜慎，固不可偏廢，亦不可以逆施。此俗吏之所忽，而善爲政者所究心焉者也。温之地腴而多熟，其人之誦經史、事文翰、掇科領薦、出而效用者，宜乎其盛也。然修學之役，苟不待豐歲而爲之，安保其人之趨事、士之從化若是亟哉？此猶就一事言之。若敍倫惇行，會歸有極，施于事君使衆之間，無所往而不爲天下用，固於學乎成之，而亦豈廟庭堂室儀文器數之足恃哉？有倡乎其先有督乎其後者，必以其道。雖專官設教，而亦守令之事也。

予識汪君未第時，聞其以文學緣吏事，蓋兹學之所爲建者。學既成，以家艱去。今知縣東昌劉君經復增飾之，而知府吉安鄧君淮又從而總之。鄧及三令皆以進士舉，故於是勤勤云爾。諸凡與有事者，皆列之碑陰，以備考焉。學成于弘治辛酉秋七月朔日，越三年甲子夏四月朔日記。

輯自明弘治十六年刻本温州府志卷之十九。

門侯水利記

泄地利之藏以補天功之不足者，事之難也；捐一朝之勞以爲萬世之侯圖者，功之大也。故禹功與乾坤而俱垂，姬澤與溝遂而偕流。末代苟簡，莫克與此。間有循良之吏師古聖人之意，則亦隨其惠之所及而起斯民之跂慕。或廟而祀之，或指而姓之，各與其所修創相終始。若白公之於涇、召信臣之於南陽、蘇子瞻之於杭是也。後世有克任其難而大是圖者，雖未可與聖賢之事，而一時民心之所歸，亦獨非君子之所嘉與而樂爲後世勸者乎？

順德府有百泉河，自邢臺東注南和之河頭郭村。舊有石橋，水門止二券。水汹難於容受，歲一奔潰，怒氣噴風，泛濫有聲。及或爲患，且能激沙淤民田，多所墊溺。又有故渠，士民所仰以溉沃者，苦山水漲，日就湮塞。吏其地者率相習以爲難，至置不問。成化丁未，宣府門侯往莅南和縣事，信孚政通，百隱皆達。爰曳石鳩工，增廣其橋，爲三水門以殺水勢，而又築堤以禦捍之，繼疏六渠以灌田。用是旱備澇攘，天時不能爲之災；利興害除，地靈不能秘其寶。

聲隨事彰，澤以功流。在上者以爲能，欲奪治他邑，而邑民不忍侯之去己也，相率留之。既得請，且度小邑之不能久莅，侯一日或去，無以嗣其功也。於是耆老范英輩候於道，奉書求余記。且言侯之振頽起弊類此者若干條。其大者則建廓門橋而構樓其上，奪古所牧馬場三百餘頃以贍貧民之補馬者，餘皆息盜止訟之實惠。要之，侯今之良有司也。不然，則簿書期會亦足以塞責，而何汲汲焉犯此難且大者之爲慊邪？予故樂爲之書，以告世之怠吏。若其民之德侯果如召父之云，而所稱述必欲如白渠、蘇堤然者，則有此渠與橋堤在。至於役之歲月、工之名數、橋堤與渠之丈尺，及費所自出，則虛左方以俟民之自書，庶得其詳且實，俾後之記河渠者有所考云。俟名寧，字静之，己酉舉人〔一〕。

輯自清康熙六年刻本（康熙）南和縣志卷之八，清乾隆十四年刻本（乾隆）南和縣志卷之十亦載此記，文字小異。

【校勘記】

〔一〕以上七字康熙本南和縣志缺，據乾隆本補。

鄒公祠碑記略

都御史麻城鄒公殁之三十年，近畿東北邊將士吏民以公巡撫功德，祠於薊州，都指揮劉公輔請閣老東齋劉公爲之記。於是，鎮守總兵李公銘偕巡撫都御史嘉魚李公田，命守備遵化等城指揮使張璵等亦建祠立石，請記於予。

予生晚，不及事公，耳公名鄉曲間舊矣。及仕，聞公政事，交公子開州丞淪及孫刑都諫騏，讀其譜乘銘表，益歎其賢。公初以通參督永平、山海糧儲，經畫詳密，出納明慎。會邊防多事，進副都御史，督薊州遵化、居庸、紫荆諸邊關軍務，簡將閱兵，轉芻粟，繕倉廩，築城浚濠，修治縣械，百廢具興，一時歸保障焉。

嘗觀已巳之禍，大變也，然不還踵而定，蓋國家所以制亂者三：國富也，民安也，多賢才也。自洪武、永樂創業定難，至宣德、正統休養生息，府庫豐盈，倉廩充積，雖貧而不匱。閭閻畎畝之民食有糧，衣有帛，嚴刑重役不加其身，横科厚歛之吏不至其家，故卒有警而不散。内而臺閣公卿謀畫制馭之宜，外而憲帥關將攻戰禦守之力，故政務叢脞而不廢。寄一方若鄒公者，崇功已如是已。或者以公當艱難，領錢穀刑獄，未嘗攻城掠野，獻俘貢馘，若未盡其用。夫鎮國家，撫百姓，饋餉不絶，蕭、酇侯功固已蓋汗馬矣。公撫綏保輯於内，防守備禦於外，而況提遠兵爲殿，振聲烈成不可犯之勢，國與民與吏于公有不能已於祀者矣。且君子憂治世而圖先幾，平居無事，必深培厚積以結民心，經國用，儲蓄賢俊以待天下，故取之有餘，用之而不可窮。苟徒恃兵馬，利鋒鏑，折衝禦侮於不得已之際，亦難且勞矣。此予於聖天子國用之富厚、民心之安輯、賢才之衆多未嘗不有感於昔，多公之賢。況居其所治之地，昔聞其政、被其澤者哉！凡登公祠，迹公所爲，感慕豈有既乎？

附：鄒都憲薊州祠堂記

都察院左副都御史麻城鄒公既卒之五十年後，近畿東北邊之將士吏民以公嘗巡撫茲地，有功德，不可以不報，建祠祭之。祠在薊州者，都指揮劉侯某請太子太保閣老東齋劉公爲記。於是守鎮總兵官都督李侯銘偕巡撫副都御史嘉魚李公田命守備遵化等城指揮使張公璵亦建祠立碑，來請記於予。

予生晚，不及接公風範，聞公名鄉曲間舊矣。及仕於朝，聞東人道公事，又會其子開州同知瀹及其孫刑科都給事中騏，獲見其譜表銘誄，粗識公之一二，而益歎其賢。公在正統間通政參議，出督永平、山海糧儲事，經畫詳密，出納明慎，民甚賴之。也先入寇，進都御史，兼督薊州遵化、居庸、紫荊諸邊關軍務，簡將閱兵，納芻粟，繕倉廩，築城浚濠，修治械器，百廢俱舉，一時論保障之功者必歸焉。

嘗觀己巳之禍，天下之大變也，然不旋踵而定，若無事焉，蓋國家有可以制亂者三：國富也，民安也，多賢才也。自洪武、永樂創業定難以來，至宣德、正統休養生息，府庫豐溢，倉廩充積，故雖費而不匱。閭閻畎畝之民食有稻，衣有帛，嚴刑重役不加其身，橫科厚斂之舉不至其家，故卒有警而不變。內而臺閣公卿謀畫制馭之宜，外而憲闑將領攻戰禦守之力，故政務叢脞而不廢。以斯言之，若鄒公者，其功業之盛如此也。或者以爲公當艱鉅時，不親錢穀刑獄之務，未嘗攻城掠野，獻俘貢職，若未足以盡其用者。獨不知蕭、酇侯之事乎？鎮國家，撫百姓，饋餉不絶，其功固已蓋汗馬之勞矣。公在畿郡有撫綏安輯之功，在邊徼有防守備禦之策，而況提握重兵爲殿拒，振耀聲烈以成不可犯之勢乎？夫古之有功於民者，生有爵，死有祀。若公者，縱不克上廛國家之典，顧其民與吏有不能已於情者，乃從而祀之，豈不可哉？

君子之論政者，每憂治世而圖先幾。當平居無事時，必深培厚植，結民心，經國用，儲蓄賢俊以待天下，故取之而有餘，用之而不可窮。苟徒恃乎戎馬之强、鋒鏑之利，以折衝禦侮於不得已之際，亦且勞矣。此予於今日聖天子國用之富厚、民心之安輯、賢才之衆多，未嘗不有感於昔，而公之賢亦豈不重可慕哉！而況居其所重之地，躬其德政之美，被其澤於無窮者哉！後之登公祠，迹公之所爲，其所感慕，豈有窮乎？此國家之大者，故予不獨於公之身言之。公受命撫蘇、松諸郡，亦有惠政，兹不著。

輯自清康熙間修康熙抄本（康熙）遵化州志卷之十二，（乾隆）直隸遵化州志、（光緒）遵化通志亦載此記。又（光緒）黄州府志卷之三十亦載此記，題爲鄖都憲蓟州祠堂記，文字多有差異，今附於後，以備考。

可貞堂記

雲南方節婦曹氏所居之堂曰「可貞」，鄉大夫士爲其子矩名之者也。節婦本宦家女，歸方公佩珮，甫數年，年二十九而寡。舅姑老且衰，諸子皆幼不更事，家政叢委。節婦矢不二志，去容飾，薄滋味，痛自摧毁，躬自紡績，以供饋養。凡喪葬婚嫁，極力營辦，不足則脱簪珥爲之。歷寒暑二十餘，足不出房闥，而事亦畢治。蓋方氏世有武蔭，公珮未及嗣，長子政亦早卒，至是次子敬襲指揮使，敏爲義官，而矩習舉子業，方嚮庸進。節婦泣謂之曰：「吾不幸，分當死，所以不即死者，以爾輩在。爾輩各有成，吾他日庶有以見爾父於地下也。」弘治初，有司上其節，下禮部覈實，詔旌其門曰「貞節」。後二年，節婦亦卒，年五十有三而已。後敬以軍功進都指揮僉事，獲贈公珮如其官，節婦爲淑人。矩舉進士，歷官禮科左給事中，擢山東布政司右參議，其一女適都指揮李增。門户貴顯，倍於往昔，而斯堂固存，大夫士又從而賦之，至若干人。

予觀易之坤曰「含章可貞」，「可」有二義，不可不貞與如是而後可貞也。地之承天，機不外見，而承載發育歸于有成，非有正固之德，含蓄持守，久而不變，莫之能也。臣之于君，婦之于夫也亦然。節婦之志誠懇矣，然使當時意氣所激，決于一死，則煢煢諸孤將無所以爲命，況望其藝學之成就、譽聞之輝赫、家聲之昌且大如此哉！此貞之德所以不可無，而亦不易成也。且敬之在帥閫，方運籌效力，期立功萬里外，而矩又慎官守，勤民事，敷天子惠澤于一方，文武之務各分其職，殆無負乎爲人臣者，其有得于「含章可貞」之教矣乎？予又聞公珮通書史，敦行檢，嘗還遺金三百兩，人稱其義，而婦以節媲之，有義節録行于世。詩云「刑于寡妻」，然則節婦之刑固于是乎在。矩，予禮部所舉士也，請予記銘堂之義，故遡其所自出者言之。

輯自清抄本（天啓）滇志卷之十九。清康熙三十五年刻本雲南府志卷之二十，清雍正本古今圖書集成閨媛典卷三百二十七亦載此記。

雙壽堂記

父母之于子也，何其至哉！乳之欲其不飢，衣之欲其不寒，撫摩之欲其意適，教誨之欲其有所知，少則欲其有室，有室矣則欲其有子，壯則欲其富，欲其貴，欲其有名譽，而老則欲其壽，惓惓焉未嘗違乎其心。失則戚，得則喜，天下之同情也。然則子之于父母也，亦可以知已。爲之甘脆以飲其口，爲之柔毳以暖其體，爲之堂室几杖以寧其居，給之役力服事以順其志意，奉之禄養、貤之封錫以榮耀其身而顯其名。若此皆可以力致，猶有莫之至而期致之者，則爲之歌頌禱祝以願其壽，其心蓋惴惴焉，汲汲焉，無一之或後。非以是爲足以報也，不如是則不足以自盡也。天下之爲子者，其有弗同然者乎？有弗同者，其可以謂之子乎？顧其得與不得，則有不能同者。今貴富安適者弗論，其得親之壽者幾人哉！少而及其親，稚者之所願也；壯而及其親，少者之所願也；有親而及其俱存，獨存者之所願也。然則人子之心，其有窮乎？其所以思致其力者，亦寧有極乎？

吴江申顯明之有翁士章，翁六十有六歲，母孫氏六十有四歲，是所謂壽者也，壽而偕者也。而又貲雄於鄉，具衣服、居室、臧獲之奉；輸粟於官，獲冠服官階之賜：是可謂富，亦不可爲不貴也。明之爲縣學生，有名場屋間，試不售，則貢於禮部，升爲國子生，階仕糜禄方由此進，將益貴其親，無有求而弗備。獨其喜懼交集，益思所以壽其親也。乃作雙壽之堂，請予記。是情也，固天下之所同，而今之世所謂祝頌之辭者亦有之矣。予雖未始識明之，刑部主事趙君栗夫實與訪予，且爲請焉，故記之。成化乙巳八月既望五日，賜進士出身翰林院侍講學士奉訓大夫經筵官兼修國史長沙李東陽記。

輯自明弘治元年刻本吴江志卷之十五。

三樂堂記

三樂者，國子祭酒吴郡石城李先生世賢奉親之堂也。先生之父封學士成齋公年七十有八，母徐宜人年七十有四，皆壽且康寧。先生自爲翰林編修，嘗一歸省。越十有餘年，恒欲再覲，而進侍讀學士，職在講幄，復以東宫舊恩加左庶子，屬有史事，不敢言私。其二弟實左右甘旨，而先生賴以無慮。比實録將就稿，用薦南京國子祭酒，當去，天子念其勞，留使竣事，書既上進，復增禄一級，并賜宴以行。時南監缺已久，章逢之士皆引領顒望，而先生以定省久曠，必取道于蘇而後上。大夫士雖惜其去，莫不榮之。先生亦自慶聖天子之寵遇，喜其道得行而其心樂焉，因名堂曰「三樂」，蓋取諸孟子之義也。間以謂予曰：「子盍爲我記之？」予嘗聞正統廬陵胡公光大爲祭酒，嘗自號爲三樂居士。成化初，敍州周公堯佐爲祭酒，少保商公爲序，亦稱是説以贈之。此詞林舊事，尚可得而徵也，今復於先生見之，可無説耶？

夫所謂三樂者，一繫于天，一繫于人，皆不可以力致，惟在己者可以勉而能。然勉其可能而兼得乎天與人者尤爲難得，於是知所謂三樂者，亦倫理名教所繫，非若外物之無預乎己者也。惟其預於己而又繫乎天，與人不可以力致，此兼得者之所爲難也。先生之藝粹美，克當製作之任。其爲人清剴易直，敏而集事，知之者謂其可以無愧怍于世，而先生猶俯仰自觀，欿然若不足。其謙抑不伐又如此，蓋其修諸己者未艾也。以是養於家稱賢子，施於政稱賢兄弟，而教於天下之士則稱賢師，人固皆宜之，而先生之心豈不樂哉！先生初赴鄉試，時其學官嘗夢曰：「李祭酒中第矣。」既得其名，遂以此官期之。越三十餘年而始驗，則今日之樂所謂繫乎天者，亦豈不誠然乎哉！

予與先生同官最久，近在史局又同校正，凡有意見，語未竟而意已相合，於是得先生爲深，固將爲先生榮，而於歸又有不能已於言者，因記其所以爲樂之意。登斯堂睹其所爲名者，幸毋以榮啓期目之。

輯自清抄本（弘治）常熟縣志卷之二，明嘉靖十八年刻本（嘉靖）常熟縣志卷之十二亦收是記。

門尚書祠堂記

鞏昌之秦州有門公克新者，洪武初爲禮部尚書，卒於官，還葬於秦。成化己丑，今右僉都御史秦公紘來知州，乃建祠於學宫之前。修祠事越數年，前監察御史鄉溪傅君鼒實守茲郡，崇飾垣宇暨凡所以供祀者〔一〕。刑部主事張君鋭〔二〕、國子生馬瑞皆秦人也，請余記之。

謹按大明一統志：公起儒士，爲州學訓導，遷左春坊左贊善〔三〕，擢禮部尚書。又聞張刑部言公在太祖高皇帝時，嘗奉命爲長江萬里圖記，殊見眷賞。其卒也，上親御翰墨〔四〕，遣中官諭祭其家。仰惟高皇帝之聖神睿哲，攬天下材智豪杰之士，甄擇而用之，雖寸長片善不得以遺於世，而其進退黜陟尤有非庸人所能測識者。門公起儒學，登臺輔，得千載一時之遇，非其材器足任其用，惡可以幸致哉！愚也後生寡識，不能考見故老之德，然於諭祭之詞亦可以伏睹聖德於萬一矣。門公雖顯，而功業未著以没，鄉里之祀誠有不可得而闕也，秦公之貽謀、傅君之舉墜，其卿大夫士爲之左右相助以成其美，皆可書也，故記之。

按尚書門公故里原在縣南三十里漢陽西山之下，里前有一清河，土人至今名曰門公河。洪武時禮未建縣，原屬秦州，至成化九年始割秦州十九里置禮治，故門公雖生長漢陽，而祠堂立於秦州云。

輯自清乾隆二十一年刻本（乾隆）禮縣志卷之十九，清乾隆二十九年刻本（乾隆）直隸秦州新志卷十一亦載此記。

【校勘記】

〔一〕「暨」，原脱，據（乾隆）直隸秦州新志所載此記補。

〔二〕「鋭」，原作「瑞」，據（乾隆）直隸秦州新志及陝西通志卷之二十九正之。

〔三〕「左」，原脱，據（乾隆）直隸秦州新志所載此記補。

〔四〕「御」，原作「諭」，顯誤，據（乾隆）直隸秦州新志所載此記正之。

鄧壽椿龜鶴軒記

桂陽朱君尚仁爲予談龜鶴石之異曰：縣南之壽江有二石，狀類龜鶴。龜石延頸而右，鶴石曳尾而東，鶴石稍高，昂首舒翼，翼以上皆出水，趺甲毛羽皆具，若剞劂摶而成者，相與遊泳乎江中。攝衣而登，其上可容十數人，深而探之，皆中空，下泄水，入其腹者過半，信湖南一異也，而鄧氏之居適當其旁。鄧氏之先平樂教授立仁築軒數楹，名之曰龜鶴軒，學士解先生嘗爲記。教授之孫知南溪縣壽椿，尚仁之妻之兄也，因尚仁以請於予。

予歎夫天地之氣羣分而類別，固物物相異也。於異之中，又或有相似者，人則從而異之，機緘之妙，莫可得而窮也。夫石，天地間一物耳，土壤之所凝，漚沫之所聚，初豈有知覺運動哉？及其異也，無所不似。龜與鶴，物之靈者也，而似之。是其爲物也尤異，然則人之異之也奚惑哉？世之好奇慕異者，必韡川渠、澗絶險阻而後致，君子以爲貪；殫智極慮以遺子孫，君子以爲惑。鄧氏之居當天作地成之勝，承父傳子紹之業，愛之不爲貪，守之不爲惑，繼是以往，雖百世可也。

物之壽者莫如龜與鶴，石之壽殆有過焉者也。江以壽名，地以靈著，其將有徵乎？徵必自鄧氏始。謂其近也：昔牛丞相雒陽之石，如虬如鳳，或跧或伏；柳刺史永州之石，如虎鬭鳥飛，牛馬之飲於溪；蘇學士黄州之石，如虎豹之首，有口鼻眼狀：皆有文章以傳於世。予嘗讀而疑之曰：「夫石惡能然？徒以文異，故傳之云耳。」及聞尚仁言，乃知天地間果有奇物，不能不有所託以自著，奈之何予之文莫能奇也。姑爲記之，使傳乎鄧氏之家乘。

輯自清嘉慶七年增刻本（乾隆）桂陽縣志卷之十二。清乾隆二十二年刻本（乾隆）湖南通志卷之一百五十四亦載此記。

李東陽全集卷一三二

佚文卷之三

西江清景樓記

裘壤本厚，予癸丑禮部所取士也。一日，造予請曰：「壤世居慈谿之東鄉，距縣治十里許。東北蛟川支派所匯，西南則遠受舜江，清波激流，左右環帶。吾之樓適當其中，憑高以望，窗軒几席之外皆水也，而西江爲尤勝，故名之曰『西江清景樓』。自宦遊京邸，去此者十七年。今歷藩越省，將遠涉千里，而斯樓未嘗不往來吾心。異日歸田，擬於此嘯詠焉。幸先生記之！」

余觀士大夫以官爲家，當其襲處士服，視終南如捷徑，一行作吏，輒老死而不知止，求有富貴不淫、念及桑梓一樓者，寥寥也。本厚賢矣哉！雖然，本厚年未艾，方以才略受聖上知，往榷五省商税，將來功益懋，任益重，朝野之望日益隆，雖欲嘯詠於斯樓，焉得乎？不然，古君子躬耕樂道，若將終身，一旦感激馳驅，其君固不能舍之，其心亦不忍復言歸隱，夫豈獨無草廬可託哉？假令本厚志耽高尚，報最罔聞，則歸田亦意中事，正恐清景依然，適增玷耳。吾願本厚之有以爲斯樓重也。

輯自清光緒二十五年刻本（光緒）慈谿縣志卷之四十四。

余忠宣公祠堂記

正德改元之歲，知廬州府馬金言：「元故淮南左丞余闕當至正之亂，分守安慶，誓死血戰，爲江淮保障。及陳友諒、趙普勝諸軍合攻陷其城，乃引刀自刎死。并其妻妾子女、將佐士卒，無一辱於賊者。其事甚偉，當其時，已贈行省平章事豳國公，謚忠宣。國朝洪武初，始詔廟祀於死所。闕雖出蒙古，而所居合肥青陽山故宅，亦舊有祠，久不治。竊惟漢紀信生於西充，死於滎澤；唐許遠生於新城，死於睢陽；宋文天祥生於廬陵，死於柴市：而今皆兩地並祠。若闕之精忠大烈，可方文、許，較諸紀氏，蓋百倍過之，而鍾靈毓秀之地，不得爲郡縣所祀、鄉子弟所仰，其爲典亦甚缺。請修葺舊祠，秩諸常祀，復其民守之，比於安慶，以昭一代之盛。」詔曰：「可。」於是重修殿寢堂室暨凡物所有事者，令縣正官以歲春秋再致祭焉。

於戲！綱常之道，根乎天性，具於人心，無時與地而或間。故居不必中國，世不必正統，忠臣義士往往有之。倉皇闇昧之際，非可以僞爲而强習。苟徇其所事而不失於正，斯君子取之。漢、唐、宋之死節者，代有其人，而宋季尤甚。説者以爲忠厚養士之報，固也。若元之入主中國，乃自古以來所未有之變。倫彝風俗，蕩滅無餘，而君臣之義要不可泯。故其忠節出於科目，以大魁死者四人，而凡崇名膴仕，後先相望。忠宣以一郡之弱、二千人之寡，抗東南數萬之衆，戰至於七十之多，歲至於六七之久，而竟不失其正以死，又能使一門五節，闔郡之士從而死者千餘人，較功論烈，蓋其尤大且著者也。我太祖高皇帝用夏變夷，綏猷惇典，建自古以來所未有之功，著爲律令，以祠古今之忠義。至其所驅逐、所戡定者，亦不以君廢其臣而表章之。此可見綱常之道雖出乎天，而立教以治世者固聖人事也。又以見忠義之激於中者，苟自盡於所事，皆可謂不失其正者也。抑又聞高皇於膚敏裸將之士，雖包荒含垢，而實有宋太宗范質之憾，充類至盡，無異於武王封比干、釋伯夷之義矣，而況爲其主而死於亂賊之手者，寧不表之以爲天下教哉？然則忠宣之重表於今日者，亦豈非詒謀示法之大端也？

族祖希蘧先生與忠宣同舉進士，分左右榜，而唱名謝恩皆同班序，雅相厚，世所傳青陽集者，先生實序之，而以不得效死爲忠宣愧，故馬君以祠記請。東陽仰窺聖祖之仁，復有感於先世之誼，因表其事，且以風天下之爲人臣者。若忠宣之族里行續，則見本朝所著元史及潛溪宋學士傳爲詳。博雅君子，尚有考焉。

輯自明萬曆元年刻本合肥縣志下卷。

重建褒忠祠記

褒忠祠者，祀監察御史伍公驥及都指揮丁侯泉也。

初，天順壬午，上杭賊首李宗政攻破縣治，放兵四劫，官軍莫能禦。癸未，公奉命按福建道，聞事急，徑馳至汀州，檄三司引兵會，衆猶豫未決。公獨赴上杭，見縣獄繫賊婦女，曰：「此何罪？」悉縱遣之。聞有一教官致仕家居，亟從二老卒造其廬，詢賊情狀，令召親戚聽告諭。明日，至者十數輩，公面諭利害，皆感泣。賊聞，降者前後萬餘人，公命復舊業。督將士營逼賊巢，賊悉力來拒。都指揮桂福欲避其鋒，公拔劍訶之。福跪謝，願盡死，戰甚力，賊稍引却。乃遣丁侯領奇兵繞出賊後，縱火焚其巢，戒之曰：「賊遁，慎勿逐。」已而侯乘勝追賊，猝遇伏，鏖戰以死，賊亦創甚。公輒戰益急，遂平賊而還。時身已中瘴癘，受代還京師，兩月卒，公子希閔歸葬于家。上杭民聞公訃，相率塑公像於城樓，哭而祭之，而侯亦與焉。壬辰，按察僉事新淦周君謨謂像必有祠，命府同知程熙，知縣武攸、蕭宏等建於兹地，名曰「褒忠」，然未著祀典也。甲午，宏等奏其事于朝，賜額如舊，每歲仲春命有司祀以羊豕，著爲令。丁未，推官涂琳攝縣主祀事，乃於堂後復創屋三間，作三門二廉，又於祠左市民家地衡三丈、縮二十丈有奇，圖有所增構，未成而罷。弘治己酉，知事周琛倡諸耆民，各捐私帑，拓地衡縮各二十六丈有奇，構堂三間，易其舊以爲寢室，前爲重門，增廉室三之二，其後爲宰牲之房、守者之居，而垣其四周。復置田百畝，俾歲入其租以供祀事。乃具書于予曰：「願有記。」

按祀典曰：「能禦大患則祀之，以死勤事則祀之。」而周書曰：「記功，宗以功，作元祀。」蓋於祀之中又敍其功之小大以爲等，若漢蕭何發縱指示，而運籌決勝者皆出其下。故凡公議所在，非君相所得私、孝子慈孫所能易也。伍公在上杭，保障扞禦，其功甚大，生則事之，死則祀之，禮也；丁侯之功舉而附之，亦禮也。或者乃謂侯爲守將，親冒矢石以死，功不在御史下。是不然：公爲王朝命使監藩臬，以號令行陳，而侯親受戒約以行，是不得以守將例論；況侯又違期會以蹈禍機，雖死不悖義，而其功亦少殺矣。故邑人之瞻慕、有司之論列、國朝所以表著而彰顯之者皆在公，以及于侯，詎不宜哉？

公之子令爲福建按察僉事，分巡兹地，每至，必拜于祠而後行事，招疑定亂，薦著勞績，民之奉之若事公而益親。故兹祠之修，趨事惟謹。既成，而奉公之祀愈虔。琛承檄剿賊，以功遷經歷，且於郡事多所幹助，蓋得公之風而興者。其爲是役，非以僉憲君故也，故記之，俾守是土者時葺之，以示不忘。

輯自明嘉靖刻本汀州府志卷之十八。

重修山海衛學記

國朝建學，惟府、州、縣有之。越自正統改元之初，詔諸戎衛始得置學，而山海衛學實興建焉。然廟地湫隘，且規制弗稱。十有四年，都指揮王侯整鎮山海，始與衛學教授張恭建廟設象，構明倫堂五間、東西齋各三間，餘尚未備也。天順六年，指揮劉侯剛復構東西廡十間、學舍六間。成化七年，兵部主事睢陽尚君絅來守山海，建欞星門及製祭器若干。厥後餘姚胡君贊别築殿址，遂昌吴君志、餘干蘇君章繼作棟宇，爲戟門於欞星之内，進賢熊君禄重修學堂，外爲周垣，爲泮池，池上爲橋。今尚君弟縉復以主事來守，乃修齋舍，築官廨，闢射圃，規制悉備，與所謂府、州、縣學者相埒。蓋始於甲午之夏，告成於丙午之春，歷十有二年而後備，可謂難矣。教授周達、訓導曹選謂歲月不可無記，嘗屬兵科給事中蕭君顯、前監察御史鄭君己請予記，比訓導君又率諸生李琛及給事君子鳴鳳復具書以請於予。

予惟：唐虞以降，治天下者大抵以武功戡禍亂，以文治致太平。故草昧之世，不遑他務。及其久也，化甲冑爲干羽，變韜略爲經籍。故漢之學校至武帝始爲之；宋初雖有國學，而仁宗之世州縣學始遍天下。其功效次第，不得不然者也。先皇帝纘祖宗成業，偃武事，敷文德，休養生息，置天下於衣冠禮樂之域，故雖戎官武士，亦爲之置官建學，使出科貢，與文士爲伍。當是時，小大臣庶奔走祇奉之不暇。暨乎復辟之歲，乃復有繼而興者。今聖天子在上，紹志述功，日弘月著，出使者宣德意之休，居守者協寅恭之效，故雖關徼遠地，擁衿佩而横詩書者，與輦轂之下、畿輔之内，殆無以異也。孔子謂善人爲邦百年，可以勝殘去殺；魯兩生亦云禮樂百年而後興。況聖人過化存神之妙，宜有朝令而夕布者，而又積之以百有餘年之久哉？故觀學校者，當以時論，不當以人地論也。且古之胄子固未嘗分文武爲二途，今文士習科舉而仕者亦與兵事，武冑雖專蔭襲，然亦有繇科目以起者，名雖判而實亦相同也。況彝倫風俗，天下所同，無彼此之間，則所以學爲忠與孝者，其容以二乎哉？山海舊學固有取科目著名節者，不止乎甲胄弓矢之雄，後之學於斯者，其亦知所勉矣。國家之文教於是乎成，而有司之政方於是乎始，故特爲書之，俾觀者有感焉。

輯自明弘治十四年刻本（弘治）永平府志卷之十。

永寧縣重修廟學記

自昔爲天下者，未有舍教而能善治者。必民知務德，然後風俗厚，俗厚而人材可興，人賢則治有其具矣。民有養而無教，謂可與圖治乎哉？故王政之大端，莫先於學。國家自祖宗開創之初，首崇學政，歷世遵承，益欽益篤。皇上嗣服，飭勵愈加，而有司奉行，有勤有怠，以故學政未能皆舉。永寧，古縉雲氏之都，介乎山谷之中，負鼇塞表。我太祖高皇帝底定北服，兹地首入版圖。永樂甲午，太宗皇帝鑾輿北巡，顧此山水之秀，特建縣治。屬邊事劻勷，未遑文教。正統元年，用藩臣請立廟學，民始知有教。中更兵毁，雖嘗補葺，未久復敝。

成化二年，綉衣岐陽展公按部到縣。既謁先聖，退就學宫，睹其圮毁弗治，大懼無以稱飭勵之意。乃召守備指揮馬剛、知縣高翔立於庭曰：「學校爲育才之區，縣邑實親民之地，郡縣得人則國家得人矣。自修之不力，固爲士者之過；教育之不具，誰之責歟？有司旦暮孜孜利禄是計，案牘是能，弊弊趨謁以爲賢。春秋行事，駿奔者無位；考德問業，羣居遊息者無所。絃誦之聲闃寥，豈朝廷至治大端至重之所在哉？」又進邑之富民而曉之曰：「若等知耕食鑿飲，以熙以恬而安田里者，皆聖明天地之恩教之力也，豈不知所本歟？」衆志胥悦，爲之嚮應，謀欲新之，相率出貲力以繕其事。而鎮守永寧中貴王公首捐白金五兩，守備指揮馬剛三兩，衛縣僚佐以下及助義之士各捐有差。乃市材鳩工，諏日興作，既救既度，載經載營，化腐以堅，易頽以隆，仆者植之，欹者正之，坎者平之，月甫三越，而禮殿、兩廡、倫堂、齋舍以及庖饌、廩庫、階級、垣墉靡不完具，彩繪焕然，舉稱其度。是役也，羣力不勞而徵需有道，上下勸義，不費於公，居無歎於室，行無負於塗，不動聲色而工落成矣。任修治者欲圖永久，乃書狀檄記其成。

噫！廟祀使人知所尊崇，堂室使士有所處，日肄月稽，較其藝能，使賢者有所階。矧其地去京師以近，水土厚以深，風氣質以慤，既有受和之資矣。來遊來歌，相規相誨，陶於詩書，漸以禮樂，必能體公之德意與夫凡諸用心者及諸助義之勤劳，而自勵其志，自淬其材而成善治矣。故爲書其實，以志兹學創造之始與夫廢墜修舉之目，以告於後來云。

輯自明正德刻嘉靖增修本宣府鎮志卷之十。

大名府重修廟學記

郡縣之有孔子廟，自唐已然，歷宋及元，莫之或改。我國家學校遍天下，廟祀孔子，以顔、曾、思、孟四子爲配，閔子以下十人爲哲，皆序列殿上，澹臺滅明以下百有九人從祀左右廡。每歲春秋仲上丁日，郡縣長吏率師生釋奠，月朔望必謁，比諸國學，以爲恒制。嘗聞之故老云，高皇帝開國建學之初，或議省天下孔廟，有大臣言：「今萬壽聖節，天下吏士皆賀於其上，不以爲煩，士之於師與臣之於君一也。」其議乃定。今上用禮官議，設天子禮樂，增八佾籩豆十有二，蓋自有孔子以來，褒崇之典無若是盛也。閲歲既久，有司視學校爲末務，而廟尤甚，分藩按部，所以爲毁礜殿最者不於是須焉。夫師教于上，士學于下，無堂室以爲居，廩餼以爲食，則無以施教而成業，況觀德報本之所在，豈可以一日廢哉？故爲有司而崇廟學、示天下儀觀爲風教之本者，君子謂之知務，然其所以又不獨規制器物形與數之間而已。

大名府儒學舊在府治之東，洪武辛未，河決城圮，乃徙於西八里，建學於府治之東南，今所謂府與學者是也。永樂乙酉知府李輅、正統戊午知府顧鼐、天順庚辰知府王正相繼修葺，久而復敝。成化丙申，吾友上元沈侯來知府事，謁廟觀學，惟殿堂頗完，自餘皆湫陋傾側，規制弗稱，欲更圖之，而會其費甚鉅，未給也，乃於政暇蓄貲聚材，越二年，政□民悦而後從事〔一〕。凡爲廟殿，易朽木壞甓而重覆之；建東西廡凡四十有二間，戟門爲三間，靈星門三，塑兩廡像皆備；鑿泮池深一丈，周二十倍，叠石而橋之者三。凡爲學：新其故堂；堂左右建四齋，間共十有二；築講肄之室，以間計者，減兩廡之二；作門其前，而垣其四周四百餘丈。日累月積，閲一歲而成焉。大名畿輔鉅郡，爲北地衣冠藪澤，而廟學宏壯，輝耀遠邇，爲一時鉅麗。甄陶作育之效，詩書禮義之化，皆可占而見也，是非存乎人而然哉！

侯名浩，字惟廣，舉丙戌進士，爲御史有名。及爲府，清慎詳密，下孚上獲，蔚爲時望。佐是役者，同知趙宗繼、鄺文通、凌英、張輝，推官吕卣、張鋭；徵予記者，教授應廣平等及其諸生李鳳儀等百餘人；而致其事於予者，進士元城錢君敬也。弘治四年，學有劉忠定公祠在戟門西，亦因舊爲新者，以其麗於學也，故附著之。知府李瓚建饌堂，備雅樂。十二年，知府韓福鋭志恢飭，齋寢堂序赫焉改觀，又增補器數之缺。於是大名廟學之盛，屹然爲畿輔具瞻矣。

輯自明正德元年刻本大名府志卷之五。

【校勘記】

〔一〕「□」，清咸豐三年刻本大名府志卷之十八所載此文作「通」。

撫寧縣重修廟學記

撫寧縣學教諭袁溥，訓導劉瑁、沈鈺具書，因縣丞張儉上京師以達於余曰：「撫寧廟學久不修，惟一殿一堂，亦就傾圮。修武姜侯鄗來知縣事，乃會官羸財，復勸富室爲義舉，圖新厥制。葺大成殿五間，建東西廡爲十間，飾先師及四配、十哲爲龕各一，爲賢主二十有三，龕及主皆用木，而髹以朱。其外爲宰牲之厨，爲簠簋籩豆，與凡祭物咸備。爲櫺星門，爲戟門，皆一而三；爲持敬、致潔門，左右皆一。爲碑六，覆以亭。增明倫堂三間，爲重簷翼室。其旁爲二齋，後爲饌堂，前爲儀門。又前爲大門，爲二樓曰興賢、育才之樓。鑿地爲泮池，有亭曰泮亭。爲井曰桂井，爲亭以習射，曰觀德之亭。皆挾地勢，簡物財，規度宏麗，制用詳密。蓋曰侯莅政以來，再閱寒暑，而命工舉役，僅及其半。於是獻薦有所，斅學有地，章縫衿佩之士有所瞻法，閭井之民有所觀化，按州部而察吏治者有所據而稱爲才。侯雖不敢自以爲功，而兹事也不可以不識也，敢以是請於太史氏。」

予嘗觀之易曰：「盥而不薦，有孚顒若。」其傳曰：「聖人以神道設教，而天下咸服。」蓋誠積會神以示儀表，莫切於祭，而設教垂訓成天下之治者，於道則甚重焉。必其爲祭，不徒籩豆籥羽之儀，而所謂教者不獨以詞章句讀條格號令爲事，然後足以觀於天下，此易之道、孔子之意也。今天下郡縣必有學，學必有廟，廟必爲孔子設者，蓋道學之傳，彝倫爲著，而其著於經者，待孔子而後明，則儀刑所在，非極崇奉以爲報祀有不可者，故其名學先而後廟。彼齋居稟食者，不過習口耳爲身家計，彝倫之重漫不省爲何物，是自棄於孔子之教也，則所謂崇奉報祀之典，蔑爲末節細務而不舉也，奚惑哉？然荷祭焉而誠不至，禮不備，徇文而遺實，其視學之末者殆無以異也。夫學者，士之所有事；而倡導訓厲之政，則有司存。聖天子嘗視國學，躬釋奠，戒飭師生，俾進學業，以爲天下倡。撫寧畿内地，風化所先，承宣之功於是乎在。而凡有事乎廟與學者，雖欲不自致於文明之治，其亦有不容已哉！

姜侯本宦裔，初命爲今官，廉勤而惠，殫修倉庫舉凡廢事，多可書者，而無與乎廟學之事，故不復及云。

輯自清康熙二十二年刻本畿輔通志卷之三十九。

重修山陰學文廟記

成化乙未春正月，知紹興府浮梁戴廷節重修山陰縣廟學，越二年丁酉成。先是，學舍湫陋，縣人周侯鈍倡於鄉士，圖以私財修之，既而有長沙之命，未果也。教諭嚴君彪實告于戴侯，侯曰：「噫，惡可以廑我大夫士？是惟我責，其不可以緩。」乃取於官之羸者若干緡，庀會郡物而後從事，分屬吏士，而躬督戒之。闢地崇址，務加於昔，殿廡庭陛、堂室廨舍以及囷庾庖湢之類，皆弘舊規而增新觀。越既竣事，乃大會僚士，宴於其堂而落之。周侯聞之，喜曰：「是惟吾大夫之德，其在我者，亦不可以後。」乃因國子生向君種貽書於余，俾記成績，刻石長沙，沿江逾浙而至於山陰之學。

夫學校者凡以設，興教化爲務。學必有廟，以尊顯聖道，示教化之所自出；士之所以感激趣向以成其學者，亦於此乎繫：政之大不可闕者。然以今天下地方萬里，人才不可殫計，其勢莫能遍。故千數百里之府焉，雖繁且複，不以爲過，法亦備矣。紹興之境有縣二：山陰、會稽，三學並置，人才科目於此爲盛。戴侯首舉鄉射禮於府學，又拯縣學之敝，起而圖之，左右經畫，汲汲若不暇，此其爲政非簿書條格比也。夫物久則敝，法久則弛，情久則玩，天下之同然也。故修于將敝者其功易，救于既敝者其功難。至籩豆幣爵之儀、獻奠歌舞之節，皆所以事乎廟；衣冠典籍之數、升降揖遜之序、啓迪程校賞罰黜陟之令，皆所以事乎學。及是時，灌滌振勵，亟起而並新之，躬行以倡于上，允蹈以從于下，持久以要乎其成者，是非其慎終維始之幾乎？余聞御史陳君直夫言，戴侯愷悌勤恤，有古良吏風。典廢舉墜，此其大者。信周侯之言不誣矣。周侯吾賢大夫，政教明肅，嘗爲福州，有遺愛在民，又能先意鄉學不遺。二郡侯之德皆可書也。初，戴侯圖鄉射於圃，余用推官蔣君宗誼請爲記，且於周侯猶侯之於戴侯也，重爲感其義而書之。

輯自民國抄本(康熙)山陰縣志卷之十三，標題新擬。

寧津縣重修廟學記

先王建國君民，教學爲先，故王化所施，必自學政始。自唐開元間立先師廟，迨宋歷元，廟學合一，其制浸備。至我皇明，稽古崇文，内而國都，外而郡邑，莫不有學，皆所以興教化而育材致用也。百有餘年，文教之美，比隆虞周，嗚呼盛哉！

寧津在邦畿中也，土地膏沃，民庶而富，俗厚而龐，爲河間首邑。惟學宫之建，規模狹隘，僻在西隅。其間凡幾更革，而舉未合程度，矧傾頽圮壞，不可復支。故人才多英俊，而屢厄於科第，人咸以爲學校之敝使然也。弘治辛酉春二月，適闕里孔公來令兹土，既廟謁，顧瞻而歎曰：「學校首教化之地，敝陋如是，顧可以導民而善俗乎？斯吾之責矣。」遍相四隅，乃於東地得古窊一區，延袤數畝，與故址相連。亟謀於衆，請命於巡撫高公。高公可其請，遂實以土而築之。首繕殿廡，重立聖像，以嚴報祀；次及堂齋，禮延師儒，以勤講議；高廣門墻之制，重開出入之門；以至庫厨倉廒之類：爲屋以楹計者五十有奇，規模氣象焕然一新，前此未之見也。越正德丁卯，尚生堂果登鄉薦。公進諸生而告之曰：「興廢舉墜，以建廟學，此吾之責少塞也。讀書明道，日新厥德，圖維厥成，士之學寧有既乎？盍益加淬礪，以期遠大？若尚生者，不徒爲鄉邦光，而吾亦與有榮焉。」公之用心，其密如此。暨明年戊辰春正月，教諭道君泰，訓導劉君騰、程君阜具其顛末，屬予記。

予於孔氏爲通家，其於公之政亦嘗聞其概矣。今觀諸君之請，則知昔之所聞乃不誣也〔一〕。公名公華，字文實，□聖五十八代孫，直而密，敏而勤，寬而有制。貳尹劉公濬相與協助，百廢俱舉，學校其一焉。

輯自明萬曆刻本河間府志卷之三，清光緒二十六年刻本（光緒）寧津縣志卷四亦載此記，標題新擬。

【校勘記】

〔一〕清（光緒）寧津縣志卷之四所收此記此句下有如下諸句：「雖然，公之用心豈直爲觀美之具而已哉？實欲諸子奮激，遠取諸孔、曾、顏、孟，近證諸周、程、張、朱，自厲以學，相高以文，蹑巍科，登膴仕，使簪纓日盛，爲四方榮觀，則公之心始慰而今日之舉斯爲稱矣，否則大厦連雲無補也。從事於斯庠者，尚冀相與勉旃。」

博平縣儒學科舉題名記

東昌之博平文獻名迹載往牒者，代不多見。明朝建學置宫，教化宣著，士多知問學，爲科舉業。由永樂乙酉至宣德壬子，舉與鄉者六人。自是，不登薦書者六十年矣。成化壬寅，姑蘇文君宗儒來知縣事，修學舍，廣生徒，日與教諭林智訓迪策勵，期於必效。甫越歲，而遂有舉鄉者。君慨夫得之之難而懼來者之弗嗣也，乃彙書其科舉名氏於石，刻於學宫，以示後進所嚮。走書京師，請予記。

予惟：天下之仕者，惟科舉得人爲多。孝廉失之僞，辟舉失之詭，限年失之同，九品失之拘，則其勢不得不歸之科舉〔一〕，故天下之人皆重之。蓋盡民間之選，而後得齒於庠序，盡庠序之選，而後得舉於鄉，盡鄉之選，而後得舉於禮部，以爲進士。積其凡必千百而後得一天下之士，固不俟論，其在州縣，亦紛乎衆矣，而舉者不過千百之一，則其勢不能以不重。故以其所重者示之，使有所慕而後能自勵。録於藩司，則一方之士知而慕之矣。録名於禮部，題名於國學，則天下之士知而慕之矣。州縣學之有題名也，其亦國監之遺意乎？所謂州縣之士者，其學同，生之地又同，而名之成不成殊焉。此其耳目所逮，尤有不容以不慕者。故以天下示之者大，而以一方示之者親。使天下之士皆學於鄉，皆慕其所及，知感激振奮，不能自追則名不成焉寡矣。且仕焉必有所用乎世，用焉必有所利乎物，而後無愧於科舉之名。苟徒校文字筆墨之長，以階寵媒利，使天下稱之曰某鄉某貢某進士某卿某相，此世俗之所謂名，豈士之所恃以自重者哉？夫知科舉之重，則不爲惰學，知行業之爲科舉重，則不爲虛名，以士之責，亦有司勸勵之意也。博平鄉舉之士，若是其艱也，而於進士猶未有聞焉。嗣是以出，其有爲名進士爲卿相，用世利物，爲天下重者乎？文侯之政可繼，則兹石可嗣而建也。

文侯以名進士知永嘉，剸繁鉏暴，卓有聲迹。及知博平，政簡不足理，因以其餘爲學校科舉之務若題名云者〔二〕。觀此，亦足以徵侯之賢，故並書之。

據明正德刻本博平縣志卷之六録入整理，并參閲了丁延峰撰李東陽佚作輯考一文（古籍整理研究學刊第二期，二〇〇九年三月）。清康熙刻本博平縣志卷之四、清嘉慶刻本東昌府志卷之四、清道光十一年刻本博平縣志卷之五均載此記，而前二志誤將作者題作吴寬，文字亦多有改竄。

【校勘記】

〔一〕「不得不」，原作「不得本」，據清刻博平縣二志及東昌府志正之。

〔二〕「舉」，原脱，據清刻博平縣二志及東昌府志補之。

李東陽全集卷一一三三

佚文卷之四

徙陽江縣學記

陽江，肇慶府屬縣，在昔爲南恩州。州故有學，在城外東南二里許。宋紹興間，徙城内東南隅。國朝洪武初，始改爲縣，即州學故址爲縣學，且百年矣。天順末，爲流賊所掠，廟學荒穢，不可復治，兼以地勢僻隘，莫宜爲久遠計。成化乙未，按察司陶公魯承敕督廣東兵務，暨提學僉事趙公瑶圖所以易置之者。相地於嶺西分司，蓋故州治地也。既又以爲未廣，捐舊學地，貿民地若干，取以益之，據高挾爽，迴脱蕪陋。乃鳩工役，市土木，爲大成殿及東西廡及戟門，其後爲明倫堂及二齋，又後爲尊經閣，又後爲肄習之所，像設器物，以次咸具，黝堊丹漆，焕然改觀，既有成績。今豐城黄公琥來知府事，暨知縣朱侯瓘以下承陶公志，益充拓之。樹石爲櫺星門，蓄水爲泮池，築土而爲垣，於是縣學之制大備，自建置以來未始有也。户部主事劉君芳實出兹學，嘗奉使南還，目睹其盛，胥議於教諭李綱、訓導郭釗暨諸庠生，請予文以紀其成。

夫聖道之在天下，合遐邇夷險爲一，致聖王以道，致治則政化隨焉。然山川限隔，風氣不通，古有是論矣。唐虞化浹，究其遠者，不過漸被與百姓。昭明之盛，不同綏服所治，文教武衛于此焉分。其視侯甸内服，亦不能無間。蓋詳内略外，其勢有不得不然者耳。廣東北限五嶺，南瀕大海，去京師幾萬里，漢唐以來，或以爲遷謫地。今兵氣銷歇，瘴癘融散，易鋒鏑爲籩俎，變椎卉爲衿佩，科登陛列者彬彬輩出。若陽江其尤遠且僻者也，而學校之盛至於如此，不知古所謂要荒者亦有之乎否也？夫秉彝好德，天下所同。使兹學之士讀聖人書，明其道以爲天下用，庶無負於聖天子之化，而兹學亦與有榮焉。若以爲有司者之美觀而弗究其實，是兹學之修不爲益，而其未治也不爲闕矣。然則論教化者固不專於文具條格之間乎？憶自文武道判，二者恒不能相通，陶公負才略，興武衛，爲一方保障，而汲汲文教是務，守令之職專而不咸者，又奉而揚之，則夫領誨迪、事攻習、專門而一志者，亦宜知所勸矣。是庸紀之，以胥相其成。弘治四年辛亥冬十月吉日。

輯自明崇禎刻本（崇禎）肇慶府志卷之三十。

修建孔子廟記

鄖陽儒學孔子廟，蓋因鄖縣之舊，弘治六年所建。鄖本襄之屬地，成化十三年，都御史原公撫荆襄，以其民多流聚，因籍而居，始請拓鄖縣城及襄陽、漢中土地爲七縣，置府及學，而廟未改作。至弘治十四年，副都御史王鑒之撫其地，瞻顧之餘，惕然感曰：「是何以妥神靈而示令儀也！」顧政令未孚，財力未裕，稍寬俟之。越二年，官有贏蓄，民有餘財，庶不頓於民，乃上其事〔一〕，下知府胡君倫。爲殿九間，深加其二，廣三倍之，棟梁聳峻，輪奂輝煌，廉陛軒級，層起疊見，淵乎神明之居。入而觀，像貌温厲，配位莊嚴，申申誾誾，各極其致，儼然聖賢之容。左右而觀，則廡舍環列，制殺而數有加，冠裳佩韍，若侍坐而拱立者，先儒哲士之遺風，恍乎若未泯也。廡之前爲戟門〔二〕，爲欞星、宰牲之厨、藏器之庫。而金石干翟籩豆洗罍之器舊所未具者，則製於南都；樂舞之儀、節度之數舊所未習者，則學於襄陽。廟之所有事者備矣。

予聞而歎曰：孔子之道在天下，則天下祀之；在萬世，則萬世祀之。祀之者[三]，非徒尊其道，將爲依歸視法以求進其道也。故宮室以爲居，粢盛禮幣以爲儀，鐘鼓玉帛升降旋折以爲文者，皆神而事之，庶幾其神恒在于上下左右也。數者一不備，則於祭有闕，而於道茫乎無所入矣。故能備而後能祭，能祭而後能學，古之學必祭先聖先師，孔子之道蓋兼之者也。廟之在天下者，烏可闕哉！雖然，聖人遠矣，道之可求在乎六經，而散見於日用之間。苟不盡其實，徒於文焉求之，則所謂經者亦糟粕耳，況於土木之間乎？書曰：「惟食喪祭。」祭固教之所有事也。且道之在天下，無遠近之間。鄖雖僻地，而羣分類聚，大抵皆天下之民，則學之政固不可闕，而祭之義尤不可以不備，如茲廟是已。

王公舉進士，初提學南畿，興學立教，乃其所志，修廢舉墜，具有成績，而其於學舍修飭尤謹，蓋廟其重且大者也。教授林典輩走使京師，請記成事，以俟來者，是爲記。

輯自清雍正銅活字本古今圖書集成職方典卷之一千一百六十一，清康熙二十四年、同治九年等刻本湖廣鄖陽府志均收有此記，題爲修建鄖陽府學記，文字小異。

【校勘記】

〔一〕「頓」，疑當作「煩」，或以形近而致訛。

〔二〕「廡之前」，據康熙本修建鄖陽府學記補。

〔三〕「祀之者」，據同右補。

衢州府守佐記

君子於異代之善惡、名數、事籍無所與諱，其論本朝人物而臧否之者，惟諫章與國史爲然。漢之官儀、宋之公卿百官表猶用史法，自餘所記籍，不過載其名氏。故科場有録，國監有刻，廳壁有記，皆是物也。然元結之記道州廳、司馬光之記諫院，雖不必有所指摘，而忠邪善惡之論，公卿百官戒乎其間，則名不徒録，亦政之一助也。今之爲題名者，大抵有勸而無戒，其所謂勸亦不過以官職爲重，則所謂爲名者，雖不録可也。夫苟其名不必録，則雖絺章藻句可以眩世耀俗，而諫章之瑕垢、國史之斧鉞，終有不能掩者，亦奚以爲哉？

弘治己酉，吾友山海蕭君顯同知衢州，適以闕守攝篆，稽據圖牒，得洪武以來爲守及佐者若干人，謂其可以勸，可以戒。及博野張君俊來知府事，以謀之，張君曰：「吾意也。」乃彙比其官職名氏于石，將刻之，而介蕭君書請予記。

夫漢之吴公治行爲天下第一，而史失其名；王成在循吏，後世乃指而訾之以爲僞：名不足恃也。故君相能予人官，而不能使之不負其官；寮友能延人譽，而不能使之不愧其譽：是則存乎其人焉。今之府蓋中古之郡、上古之侯國，而衢又當浙之上遊，川陸所會，地方數百里，屬縣凡五，府之尤大者也。今國志所載善者不過一人，遺而不録者固衆，而惡政可指摘者亦不能無也。兹名之題，雖不録其事，迹其人而考之，亦獨無可論者乎？世之中人多泯於無傳，其善之大者，仇人怨家所不能誣，而惡之大者，雖孝子慈孫欲改之而不可得。故以人爲鑒，得失之所由以見也。諸君當聖明更化之日，膺簡擇而爲之，清風惠政，輿論所屬，他日求其名，當在御屏之上矣。嗣今以往，其亦迹而稱之，以爲政治之一鑒也哉！張君字世英，自胄監歷試爲守。蕭君字文明，舉進士，爲給事中，以言事補外。

輯自明天啓二年刻本（天啓）衢州府志卷之十二。標題新擬。

河間府守佐題名記

題名之説昉於中古：若漢之雲臺、麒麟，唐之凌煙，宋之昭勳、崇德諸閣，皆以功業；曲江之宴、登科之記，皆以科目。功業出於一代之功，故以名世信後；科目乃一時之選，然得其人以爲重，亦足以傳之無窮。今科舉有録，進士有碑，皆徹朝廷，播天下，天下之郡縣從而立石籍名，以示永久，亦時有之。以至於置署分職，官屬之相聯，名迹之相踵，或記於廳壁，或刻之石以傳者，亦政之所得爲也。

河間古名郡，入國朝爲府，初屬北平布政，其後乃直隷京師。百餘年來，爲守及佐者若干人矣，而府志所載不過六人，大明一統志所載不過三人而止，他無所見也。金州謝侯道顯來知府事，考政問俗，慨其人之不傳，無以示後，乃稽據册籍，彙次其爵秩名氏，立石府庭，屬其屬鹽山尹張綸請予記。

大夫守與令即古諸侯之國，雖建置異制，而小大之統略同。春秋盟會，齊、晉諸大國必備書歷敍；漢文、景諸帝詔二千石，皆與諸侯並稱；唐太宗書天下刺史名于殿屏，以考殿最：君子謂之知政體者，蓋守之重於令如此。河間密邇天府，若漢之三輔、唐之四輔，地重賦繁，民多豪杰，號爲難治。兹國朝之所登録，亦嘗有宋之包拯、呂公弼其人者乎？吏治之善惡，近則庶民，遠則士大夫，今舊官去吏聲迹相望，遺民故俗猶有存者，於是指其名、迹其事以論其世，亦尚有可考也。然古之有豐功偉績關國家社稷者，必紀旂常、勒彝敦，而竹帛所載則善惡俱録，以昭勸戒，又孰謂茲所書者爲足恃而止乎哉？

侯名文舉，成化戊戌進士，改翰林庶吉士，爲監察御史，擢今官。政令風裁，煒有時譽，蓋有志乎昔之名牧守者而不獨此也，此特其政之兆爾。使繼侯而守者皆續之書不敢後，又安知後之君子無表其人物如漢之班固者出而謂止於此邪？姑以是爲題名記。

輯自明嘉靖十九年刻本（嘉靖）河間府志卷之四。

歲貢題名記

廬之舒城，在國朝爲畿輔，百餘年，學政修舉，士類興盛，登賢科、膺歲貢者相望。有司既彙科目之士刻名氏於石，獨貢士未有此名。比知縣華君璉、教諭周君璇始輯洪武以來貢者若干人刻之，而以書介請爲記。吏部侍郎秦公邦約既以進士官公卿，與有名刻矣，謂斯舉亦不可闕，速予爲之辭。

予惟：今天下之士，惟科、貢二途。科以文取，無庸論，其有遺也，則於貢乎取之。所謂貢者，雖限年而取，循序而進，亦必部使考之於學，翰林考之於朝，而後得與，其制不可謂不嚴。及卒業於國學，歷事於諸司，而待選於銓部，其爲事亦不可謂不重矣。況其未與選格，又從而試於鄉，升於進士者亦時有之。是二者不惟不相病，而亦有相濟也。或乃以異於科舉而易之，惡可哉？夫士之籍於學、於賢書、於仕版，皆有名，或以楮墨，或以鍥梓，惟進士之名則以金石刻於國監，尤爲天下久遠計。凡科目名刻，皆仿此爲之，而不過施於一方而止，則分方而聚，觸類而長，以貢媲科，不亦宜乎？然士之所謂名，其實有不繫乎物者。今循名而考實，能修行立義者幾人？能效職建業者幾人？鄉邑之間，前後存没蓋可指而知也。進此而勉於天下之士，同驅並駕，以企乎古之人，則不獨科目之不足遜，雖附於成周鄉舉里選之義，亦惡乎不可也，盍相與圖之？廬府縣各有學，此爲舒學設，故其他皆不與云。

輯自清雍正九年刻本（雍正）舒城縣志卷之三十一。

達縣石城記

夔府之屬有達縣，在三峽上流大山叢谷間，形勝險壯，蓋兩川一要地也。成化丁未，蜀地弗寧，朝廷用守臣議，援松潘、建昌諸鎮例，專置按察副使一人，督領兵備，統重慶、順慶、保寧及夔四府。四府之地皆會於達，因設爲分司以居，而民兵戍卒伍列歲代者皆在焉。汾州董公壽卿實被兹命。故縣城皆土築，蜀地多雨，歲一再修，修輒壞，費多而益寡，欲圖爲恒計，度財與力皆未可，然於莅政之隙退思默計，未始不在此也。越三年，弘治庚戌，官有羸積，民困亦稍蘇，乃用成畫，分官役徒，壘石爲城，廣三里許，高一丈七尺，凡爲樓櫓局鑰之類皆具，遂嶷然爲完城焉。達之大夫士謂公盛績不可無紀，俾繼於來裔，會縣學生唐錦星應貢京師，以請於予。

予聞神農之教，有石城千仞；軒轅作邑，造五城。鯀、禹繼作，其來已久；三代迭興，其制寖備。仲山甫之城朔方，見諸詩歌，已爲美績。蓋設險守國之義，有國者所不可後也。然天子峽形勝甲天下，遭世承平，無所用險，而潢池犬吠之警乃出於其内地，以廑廟堂之議，其事可鑒，而亦不可以不慮也。然則分方而鎮，因勢而守，各竭志力以貽遠圖者，豈非良有司之責哉？

公歷户部主事、河南按察僉事，所在以清通著。其在蜀尤卓卓有政績，城其一也。予與公同舉進士，爲翰林庶吉士，雅相厚。嘗與論天下事，謂必彼此相濟，後先相繼，功不必一人，事不必一時，苟有以裕民益國者，斯可矣，公未嘗不以予言爲然。達之人方賴公保障，惟懼其被擢以去也。使繼公而治者皆惟公之功不敢廢，且益加葺焉，豈獨兹縣之利也哉？

輯自明萬曆間刻本（萬曆）四川總志卷之二十七。

邯鄲縣築堤改渠記略

廣平之屬縣曰邯鄲，在府治西南五十餘里，蓋七國時趙所分晉地。漳、滏二水抱其左，葛、堵、邯、紫諸山發自太行山者環其右。有泉出於紫山曰渚沁水，東趨數十里抵縣城，始折而北。每秋雨暴至，勢極湍悍，城輒壞，民弗堪其勞。無錫華君來知府事，以爲河流不改，則終無善策。相地勢，溯流而上可一里許，改河故道，避城而北，以入於漳。畫地計功，分職領役。凡爲新河七百二十丈，深丈有八尺，闊十丈五尺。障以長堤，高厚各三丈；受水之處甃石百丈有奇，貫以鐵定，關鍵旁午；沿堤植柳萬餘，根節交錯：峙爲崇丘，牢不可動。城故爲水嚙者即加築，三面卑薄者則增之。樓櫓鋪舍，百廢並舉，水患既息，城亦永奠。經始於正德甲戌三月，至丙子十月而成。

輯自明嘉靖二十九年刻本（嘉靖）廣平府志卷之一，標題新擬。

保定府重建天水橋記

天水橋者，知保定府趙君儲秀所建也。府有河，西自滿城縣來，環其南郛，東至于安州，又東至于天津，以入于海。州河故狹，稍勝小舟，每秋涸則淺可徑涉，故南郛之橋殊卑隘弗稱，行者病之。成化乙巳秋，君自御史出守是郡，嘗意屬于斯，未幾以憂去。又二年爲弘治庚戌，繼者又去。郡人請于朝，請以君往。再莅之日，百度既舉，集其民而告之曰：「吾不佞，何以得此于二三子？思有以惠汝，宜無急乎是役者。」衆皆曰：「諾。」退而各捐其有，以相官帑，百凡之需，不賦而足。君乃籍丁會傭，計丈尺，聚畚鍤，具綯綆，浚而廣之，以里計者餘四十。又爲大橋，高三丈，廣加一，長又加蓰焉。碇石爲窑，屈鐵爲固，中爲洞空，上爲坦途。君欲通安州之舟，泊于城西，故高其洞，使可容檣。橋既成，復培其兩堤，使不過峻。於是駕者、騎者、負而乘者往來而不窮，潦不病揭厲，猝不虞覆蹶；郊野之秸銍、鄰州旁邑之物貨溢于城中，其勢之易數倍于昔。又構屋數十間爲市，聚賈而居之。登橋而望，則煙火四合，比于廛闠，與向之草莽沙礫者異矣。府之大夫士往賀於君，請名是橋曰「天水」，以識不忘。大寧都司實治兹地，都指揮張侯溥輩請予記，户部主事丁君鳳爲速予，予不得辭。

古者道途之備，有國所不廢，故服牛乘馬舟楫之利以濟不通，皆取諸易，於此二者之中則有梁而橋者。梁之成制也，蓋自唐虞有之，至周而備。故雨畢而除道，水涸而成梁，著在典式，有斷乎不可闕者。後之民牧類以爲微事細故而弗之屑，亦孰知一政之闕、一民之不得其所足以爲全治之累哉？然凡興役建事，必財與力而後成。二者出乎民，民之情多見邇而昧遠，利未成而被其害，其輕重小大之間不可以不辨也。辨而得之，猶不失爲善政，況有其利而無其害者哉？兹橋之利固不俟論矣，若君之譽望足以動觀聽，惠澤足以結人心，才略足以成幹事，故令行而民集，不聞其嗟怨之聲，而但見其踴躍奮迅之勢，及其功之成而若不知。其所以然者，君之爲獨非人之所甚難哉？

君在北畿稱賢守，都御史而下歲報事核，皆有成績。推是以往，則凡利民而民不以爲病者，殆不可以一二記矣。顧兹役之重有所當紀，故特書其歲月，俾刻焉以示後人。工始于辛亥八月，成于壬子三月。城西吴家灣亦爲橋，差小而平，則始于前橋畢時，而成于孟冬終旬。君名英，陝之蘭州人，壬辰進士也。

輯自明弘治七年刻本（弘治）重修保定志卷之二十四。

桂枝嶺塔記

湖廣有兩桂陽，其屬衡者爲州，屬郴者爲縣。桂陽縣去京師不下八千里，在羣山之間，其嶺最鉅、其名最著者三：曰大官，曰君子，曰桂枝。桂枝嶺在縣西南境，嶺上舊有塔，其東南又有嶺曰馬坎，峙爲三峰，日西，塔影正墜其上，如筆架之狀。不知爲何代人所建，歲久益廢，無可考徵，而鄉父老咸能指示其故處，以爲縣中諸景所會，蓋奇觀也。

成化己丑，桂陽人朱尚仁輩遊於桂嶺之上，尋故塔所在，得其遺址尚存，宛然可識，歎曰：「兹可復也！」歸而謀諸縣吏及諸鄉士，共圖之，凡爲費若干。其爲高七尋，爲廣一丈二尺，爲級七重，以辛卯年六月十五日成。尚仁率衆載酒登之，則見其連山鉅溪，豐草茂木，前者擁，後者從，旁周而中絡，一縣之境可坐而見也。於是復相顧而歎曰：「吾徒生長乎此，出作入息，村行里至，不知山川之爲勝也。夫兹塔據奇而積富，簡居而博應，可以宣達鬱積，洞開心神，息焉遊焉，君子之所不廢者也。雖然，其始建也，亦豈不侈然大觀哉！曾幾何時，而其魁傑磊落者已淪蕩於鉎鏑鋒燹之餘，其僅存者不過爲塵沙，爲瓦礫。及其至也，則雖天造地設、左環而右拱者，與時俱化，窪者或深而爲陵，崒者或湮而爲谷矣，而況於此乎？今吾徒遭世承平，居有暇日，食有餘力，以及斯役，亦以驗物極而必返、人事之不可常也乎？顧瞻父母之邦，拱揖天子之都，飛揚感慨，蓋有不可已者，吾徒豈不能久處此也？」是時，聞者咸慨然壯之。

是歲，尚仁來京師，以告於予，請爲記，予未有暇也。及觀於湖湘，南距桂陽不數百里，而莫之至。既還京師，尚仁亦舉進士以歸，其族兄進士中孚復來求速成之，故爲記其始末如此。桂陽舊多科宦，説者以爲山川所鍾，而謂此塔景爲文筆，晦而復著，予故以爲存乎其人。若朱氏，故名德裔也，因併書之，以告後之人。

輯自清嘉慶七年增刻本（乾隆）桂陽縣志卷之十二。

敕賜弘恩寺碑

敕賜弘恩寺，署内弼竹樓道人捐累朝賞賚，市僧人行鏡莊地，立壽藏爲身後計。去壽藏百步許，有丘墟數十餘畝，鞠爲茂草。詢諸父老，爲古廢刹，遺址尚存。遂刈蓬灌，除瓦礫，購良材，鳩哲匠，重建道場。經始於弘治十三年七月十六日，畢工於十六年十月初七日。中建大雄寶殿，高明宏敞，以奉安釋加佛像，旁列羅漢一十八尊。左右前後别殿以祠伽藍、護法、維摩祖師衆神像。前爲三門，以處天王四像，翼以修廊。東西峙鐘鼓二樓，峻入雲表。僧徒有舍，棲客有房；藏時有庫，湢浴有室。爲屋百十餘間，計三百餘。俱締構縝致，塗塈鮮明。加以丹漆，飾以黝堊；覆以陶瓦，甃以堅甓。既完且美，繚以周垣。垣之外，雜樹名木。磬鈸鈴鉢、笙簫魚螺之器具焉。復以時價前後陸續憑中見人買到耕地一十五頃九十六畝零三，以供佛氏供養及沙門伏臘之須。使無衣食之顧，得以晨夕盡心焚修。上祝宗社奠安，聖壽無疆，聖子神孫，蕃衍綿延；下祈風雨順調，年穀豐登，疾疫消殄，四夷賓服，九國寧謐。請額於朝廷，賜以是名，復預爲禁約將來勢豪大家、强横富室侵奪擾害之患。仍委大隆福寺僧曰宗月者住持，領其徒衆，掌其文籍，而封植其草木，期以橙燈相續無窮也。屬予記。

按：釋迦佛，周昭王時生身毒國，號金仙，以濟利爲教。東漢時，感夢明帝，訪之羣臣，傅毅對以西域有神名佛，遣蔡愔等往天竺求其道。得其書及沙門摩騰，以白馬馱經而來，止鴻臚寺。命翰林院草詔，創精舍以處之，名白馬寺。詔凡有藏釋典之所，得以寺院稱。由是其教行乎中夏，歷魏、晉五季而彌盛。上自王公，下至庶人，罔不瞻奉舍施，以徼福祥。天下名山勝境，多爲所有。迨我太祖高皇帝君臨萬邦，亦崇其教。列聖相承，遵而不失。故公之建寺也，皇上喜之，既賜以額，又從而爲之禁防後患。其愛之也深，故其□□也□；其慮之也遠，故其謀之也周。亦足以見君臣相得之誠也。

竹樓□□清明，眉宇秀美。力問學，攻吟詠。長□短□，不費□思，援筆立就，膾炙人口。善琴，精小楷行草，得名士林間。景泰中，入内應選，讀書於司禮慧善堂。天順中，選學琴於御用監。俱有成效。□□上□□□景殿憲廟□□時，上嘗□□曰：「此子多藝，且謹厚，異時汝可用之。」憲廟□□□繼統，入侍左右，未嘗少離。製作詩文，咸命代書。初陞御用監監丞，有蟒衣之賜。不二年，陞太監，有玉帶之賜。及厭世賓隨□□侍□天壽山方今皇上□□□□□□□監印教書於内。未幾，改御□監太監，署惜薪司事，屢差幹事於外。跋履山川，未嘗以賢勞興嗟。所至即景即物，尋幽弔古，吟詠不輟，績成卷帙。丁巳十年，簡擢司禮監，預典樞機。小心勤慎，詳審周密。公而無私，明而有爲。賜内乘馬，屢加禄米，恩至渥也。尋差湖廣，迎取定王并□靈柩及王息宮養回京。賜寶鈔、白金、彩段、羊酒等物，以勞其勞。復命總□喪儀，又有寶鈔、白金、彩段、羊酒之賜。皆其大者，餘難悉述。

其先爲江浦縣人。厥父戴讓隨駕北征，因家焉。姓□氏，名義，字良矩，竹樓其別號也。予忝同參謀議，相親善，因紀寺之本末并其家世、存心操行、歷官行政，以昭示悠遠云。

大明弘治十六年歲次癸亥十一月□一日。

輯自中國國家圖書館藏拓片。拓片題下署「榮禄大夫太子太保户部尚書總裁長沙李東陽撰」。

創建興善禪寺碑記

司設監太監黄公珠，於弘治己未歲承太皇太后之命，齎香恭詣大覺寺焚祝。已而事竣，從容行□，盤桓林麓，笑傲山溪。遂購附寺莊宅一區，水旱地計四頃，坐落順天府昌平州委謙里楊家鋪頭。果園犁牛具備，施與上方寺，焚修香火，爲常住之需。公復仰感無涯，俯思幸會珠叨，侍楓宸，得食恩禄有日矣；憶我恃怙，悖違侍養有稔矣。吾今幸無恙，何以報吾親之恩？何以報吾君之恩乎？省痛厥躬，感激無地，亦從善而已矣。遂竭己禄之資，興善成造爲寺。寺成□□□僧全領□，朝夕祝釐，圖報君□。且今律□全爲開山一代而住持之。

公，閩人也，先世爲延平沙縣十一都之茂□□□□倉，妣巧氏，咸有隱德淑行。故生公稟賦清明，志□純篤。□□入□皇明，沐盛朝之治化，爲中貴之近臣。薦被龍光，疊膺寵秩，在同列者鮮爲儔。公之族鄉食共牢者何暇六百指，公亦推恩次第而及之。族亦感惠，少長而欽之。公樂其心志，優遊庭禄，晏如也。一日，介其使述巔末，丐予爲文以記之，昭示將來，其亦盛□□乎？

予惟：善者，乃人之良心也，存乎天氣，而無有不同者。奈何世之人牿於私欲，失其良心，而艱於爲善？今公既捐莊地於上方，又創興善爲寶□，其爲善人也審矣。以是天必佑之，神必佑之。書曰：「作善降祥。」易曰：「積善之家，必有餘慶。」其斯之謂歟！予弗識公，喜其公之樂善，故不辭而書之以爲記。

輯自中國國家圖書館藏拓片。拓片題下署「榮禄大夫户部尚書太子太傅兼謹身殿大學士經筵官國史總裁長沙李東陽撰」。

重修漢壽亭侯關公廟碑

關侯之祠遍天下。在京都者，祀典之外，不知其幾也。東直門東八里莊雲驥橋之西，舊有廟一間，乃御馬監太監錢公喜所建。湫隘弗稱，久益就圮，而空名尚存，僅僅不絶。

比者，右監丞冉公祥、左監丞王公覲分領壩上北馬房事，道所經歷，甚邇且習。每一瞻拜，輒慨焉興感。乃相與捐所積貲，市木陶瓦暨諸具物。卜日將事，而材木尚弗給。已而，本監太監黎公春暨司設監太監葉公彰等咸樂成之，官士耆庶施金帛爲助者日益衆。經始於弘治壬戌春正月，至癸亥秋九月而成。凡爲殿三間，塑像其中，如世俗所傳者，而裨從之事皆備。房爲左右，廂各五間。後爲居守之室，如廟之數。前爲大門，周爲長墉。爲祭奠之器、供具之事。制度闊設，文采絢發。變漫漶爲鮮明，正欹戤爲端好，□卑隘爲雄偉，校之舊觀，無慮蓰倍。於是葉公遣價告予，請爲記。

惟侯之秩祀封爵，蓋自唐已有之。雖歷代不同，而我朝所謂祀典者，則以爲漢壽亭侯，從本爵，存故實也。天下之所謂神，出於忠臣義士者蓋鮮。當漢統垂絶，羣雄競起，侯從昭烈，奮義而興，欲復四百年之祚。中更變故，不爲勢利所移易，此其心固可以貫金石而通幽明矣。及横罹凶厄，飲恨而終，則其鬱結奮厲之氣在宇宙間愈久，而文□也固宜。是雖幽遠茫昧，莫可窮詰，而公卿士庶以及童兒婦女之所傾慕、之所祈望，亦孰能强之然哉！若緇黄者流，各引以爲本教之衛，恐亦非侯之意也。夫侯之靈爲足傾慕、爲足祈望如此，則所謂有其舉之者，非此類也夫！予每讀漢史，尚論侯之義概風烈，未嘗不斂衽而作。今日之役，雖非予所與聞，而亦所謂樂道之者也。乃爲敍其事而繫以銘。銘曰：

有祠孔嚴，其宇揭揭。惟神孔昭，廟貌攸設。何以服之？烏□絳袍；何以佩之？瑶環寶刀。惟神之生，勇奮羣帥。惟神之亡，千古如在。忠同汨羅，秋菊春蘭。饗陋羅池，蕉黄荔丹。都城之陰，國有明祀。東郊之祠，莫之敢廢。廢或舉之，莫或沮之。匪神斯靈，孰克主之？

輯自中國國家圖書館藏拓片。拓片題下署「榮禄大夫太子太保户部尚書兼謹身殿大學士知制誥經筵國史官會典總裁長沙李東陽撰」。

敕賜衍法寺碑

衍法寺在都城阜城門之西一里許，旁接廛闤，南臨官道，地平而壤沃。自元至正間有之，始名曰觀音寺。久寖傾圮。國朝天順間，因舊爲之，猶草創未備也。成化戊子，内官監太監阮公安等始重修之，以請於朝，敕賜今額。

越四十餘年復圮，乃正德戊辰，今内官監太監張公雄捐貲重建。上賜白金若干兩，慈聖康壽太皇太后、慈聖皇太后暨中官皆有賜，而親近侍從之臣，皆協力助之。於是聚木石爲材，傭氓爲工，歲締月構，凡四閲寒暑，爲正德辛未十月之朔而成。殿大小凡八，曰明王，曰天王，曰大覺，曰真武，曰觀音，曰地藏，曰伽藍，曰祖師。閣一，曰千佛。左右廡爲間五十有六。樓二，爲鐘爲鼓。堂二，爲齋爲禪。方丈二，爲間六十餘。爲僧廊者加其十，爲庖者九，爲榮寮者倍庖之數，而其細者不與焉。甚盛舉也。

夫釋氏之道，其來尚矣。以禪爲教，則主於見性明心；以講爲教，則主於勸善懲惡；而又有祈禳懺悔之説。其大者，至於護國庇民。儒家者流皆謂其詳於體，弗究於用，然原其心，亦有不可得而誣之者也。屋宇之制、象設之奉，亦後世所不能無。雖遐陬僻壤，無地無之。而規撫之廣、土木之盛，未有過於都邑者。蓋材用之所萃、爵禄之所被，等而上之，復有公家之賜予在焉故也。

張公通文翰，達事理。自春宫侍從逮於從龍，夙夜供奉，無少暇逸。比以才行被簡，敕總東廠緝訪事。公務之暇，乃復有所謂護國庇民之念，而是役興焉。校之捐財施惠，備文具，應故事，爲彼毆而莫之悟者，亦遠矣。是不可以不記。

寺之始建也，有鴻義玄妙廣惠禪師行杲居之，其徒智厚實領主持事。落成之後，擢住持子浄爲左講經，莅事如故。子沖同爲住持，子喜戒壇宗師，其嗣者尚未艾也。予既敍其事，復繫之以詩曰：

翼翼京都，金湯四周。西有重門，帶山面流。嚴嚴釋宫，矗峙其右。其來惟舊，維厥新構。昔在憲皇，賜彼嘉名。今皇嗣位，百制咸舉。眷惟近臣，式奠兹宇。象設在中，廡其西東。繪事既工，羣神景從。藏經有函，卷册尊閣。居僧有廬，庭户聯絡。揆事度功，十倍厥初。嗣是以往，惟懷永圖。上祝國釐，下延民福。惟千萬年，來者是續。

正德七年歲次壬申夏五月吉日。

輯自中國國家圖書館藏拓片。拓片題下署「特進光禄大夫左柱國少師兼太子太師吏部尚書華蓋殿大學士知制誥國史總裁同知經筵事長沙李東陽撰」。

李東陽全集卷一三四

佚文卷之五

洪性傳

洪性字萬善，別號漕溪，天順甲申進士。初試政刑部，部臣疏令治獄，逾年待次主事，久之擢山西道監察御史。成化八年，奉命清理滇、黔兩省軍政，歷三載，得數十人。巡按福建一年，釐剔宿弊，官吏罔蠹。又奉命勘南直隸諸府州籍，不擾而理，夙夜砥礪，克有成績，中外翕然稱爲材。御史奏最吏部，得上上考。吏部薦以爲大理寺，乃晉江西按察使副使。

論者謂司刑之職，在内爲刑部，爲都察院，爲大理寺，稱三法司；在外爲按察使，爲副使。外銓多取於内法司，其官秩相應也。凡自法司爲按察，往往不勞而事集，吏民知所儆，不敢玩，稱良執法，其事體相須也。公起刑曹，歷御史、巡按，將任大理而出爲按察，秩與事皆宜。江西壤接南楚，習俗無大異，又其所宜處。惟公本乎忠誠，濟以英練，與司刑職相始終，所由佐上弼教、釀寬大和平之休，豈偶然哉！

始公舉進士，同郡惟醴陵唐孔亨及余三人。唐由南户部陟四川參議，其清勤著聲，實與公相後先。而余回翔館閣，叨侍禁近數十年，毫無裨補，視公蓋瞠乎後矣！今公没世數載，美績彌彰，爲綜其居官大端著於傳，冀來者之聞風而興起也。

輯自清同治十年刻本（同治）攸縣志卷之四十九。

王君澄家傳

王君諱澄，字仕敞，號蟠溪。其先世爲豫章吉州安城望族，乃祖宜儉公徙居楚南吾同郡之益陽，越二世而誕君。幼聰穎，書過目輒成誦，七歲能文，十五補邑庠，十七食餼。成化中，以歲薦試吏部，冢宰異之，曰：「有士如此，何靳一第？」奈拘資格，授江西袁州府通判。

君莅任，誓以清白居官，折獄平反。時方伯某性素貪吝，會計火耗，額外加派，郡守邑令咸唯唯罔敢違越。君□郡守上言，守勿之許，乃詣方伯自陳。方伯以爲忤己，詞色甚厲，欲挂彈章。君免冠頓首曰：「此小民膏血，憲司取諸郡邑，郡邑取諸閭閻。此增一分，彼必各增一分，是民已損三分之數，□何以堪？賤職悉聽罷黜，但求納諫。」言罷，繼以泣。方伯感悟，因汰加派，準以正供。且德君，薦於中丞，獎薦至再三。攝郡篆，嚴率屬邑，積弊陋規逐一剔除。省刑罰，薄税斂，輕徭役，養老勸農，存孤惜弱。凡囹圄中有疑獄，每太息哀矜，謂寧失出，毋失入。方爲判官時，有劫盜擬入辟者，縣解至訊鞫。君覽其形，察其情，徑釋之，且出俸資數金，諭以生理。左右胥徒皆駭，君曰：「此輩實非姦宄，爲飢寒所迫耳。吾曉以大義，錫以資本，使足自贍，斷無非爲矣。」後其人果從善。凡作姦者皆慕義而化爲良，自是道不拾遺，風清俗美。袁人德之，立祠以祀。後以疾辭禄，居家壽終。

嗚呼！以君之嚴正慈明如是，使得竟其所長，其有益於我國家何如哉！乃淹留郡判以老，遇合之數，亦何艱哉！余以同郡，夙高其誼，且族侄嘉善與有世好，走書欲爲立傳，因書以付之。

輯自清同治十三年刻本(同治)益陽縣志卷之十四，標題新擬。

嚴氏二節婦傳

宜良嚴氏有二世節婦，姑曰高氏，婦曰汪氏。高爲處士可富之配。可富父恭二自江陰從戎雲南，留屯宜良，遂居之。可富卒，高年甫二十有七，旁無期親，子四人，鎮、信、凱皆髫以下，其季德遺腹六月而生。高矢不貳適，端謹自律。居常不妄語，嚴總家政，躬績紝，給諸子爲學費，且督教之。嘗歸自墓祭，道拾一布囊，貯白金八十餘兩，求其主弗得。明日，有人號於市，稱父以逋賦坐繫，鬻田得貲，今既失，父死不救矣。高屬鄰翁廉其實，悉還之。後墓産紫芝三本，人皆曰：「此善徵也。」凡孀居四十有五年，年七十三而卒。

子鎮娶於汪，嘗兩遊南京，八年於外。又之浙，過江陰故居，遂卒。汪年亦二十有七，亦有遺腹，三月後生子容。時高尚在，汪亦復自誓曰：「吾姑不負吾舅，吾忍負吾夫以背吾姑哉？」因奉姑，撫其孤，勤苦萬狀。比容能讀書，佐姑治女事，以助誦讀，雖寒暑不少惰。姑疾，視湯藥甚謹。及卒，哀毁喪明，人益難之。士人時文顯輩繪二貞育孤圖，賦詩頌之。耆民楊德新輩狀有司，請旌典，不果行。居三十有六年，年六十有三而卒。

容補澂江府學生，舉成化甲午鄉貢，授銅梁學訓，陟萬縣教諭。在京師，介鄉貢金君鼐請予爲傳。事見知府曾君昂所爲記。曾銅梁人，嘗知澂江，得之宜詳。及質諸金貢士，皆如曾言。

太史氏曰：婦之於姑，猶子之於父也。非徒養事，而效法存焉。然世之父子以忠義繼稱者亦鮮矣，況異姓乎？況於婦人乎？予於嚴氏一節婦蓋永歎焉。古有所謂刑于寡妻者，可富父子之賢亦可知已。

輯自清乾隆五十一年刻本（乾隆）宜良縣志卷之四。

尚書陳公傳

公姓陳氏，諱道，字德修。其先汴人，從宋南渡遷杭及廣。祖諱天福，國初戍鳳陽泗州盱眙，遂家焉。考諱榮，力學成業，與廣族相望，皆以公貴贈都察院右副都御史。

公早自淬礪，從伯兄河間教諭克正受易於官。天順壬午，舉南畿鄉貢。甲申，登進士第。吏部尚書王忠肅公器重之，擢文選主事。成化己丑，調南京刑部，歷員外郎、郎中，清謹奉法。所掌司素號繁劇，訊鞠明審，官僚有疑獄，亦取質焉。

周莊懿公爲尚書，總諸司奏牘，名益起。庚子，以家艱服闋，南京武選。辛丑，擢知金華府。金華亦劇地，公詢諸父老及官屬醇謹者，得其情俗，裁酌劇制，不勞餘力。凡大獄牽引動數十百輩、累月不結者，往往以數語結之。有豪民手挺刃拒捕，衆莫敢近，執而斃之。獄禁疏曠，始爲周垣，出入由府，姦不得肆。並垣有古梓，頗扇妖異，公命伐之。會病瘧，衆以祟惑，公不爲止，未幾而瘥。他府有大獄，多歸之。御史旌其能，剡屢上。

弘治戊申，擢江西布政司右參政。湖東多吏民作姦，爲善良病。公廉得若干人，坐以法，遠近肅然。壬子，進雲南右布政。癸丑，遷陝西左布政。自府正以至牧伯，得長民體。乙卯，擢都察院右副都御史，巡撫河南。令嚴簡，上疏言陳、潁州衛縣懸隔，盜賊所萃，宜中設縣治；又大名、河南均受河害，宜令滑、浚諸縣出夫役以助修浚。多行之。歲運京儲及邊餉，每丁户部領多至萬人，勞弊兼至。公止令里正徵銀解赴其地，糴谷而輸之。餘若撫逋逃、禁侵克等事尤衆。屬吏間梓其事以傳。

藩邸多蓄遊惰，至矯令爲虐。公請降敕禁治之。會命官治河，公與其力，獲白金彩幣之賜。戊午，召入爲刑部右侍郎。己未，轉左侍郎，兩奉敕勘獄。庚申，陞南京右都御史，掌院事〔一〕。辛酉，擢南京刑部尚書。公以素習得轉，決獄無疑滯。富商或以貨餌人，藉官勢以虐取逋利，公悉置不聽，怨不恤也。甲子，考績將上，引疾乞致仕，因還鄉俟命，疾遽革，二月十日卒，年六十九。朝廷方慰留之，報至，公已卒二日矣，贈太子少保，遣官諭祭，命有司營葬事。子三：大章，舉進士，累南京大僕寺少卿；大輅，泗州學生；大閑，早世。

太史氏曰：公氣象嚴重，寡言笑，内蘊學識，不事表暴。予與公同舉進士，雅相厚善。常語及族祖雲陽先生所著余廷心集序，公誦之終篇。蓋雖殘篇隱帙，猶能涉獵如此。爲詩文，醇厚有思致，有南山稿數卷，藏於家。然廣坐中亦未嘗談及文字也，至見於官政亦然。夷考其職業行迹，皆鑿鑿可據信，或雄辯備論者所不逮也。大章予所取士，嘗言公家庭嚴肅不敢犯，每遺書於官，皆檢身奉職語。今大章文學政事皆得父風，固亦有自耶？漢陳太丘父祖子孫以世德著，盱眙之陳，其亦可謂盛哉！予嘗表公父之墓，今復傳公碑，後來者知所取焉。

輯自清乾隆十二年刻本（乾隆）盱眙縣志卷之十六。

【校勘記】

〔一〕「庚申，陞」，據（光緒）盱眙縣志稿卷之十一所載陳道墓志銘補。

王文肅公傳

公姓王氏，諱㒨，字廷貴，常之武進人也。祖友諒，福建延平府同知，有惠政；父守正，兵部武選主事，以廉慎聞：皆累贈南京吏部尚書。

公十歲能爲詩。正統甲子，以縣學生舉南京鄉貢。景泰辛未，舉禮部會試，賜進士及第第三人，授翰林編修，被旨偕諸庶吉士讀中秘書，給酒饌筆札諸物。癸酉，旱，代祀東嶽，雨輒降。甲戌，以父憂去。天順丁丑，仍舊職。庚辰，同考禮部，充太子講讀官。辛巳，預修大明一統志成，有白金彩幣之賜。癸未，再考禮部，得人尤多。秩滿，遷侍講。

甲申，憲宗登極，録侍從勞，擢左春坊左庶子，仍兼侍講。時始開經筵，敕公充講官，復賜金幣。又敕修英宗實録，分掌禮館，纂述詳慎，得史臣體。公母老，求便養。成化乙酉，李文達薦公名，改南京翰林學士，乃迎養於官。丁亥，實録成，復以舊勞賜金幣。戊子，以母喪去。辛卯，服闋，適南京國子監缺祭酒，朝廷用吏部薦，即公家起之。時教法久弛，公嚴立程制，核勤惰，爲懲勸，諸司差遣，一按名籍，不爲私假。又條奏便宜數事。壬寅，秩再滿，擢南京吏部右侍郎。吏弊滋甚，凡差撥，則庭閴不可制。公酌爲定規，弊始息。丁未，召户部左侍郎。

今上嗣位，遷南京户都尚書，尋改吏部。考諸司官屬，諏訪去取，務合輿論。又奏其有小過而才可用者若干人，得降秩補外，俾圖自勵。又上疏陳八事，多見採納。自餘廬舍工役之細，悉爲綜理，咸得其宜。弘治癸丑，年七十，疏請致仕，上優詔勉留，再上，亦如之。甲寅，公以兩考去，還鄉卧病，疏復上，辭益懇。上重違其意，許之。又念公舊臣，進階榮禄大夫，命有司歲給廩粟輿隸，以示優異。報至，公已疾篤。越二日卒，乙卯五月二十二日也，年七十有二。訃聞，贈太子太保，謚文肅，遣官諭祭，賜葬於定安西鄉之原。

公娶吴氏，江西左布政使潤之女，早卒，累贈夫人；繼娶孫氏，尚寶丞仲微之孫，封夫人：皆有内行。子二：長沂，成化乙未進士，累官湖廣右布政使，以才行世其家；次洛，輸粟賑饑，授鎮江衛指揮使。女五：長早卒；次適承事郎鄒堂；次適鄉貢士朱祖；次適府學生段瑞；次適中書舍人徐元概，今少傅公子也。孫五，女孫四，曾孫女二。

公奉親極孝養，事伯兄廷彦甚謹，以三品恩移蔭兄子澄爲國子生。歲出所積穀贍族人者若干斛，遇鄉黨子弟有恩。嘗購得楊氏别業，有世墓，慰令勿徙，缺其垣，俾歲時往祀焉。公博學高識，爲文章雅健有法，著思軒稿若干卷。兼精吏事，敏而能勤。久在散地，老雖居重位，又不值繁劇，人以爲未盡其用云。

贊曰：觀室者必觀其隅，顧不信哉！公風采凝峻，廉角峭厲。素善弈，且所酷嗜，及爲祭酒，輒絶不復事，其克制操執不爲俗變類如此。故教法修整，羣士皆斂任欽服，凜然稱嚴師焉。使公前爲翰林，獲司密勿，侍天子左右，後爲吏部，獲近輦轂，居廟堂，進退百官，其所樹立匡救豈少哉！謚法：正己攝下曰肅，文固公餘事也。謚之文肅，不亦稱情矣乎？

此傳據四庫存目叢書影印明弘治刻本思軒文集附録所載此文録入整理，並參閲了藍青撰李東陽詩文輯佚一文（古籍研究，二〇一六年第二期）。此傳末署「賜進士出身嘉議大夫禮部右侍郎兼翰林院侍讀學士知制誥經筵官兼修國史長沙李東陽著」。

李東陽全集卷一三五

佚文卷之六*

* 李東陽以私事所上章疏，懷麓堂稿中多已收録，而事關政務，以内閣成員共上之章疏，僅收一二。李氏自明弘治八年二月入閣參預機務，至正德七年十二月致仕，十八年間，先後任翰林院侍讀學士、文淵閣大學士、謹身殿大學士、華蓋殿大學士，相繼與徐溥、劉健、謝遷、焦芳、王鏊、楊廷和等大臣組成内閣，輔佐政務。明史曰：「東陽工古文，閣中疏草多屬之。」（列傳六十九）楊一清撰懷麓堂稿序曰：「密勿章疏文字甚多，人不及見，予承乏内閣，始得窺見之。」這些關於朝政之章疏多已不可見，僅大明孝宗敬皇帝實録、大明武宗毅皇帝實録兩書，或全録，或節録，保留了一部分。這些章疏文字，無疑是研究作者的重要史料。實録中留存的這些章疏，其前多冠以「大學士」加時任首輔姓名加「等言」、「等奏」字樣，如「大學士徐溥等言」、「大學士劉健等言」、「大學士李東陽等言」等。哪些章疏爲李東陽所撰寫，已不可的考。但無論是否出自其手，就其内容而言，這些章疏文字承載的當多是時任内閣成員之共同政見（明史列傳六十九：「李公謀，劉公斷，謝公尤侃侃。」），李氏皆當爲作者之一。
今從史語所校印本兩部實録中輯出六十四篇章疏，校以江蘇國學圖書館傳抄本。弘治朝三十四篇作爲本卷，正德朝三十四篇作爲佚文卷之七，各篇章疏標題皆新擬。

奏爲早朝事

人君視朝，必以昧爽爲節，古今常理。蓋平旦之時，志慮清明，氣象嚴肅，行政出令，恒必於斯。臣等屢以早朝爲言，輒蒙聖明俯垂採納。切見數月以來，視朝漸遲，多至日出。況今盛暑之際，一應侍衛執役人等，自四更時伺候，門開輒入。站立既久，筋力倦怠，俱在御道兩旁縱横坐卧，無復行列。天下朝見官吏、四夷朝貢使臣，亦各混同其間。禮法有乖，觀瞻不便。又況各衙門官員朝參既畢，志氣昏懈，其於政務實亦有妨。伏望皇上遠法祖宗舊規，近復弘治初年事體，每於黎明視朝。乘此早凉入宫奏事，則上可調適聖體，下使侍衛人等得以早休，四方外夷有所觀法，亦敬天勤民之一事也。

輯自大明孝宗敬皇帝實録卷之一百一。

議爲龜山從祀事

諸儒從祀，非有功於斯道者，不可切考。程氏遺書及伊洛淵源録所載龜山行狀等文，俱稱其造養深遠，踐履純固，與明道程子相似。方其學成而歸，程子目送之曰：「吾道南矣。」自二程嗣孔、孟不傳之説，及門之士得道見許者，龜山一人而已。龜山一傳，是爲豫章羅氏，再傳爲延平李氏，以授朱子，號爲正宗，則其傳道之功不可誣。崇、宣之世，京、黼柄用，躋王安石於配享，而頒其新經以取士。士尊安石爲聖人，不復知有古訓，僭聖叛經，凡數十年。龜山入朝，首請黜其配享，廢其新經，不令蠹學者之心術，則其衛道之功不可掩。或者顧疑其出處之際，而不考胡文定公謂「蔡氏焉能浼之」之説。又謂「當時能聽用，決須救得一半」。朱子以文定之言爲最公。又或有少其著述之功者，亦未考夫何鎬之書，謂值洛學黨禁之餘，指示學者以大本所在，體驗之功轉相授受，而朱子得聞其指。又朱子西銘之跋，謂其「理一分殊」之説，「年高德盛，所見益精。」此其出處著述皆無足置疑。況元至正間，龜山及李延平、胡文定諸賢皆已列從祀，加封爵，以世變不及遍行天下。此殆近於禮「有其舉之，莫敢廢」者。夫親講於龜山若文定，私淑於龜山若朱、張，咸在侑食，而獨其師不預焉，揆人之心，誠爲闕典。考大儒之定論，參前代之故實，伸弟子從師之義，慰後學向道之心，以龜山躋於從祀，誠宜。

輯自大明孝宗敬皇帝實録卷之一百二。

奏爲崇王入朝事

今日早，司禮監太監韋泰傳諭聖意，以聖慈仁壽太皇太后思念崇王，欲令入朝，命臣等查照襄王入朝事例。

臣等仰惟：太皇太后之聖慈、皇上之聖孝，皆天理人情之至也。但分藩建國，自有成規，奉旨入朝，原非常例。襄王之朝，乃在英宗皇帝復位之後，與今日事體不同。憲宗皇帝聖孝純篤，所以奉養太皇太后者無所不至，而臨御二十餘年，亦未聞崇王等王入朝。蓋以母子之情，一時之私，朝廷之計，天下之公，故寧咈私情而存大計。此誠聖子神孫萬世所當法也。

況今國用繁重，府庫未充，天災流行，民力已竭。山東、河南一帶，霜雹交作，春田告荒，而二三年間，親王之國，朝廷篤念親親，恩禮加厚，船只車輛，倍於往時；加以輔導非人，罔知約束，需求財物，夾帶私鹽；所過地方，貽害非細，官吏惶懼，人民怨嗟。益王之國，又在八月，往來供億，何以堪之？

又況今年當天下朝覲之期，各處王府具奏入朝，俱蒙皇上賜書諭止。若此端一開，各府親王無不歆動，争相陳乞，朝廷雖欲止之，恐亦難分彼此。縱能止其入朝，未免曲加賞賚，以慰其心。費用不貲，事體無益，不可不深思而預處也。伏望皇上益積孝誠，婉容陳説，如太皇太后聖情切至，特遣内臣，量齎賞賜，遠加慰問，則皇上睦族之仁與朝廷定分之禮，兩盡而無遺矣。臣等惓惓爲社稷生靈至計，偶有所見，不敢不盡。伏乞聖明裁處。

輯自大明孝宗敬皇帝實録卷之一百二。

奏爲占城國乞差大臣事

占城國乞差大臣往本國，將安南所侵境土盡數退還。各衙門兩次會議，皆以爲不必請敕。續該司禮監傳示聖意，欲准差官往諭。

臣等仰見皇上一視同仁之心，不以夷夏而有間也。但臣等竊以事理揆之，春秋傳有曰：「王者不治夷狄。」蓋馭夷之法與治内不同，安南雖奉正朔，修職貢，終是外夷。恃險負固、違越侵犯之事，往往有之。累朝列聖，大度兼包，不以爲意。若占城者，尤小而疏。臣等伏睹皇明祖訓有曰：「占城諸國來朝貢時，内帶行商，多行譎詐，故沮之。」

自洪武八年沮至洪武十二年，方乃得止。後於成化七年爲安南所侵，累來奏訴。憲宗皇帝屢敕總鎮兩廣都御史爲之區處，而安南上奏强辯，謂已還其侵地，實未嘗輸情伏罪。今若降敕遣官，遠至其國，徒掉口舌，難施威力。海島茫茫，無從勘驗，彼豈能翻然改悔，舉數十年之利一旦棄之？小必掩過飾非，大或執迷抗令，則使臣無以復命於朝，邊將無以揚威於外，致虧國體，貽患地方。當此之時，何以爲處？若置而不問，則損威愈多；若問罪興師，則後患愈大。

臣等又睹祖訓有曰：「四方諸夷，皆限山隔海，僻在一隅。得其地不足以供給，得其民不足以使令。若其自不揣量，來撓我邊，則彼爲不祥。彼既不爲中國患，而我興兵輕伐，亦不祥也。吾恐後世子孫，倚中國富强，貪一時戰功，無故興兵，致傷人命，切記不可。」大哉聖言，誠萬世如見之至論也。

況今國計之虛實何如？兵馬之强弱何如？而欲費不貲之財，涉不毛之地，爲無益之舉，尤不可也。且哈密爲土魯番所奪，二三十年間，命官遣將，隨復隨奪，至今未寧。及各處土官互相讎殺，亦不能概以王法爲斷。蓋夷犯相攻，乃其常性。今占城名號如故，朝貢如故，境土侵奪有無，誠僞尚未可知。情雖可矜，理難盡許，得令有司行文諭之足矣。何必上塵聖慮，特爲遣官？

況朝廷大事，未有不詢於羣臣者。今衆口一辭，以爲未可。但其所言，不過據理，而於利害得失之際，尚恐文移傳播外國，不敢盡言。臣等居密勿之地，膺腹心之託，若不爲皇上言之，萬一事有乖張，死莫能贖。所以不避煩瀆者，實爲皇上計，爲宗社生民計，非敢苟同於衆也。如時勢可爲，事理無害，臣等自當贊皇上行之，何敢故爲此逆耳之言哉？

輯自大明孝宗敬皇帝實録卷之一百五。

奏爲三清樂章事

近司禮監傳示聖諭，遞出祭三清樂章，令臣等改補進呈。

臣等謹按：天子祀天地天者，至尊無對。盡天下之物不足以報其德，惟誠意可以格之。故禮以少爲貴，物以簡爲誠。祭不過南郊，時不過孟春，牲不過一牛。蓋祭非不欲頻，頻則反瀆；物非不欲豐，豐則反褻。書曰：「黷於祭祀，時謂弗欽。」禮煩則亂，事神則難，正此謂也。漢祀五帝，儒者尚非之，以爲天止一天，豈有五帝？況三清者，乃道家邪妄之説，謂一天之上有三大帝，至以周時柱下史李耳當之。是以人鬼而加於天之上，理之所必無者也。

若夫樂器之清濁、樂音之高下，有制度，有節奏，毫釐之際，不容少差。差則反以君禍。況制爲時俗詞曲以享神明，褻瀆尤甚。以此獲福，又豈有是理哉？我朝天地合祭，祭用正月，皆太祖所親定，樂器樂章，皆太祖所親制，足以傳之萬世。當此之時，豈有三清之祭、俗曲之音？今所遞出樂章，雖云出乎永樂大典，蓋是書之作，博采兼收，欲以盡天下之事，初未聞以此施之朝廷、見諸行事，以爲後世法也。陛下純誠至孝，嗣統守成，一以太祖爲法，以上追二帝三王之盛，不宜以黷禮事天。

臣等讀儒書，窮聖道，道家邪妄之説未嘗究心，至於鄙褻詞曲，尤所不習，不當以非道事陛下。所以連日憂惶、不敢奉命者，實不願陛下爲此舉也。且古之帝王必資輔弼，以成治化。舜大聖也，其命禹之辭曰：「予違汝弼，汝無面從。」伊尹之告太甲曰：「有言逆於汝，心必求諸道。」蓋惟恐臣之不盡言也。仰惟祖宗所以置文淵閣、簡命學士居之者，實欲其謀議政事，講論經史，培養本原，弼正闕失，非欲其阿諛順旨，惟其言而莫之違也。臣等待罪此地，積歲累時。今經筵早休，日講久曠，異端邪説得以乘間而入。此皆臣等講讀不勤，輔導無狀，不能事事規正，以啓陛下之聖心，保陛下之初政，憂愧之至，無以自容。

近數月來，凡奉中旨處分，其合理者自當仰承德意，不敢違越。間於民情有干、治體相礙，亦不敢苟且應命，以誤陛下，未免封還，執奏至再至三。迹似違忤，情實忠愛，似此者多。伏願陛下垂日月之明，廓天地之量，俯加鑒察，曲賜依從。臣等益當勉策駑鈍，庶幾少有裨益，非但樂章一事而已。謹因此事，披露血誠，不勝俯伏恐懼俟命之至。

輯自大明孝宗敬皇帝實録卷之一百七。

奏爲視朝事

竊見視朝時候，比舊漸遲，近日尤甚。皇上聖體至重，宜及早涼而出。日色既高，暑氣漸盛，似非所宜。兩班文武官員曝立日中，或面發赬紅，或汗流浹背，此皇上所親見也。至若午門外侍衛執役人等，俟候既久，困憊不勝。有棄兵卸甲仰身高卧者，有昏暈倒地攙扶出外者。朝貢外夷，亦有混同坐卧不就行列者。此等情狀，皇上不得而見也。非惟不得而見，恐亦不得而聞也。況今聖節在邇，天下司府州縣官員進表將到，觀瞻實多。北虜小王子使臣朝貢有期，譎詐難測，中間豈無識事體知典故之人？傳之四方，播之外國，不無輕視朝廷，抑恐致生他變。此雖一事，所繫非輕，臣等不言，罪亦大矣。

伏睹太祖高皇帝祖訓有曰：「凡吾平日持身之道，慮患防微，如履淵水，心膽爲之不寧。晚朝畢而入，清晨星存而出，平康之時，不敢怠惰。此所以畏天人而國家所由興也。」又聞太宗文皇帝嘗諭六部尚書及近臣曰：「朕每旦四鼓以興，衣冠静坐。是時神清氣爽，則思四方之事，緩急之宜。必得其當然，後付所司行之。朝退，未嘗輒入宫中，取四方奏牘，一一省覽。其有邊報及水旱等事，即付有司施行。一閒暇則取經史覽閲，未嘗敢自暇逸。誠慮天下之大，庶務之殷，豈可須臾怠惰？一怠惰則百度弛矣。」仰惟聖祖神宗創業艱難，詒謀不易，所以憂天下者如此其深，所以勤天下者如此其至，誠聖子神孫萬萬世所當法守也。伏乞聖明留意。

輯自大明孝宗敬皇帝實録卷之一百十四。

奏爲勤講學親儒臣遠邪佞事

臣等伏睹陛下臨御之初，講學修德、敬天勤民，無所不至，天下之人皆以爲堯舜之治可指日而俟也。

近年以來，視朝漸遲，或日高數丈，殊非美事。臣等已嘗屢言，不敢瀆論。内殿奏事，舊制每日二次，若有緊急事情，不時聞奏。今止一次，遂以爲常。批答之出，動經累日；各衙門題奏本，或稽留數月，或竟不發出：事多壅滯，不得即行。且本朝列聖，自洪武以至天順年間，時嘗面召儒臣，咨議政事。今朝參之外，不得一望天顔，所以通達下情者，惟在章奏，又不以時斷決，其於政體實爲有礙。至於經筵日講，所以明義理是非之端，陳古今治亂之迹。成就君德，裨益治道，惟在於此。今每歲進講，不過數日，去年春夏日講，止得三次，秋冬經筵，止得一次，校之初政，似有不同。

臣等竊聞：人君之心必有所繫，不繫於此，必繫於彼。正士既疏，則邪説得以乘間而入。向來頗聞有以修齋設醮燒丹煉藥之説進者。夫齋醮之事，乃異端惑世求利之術，聖王之所必禁。宋徽宗崇信道流，科儀符籙，一時最盛。及金兵圍城，方士郭京猶誑稱作法。卒使乘輿播遷，社稷失守，求福未得，反以召禍。今内庭禁地，修建不時，賞賚無算，黜退道官，復陞真人，賜以玉帶，恩寵服色，過於公卿。遠近傳聞，無不駭異。至若燒煉之事，其害尤慘。蓋金石之藥，性多酷烈，一入腸腑，爲禍百端。唐憲宗藥發致疾，遂殞其身。雖杖殺柳泌，何救於事？惟漢武帝始雖迷惑，終知悔悟，謂天下豈有仙人，盡妖妄耳。於是文成、五利之徒相繼誅死，故雖海内虚耗，亦以壽終。今龍虎山上清宫、神藥觀、祖師殿，及内府番經廠，皆焚毁無遺。神如有靈，何不自保？天厭其僞，亦已甚明。況依方而煉，計日而待，所成者何丹？所驗者何藥？如其無效，則聖明所照，亦可以洞悟矣。若親儒臣，明正道，行善政，自足以感召嘉祥，培益聖壽，永享和平之福，何假於彼異端之説哉？且自古姦臣佞人蠱惑君心以自肆其欲者，必以太平無事爲言。禍患一來，悔之無及。唐相李絳有言：「憂先於事，可以無憂；事至而憂，無益於事。」

今承平日久，溺於宴安，自目前觀之，似乎無事。然工役繁興，科派重疊，財穀耗竭，兵馬罷敝，生民困窮，日甚一日。愁歎之聲上干和氣，熒惑失度，太陽無光，天鳴地震，草木妖異，四方奏報，殆無虚月。將然之患，誠爲可憂。陛下深居九重，言路之臣皆畏罪隱默。臣等若復不言，誰肯爲陛下言者？伏願陛下嚴早朝之節，復奏事之期，勤講學之功，優接下之禮，遠邪佞之人，斥誣罔之説。則聖德日新，聖政日理，億萬年太平之業可保無虞矣。

輯自大明孝宗敬皇帝實録卷之一百二十二。

奏爲早日裁決奏章事

竊聞人君之道，以剛斷爲本。蓋天下之大，稟命一人，而一日萬幾，其來無已。事貴精詳，固不可不熟思審處。然遲疑不決，則庶務壅滯，姦弊由此而生，禍亂由此而作，可不畏哉？

曩因災異疊見，亢陽不雨，皇上克謹天戒，特降綸音，令羣臣同加修省，直言無隱。中外臣民莫不歡忻鼓舞，歌頌聖德。既而五府六部及六科十三道官各會本具奏，條列事宜。經今將及一月，未蒙處分。羣臣所言雖不足以仰當聖意，亦須明示可否，以慰衆心，豈宜都不省決？又科道等官先因言事冒犯天威，回話認罪，今亦半月有餘，未蒙處分。各官相率待罪，日懷憂懼，不遑供職。傳聞遠近，莫不驚疑。

如此二事，關繫政體，實非細故。臣等特舉所見，至於諸司庶寮之章奏前後留中未報、臣等不及見者，又不知其幾何。日積月增，愈難省覽。臣等濫叨委任，而素餐終日，不能仰贊大猷，憂愧交并，措身無地，故敢昧死上言。伏望皇上念祖宗付託之重，體天心仁愛之深，廓日月之至明，奮雷霆之剛斷，將前項奏章早賜裁決。庶臣寮有所承式，政務不至隳弛。

輯自大明孝宗敬皇帝實録卷之一百二十四。

奏爲修省求言弭災新政事

切見近年以來，災異頻仍，内府火災尤甚。軍器庫火、番經廠火、乾清宫西七所火、内官監火，而前日清寧宫之災爲異尤大。臣等目擊，實爲寒心。

竊惟：古之聖王，未有不遇災而懼者。或避殿減膳，或責己求言，修治政事，明正賞罰，然後可以轉禍爲福，變災爲祥。本朝列聖以來，具有故事，誠今日所當舉行者也。

臣等又恐議者或以爲天道茫昧，變不足畏。此乃慢天之説，罪不容誅。或以爲天下太平，患不足慮，此乃誤國之言，死有餘責；或以齋醮祈禱爲弭災，此乃邪妄之術，適足以褻天；或以縱囚釋罪爲修德，此乃姑息之弊，適足以長惡。向來姦佞之人每用此説熒惑聖聰，妨蠹聖政。以致賄賂公行，賞罰失當，紀綱廢弛，賢否混淆，工役繁興，科派百出，公私耗竭，軍民困憊。而大小臣僚被其脅制，畏罪避禍，箝口結舌，下情不達，上澤不宣，愁歎之聲，仰干和氣。災異之積，正此之由。

今幸天道昭明，元惡殄喪，聖心開悟，洞察前非。然餘慝未除，宿弊未革，雖聖仁廣大，姑示含容，而中外人心憤鬱未釋。故上天仁愛，復以此異警動淵衷。此正皇上奮發勵精、一新庶政之時也。伏願大開離照，獨運乾剛，進賢黜姦，明示賞罰。當行之事，斷在不疑，毋更因循，以貽後患。尤望特降綸音，戒諭臣工，痛加修省，廣求直言，指陳弊政，並加采擇，次第施行，以取人心，以回天意，實宗社生民之福也。

輯自大明孝宗敬皇帝實録卷之一百四十二。

奏爲李廣祠額祭葬事

内臣祠額祭葬，近年以來，雖或有之，乃朝廷善褒功之意，實非常典。今李廣之死，罪惡貫盈，萬口稱快，皆謂其欺罔之情、贓濫之迹悉已敗露，聖心昭鑒，必正其罪，以爲姦邪不臣之戒。而乃賜之祭葬，又賜之祠額，是使欺罔贓濫之人與忠謹善良者混而無别。誠恐上累聖德，下拂人心。其於國典政體，關礙不細，所乞祠額及祭文，臣等未敢擬進。

輯自大明孝宗敬皇帝實録卷之一百四十二。

奏爲因言求退事

日者，監生江瑢奏稱：近來災異數見，皆由臣等杜絶言路，掩蔽聰明，妒賢嫉能，排抑勝己所致。

仰惟我太祖定制，雖不立宰相，而太宗以來，專任内閣，委以腹心，俾參機務，與諸司異，誠不可處非其人。臣等俱以愚庸濫膺簡用，才小任重，强勉支持，夙夜徒勤，分寸無補。頃因災異，蓋嘗引咎乞休。仰承優詔，未允罷歸。及兩京科道指陳實弊，並劾奏奔競交結、乞恩傳奉等項官員，連章累牘，至再至三。節奉聖斷，照舊存留不動。其間所言枉曲者固有，得實者豈無其人？差誤者不無，切直者亦所當聽。而乃漫無可否，概不施行，自祖宗朝至今，未有此事。是皆臣等因循將順，苟避嫌疑，不能力贊乾剛，俯從輿論，别白忠邪，明正賞罰。以致人心惶惑，物議沸騰，草野之下，其言乃至於此。

揆之理勢，殆有由然。若其言之當否，意之公私，則有聖明在上，公論在下，臣等但知省身思過而已，遑恤其他。且嘗聞之，推賢讓能，庶官乃和，陳力就列，不能者止。此大臣之常分，亦臣等之素心。方今英俊滿朝，實多勝己，豈可久妨賢路，以干誤國之誅。伏望皇上昭日月之明，采芻蕘之論，容臣等罷歸田里，獲終餘年；别選賢才，置諸左右，必能格心輔德，佐翊皇猷，廣開言路，彰示國法，進賢退姦，表正風俗，成一代清明之治，致萬年和氣之祥。

輯自大明孝宗敬皇帝實録卷之一百四十六。

奏爲釋放監生江瑢事

近臣等因監生江瑢陳言，具本辭避重任。伏蒙温詔勉留，且命錦衣衛逮瑢究問。

臣等竊惟：古之大臣，聞人之譽不敢喜，惟愧而修德；聞人之毁不敢怒，惟懼而思過。良以職任之重不易盡，而天下之公議爲可畏也。臣等叨居重地，積有歲年，過失誠多，職業誠廢。又不能仰贊皇上，聽從科道之言，分别是非，興革利弊，使賢者得以自白，不肖者不得以苟容。以此歸咎，固有不容辭者。故一聞江瑢所言，即引咎乞身，不復論辯。乃荷聖明鑒照，曲賜勉留。臣等雖愚，亦知感激思報，以圖後效。但逮問江瑢，恐妨大體，輒敢再有所陳。蓋國家常患人之不言，而不責言之不當，臣等固嘗屢屢爲皇上陳之。今當下詔求言之日，正君臣懼災修德之時，而使陳言之人以臣等之故獲罪，則臣等之罪愈大矣。伏望皇上少霽天威，俯從愚懇，將江瑢釋放，免其究問，以廣獻納之路，以成寬大之風。臣等不勝幸甚。

輯自大明孝宗敬皇帝實録卷之一百四十六。

奏爲程敏政漏題目事

日者，給事中華昶劾學士程敏政私漏題目於徐經、唐寅，禮部移文臣等，重加翻閱去取。其時考校已定，按彌封號籍，二卷俱不在取中正榜之數，有同考官批語可驗。臣復會同五經諸同考，連日再閱定取正榜三百卷，會外簾比號拆名，今事已竣，謹具以聞。

輯自大明孝宗敬皇帝實録卷之一百四十八。

奏爲内閣文書事

昨司禮監太監陳寬傳奉聖旨：「今後凡有擬票文書，卿等自行書封密進，不許令人代寫。欽此。」

除欽遵外，臣等仰見皇上委任腹心、慎重機務、開決壅蔽、防閑漏泄之意。易曰：「君不密則失臣，臣不密則失身，幾事不密則害成。」正爲此也。臣等俱以庸駑謬承簡任，輔導無狀，屍素有年。聖諭下臨，捫心知感。竊惟内閣之職，所以承德弼違，獻可替否，輔佐朝廷，裁決政務，與百司庶府職掌不同。中間事情，誠爲秘密。在祖宗朝，凡有咨訪論議，或親賜臨幸，或召見便殿，或奉天門，或左順門，屏開左右，造膝面諭，以爲常制。臣等不暇遠引，且如宣宗章皇帝，屢幸内閣，御座所在，至今臣等不敢中坐。英宗睿皇帝亦嘗召李賢、陳文、彭時，或遣司禮監太監如牛玉、懷恩一二人到閣計議。上有密旨，則用御前之寶封示下；有章疏，則用文淵閣印封進，直至御前開拆。此臣等耳聞目見者也。

因循至今，事體漸異。朝參講讀之外，不得復奉天顔。雖司禮監太監，亦少至内閣。朝廷有命令，必傳之太監，太監傳之管文書官，管文書官方傳至臣等。内閣有陳説，必達之管文書官，管文書官達之太監，太監乃達至御前。至於謄寫之職，例委制敕房中書一二人。臣等雖時常戒飭，而經歷太多，耳目太廣，豈能保無漏泄？宜有如皇上所諭者。臣等自當滌慮省躬，盡忠補過，以副聖心。

但内閣文書多係機密，凡事關得失利病，職在輔導，不敢阿順緘默，未免有所陳奏。緣臣等不習楷書，字畫鈍拙，恐不能一一自寫。除事理重大者自行書寫封進，以聽聖裁，其餘仍乞容令中書代寫。臣等亦當申嚴戒飭，勿致漏泄。皇上若有咨議，仍乞照祖宗故事，或召臣等面諭，或親賜御批數字封下，或遣太監密傳聖意，使臣等有所遵奉。庶情得通達，事無漏泄，實爲便益。

輯自大明孝宗敬皇帝實録卷之一百五十四。

奏爲撤去宫内番壇斥出胡僧事

佛老異端，聖王所禁。中世人主崇尚尊奉者未必得福，反以得禍。載在史册，其迹甚明。

我朝之制，雖設僧道録司，而出入有清規，齋醮有定數，未聞於宫闈之内建立壇場，聚集僧道有如此者。蓋祖宗宫禁之制至嚴至密，雖文武大臣、勳戚貴人不得輒入。豈可使胡羯邪妄之徒羣行喧雜，連朝累日，以腥膻掖庭，驚動寢廟？祖宗法度一旦蕩然，其爲聖德之累不小矣。若謂聖祖母太皇太后在上必欲曲爲承順，以祈福壽，則皇上修建宫殿，不日而成，問安視膳，無間朝夕，純誠至孝通於神明，自天降祥，有願必遂。豈必假異端之術干宫禁之制，然後爲孝哉？

伏望速頒嚴詔，將所建番壇即時撤去，各寺胡僧盡行斥出，使宫闈清肅，政教休明。臣等日直禁垣，職專輔導，平居無格正之功，臨事乏規諫之益，此等詔旨，不得與聞，尸素之罪，萬死莫贖。今事出倉猝，不暇從容論列，不勝待罪俟命之至。

輯自大明孝宗敬皇帝實録卷之一百五十五。

奏爲恢復朝參奏事舊規事

切惟自古願治之君，必早朝晏罷，日省萬幾。是以祖宗視朝，俱在黎明。以前每日奏事二次，俱有一定時刻。竊見近來視朝太遲，或至日高數丈，奏事不定；或至昏黑，方才散本。朝參侍衛人等俟候疲憊，四夷朝貢人衆有失觀瞻，各衙門文書政務多致耽誤。況今邊方多事，醜虜縱横遼東，誘殺起釁，讎報不已，搶殺無算；延綏、大同官軍喪敗，數至千百，兵疲將弱，難以支持；四方災異，奏報相仍；雲南地震，倒壞房屋一萬有餘，壓死軍民千數；各處民窮財盡，盜賊成羣；京畿干旱，夏麥已枯，秋田未種，根本之地，尤爲可慮。此正皇上憂勤惕勵，不遑暇食之時也。

臣等輔導無狀，實切憂惭，展轉於中，不敢緘默。伏望皇上念祖宗創業之艱難，思今日保守之不易，怠荒是戒，勵精是圖，朝參奏事，悉復舊規，隨事省覽，因言采納，以回天意，以慰人心。豈惟臣等之幸，實宗社生民之幸也。

輯自大明孝宗敬皇帝實録卷之一百六十一。

奏爲邊關禦寇事

虜寇擾邊日久，朝廷命將出師，到彼已踰一月，未聞出奇制勝，少挫賊鋒。諸將怯懦無謀，不足依仗，誠如聖諭。但今武職大臣，亦未見有才勇超卓可當重任者。乞再降敕切責陳鋭等，令其奮勇設策，務圖成功。其大同總兵官王璽怯懦尤甚，衆心不附，恐終誤事。乞以遊擊將軍張俊代之，却將先任遊擊將軍劉淮代俊統領遊兵，庶克有濟。臣等又聞賊勢漸向東行，目下正在宣府地方。乞令都督神英統領京營官軍五千，作急前去；却令陳鋭等移兵前來宣府，會合剿殺。庶兵威振舉，可挫賊鋒。臣等愚見如此，伏乞聖明裁處。其一帶邊關，襄城伯李鄘，都督李澄、張晟各統領官軍前去防守，已奉成命，仍乞令兵部促之前去，不許遲延誤事。

輯自大明孝宗敬皇帝實録卷之一百六十三。

奏爲遣官祀社稷事

今早，太監蕭敬傳示聖意：夜來大祀社稷，因聖躬偶有微瘍，遣官行禮。臣等仰惟：皇上一身爲天地神人之主，正宜保重。因疾遣官，乃是一時權宜，於禮無礙。而聖心猶歉然不寧，尤見敬事神明之誠，必能昭格於上。臣等竊聞醫書有云：「諸瘡痛癢，皆屬心火。」今年暑氣倍常，恐有餘熱未退。伏願皇上善加調攝，早遂康復，以慰臣民之望。臣等犬馬之忱，不勝惓切。

輯自大明孝宗敬皇帝實録卷之一百六十五。

奏爲視朝稍遲事

今早，太監李榮傳示聖意：因連日奉侍兩宫勤勞，少須調理，今日視朝稍遲。特諭臣等知之。

臣等仰見聖孝篤至，而不忘勤政之心，無任欣幸。伏望善加調攝，用保安和。尤望聖明常存此念，早朝晏罷，躬理萬幾，儆戒無虞，不自暇逸，以慰中外臣民之望。豈惟臣等之幸，實宗社無疆之休也。

輯自大明孝宗敬皇帝實録卷之一百六十九。

奏爲節蓄財用事

延綏達賊擾邊，王師久駐，糧餉缺乏。上廑廟議，屢遣廷臣，而計無所出。開中引鹽，則鹽法已壞，商賈不前，鬻賣官吏則名器徒隳，實用亦寡。鄰方糴買，則貨輕脚重，運送艱難。至如附近乞運，民已不堪，逃亡相繼。外患未除，而內地先弊。夫官軍一出，輒已闕乏如此。設使經冬及春，賊勢不解，不知何以給之。一方用兵，尚且窘急如此，况遼東虜勢大張，邊患方作，湖廣、貴州軍旅繼動，不知何以應之。臣等每思至此，食不下咽。

竊惟：天下之財，其生有限，若非節蓄於平日，豈能驟集於一時？近年以來，用度太侈。光禄寺支費增數十倍；各處織造降出新樣，動千百匹；顯靈、朝天等宫，泰山、武當等處修齋設醮費用，累千萬兩；太倉官銀存積無幾，不勾給邊，而取入內府，至四五十萬；宗藩貴戚求討田土，占奪鹽利，動亦數十萬計。他如土木工作、物料科派、傳奉官員俸錢、皂隸投充匠役月糧布花，歲增月益，無有窮期。財用之匱，率由於此。當緊急闕乏之時，猶不爲儆省節縮之計，將至大壞極弊，莫能救藥。其爲禍患，何可勝言？

向來大小衙門陳言會議，事有干礙內府及王親貴戚者，無問可否，概令照舊。臣等屢嘗因事規諍，雖荷優容，未盡採納。伏願皇上念國計之艱，憫民力之困，躬行節儉，減省供應，絶異端無益之費，停內府不急之工。仍敕各衙門，凡有救荒革弊之策，畫一具奏，特賜准行。其事關財用者，尤加之意。則邦本既固，國用自舒，内治既修，外攘自舉，而區區夷虜之患不足慮矣。

輯自大明孝宗敬皇帝實録卷之一百七十七。

奏爲收回武當山修設齋醮之命事

昨司禮監傳出揭帖，令臣等撰敕並祝文，欲差内臣往武當山送像掛旛，修設齋醮。

臣等聞命驚惕，莫知所措。其神之有無、事之可否，臣等姑未暇陳。竊聞此山宫觀像設富麗已極，增添易换，徒見勞擾，實爲無益。況今四方災異迭出：順天、河南、山東等處沿河一帶雨水泛漲，田禾淹没，人民窮困，州縣驛遞本等應付尚不能堪；湖廣地方苗賊肆亂，軍旅方興，糧餉供饋猶恐不給。如又動此大役，撥給船隻，必至千百；差撥人夫，何止千萬？非惟逼迫逃亡，抑恐激成禍變。又況陝西、遼東虜賊猖獗，軍餉尤急。外患方殷，而内地先困。其間生民愁苦之情、地方凋敝之狀，君門萬里，恐皇上不得而知。臣等備員指導，深切憂懼。

近因邊需窘急，請節財用，亦嘗論及此事，荷蒙聖明特賜採納。不數日間，乃有是命。臣等平時無格心之學，上啓聖聰，斥絶邪妄，若又阿諛承順，爲此勞民傷財之舉，以負委任之重罪將何逃？伏乞收回成命，停止無益之事，務内修外攘，以安宗社，天下幸甚。

輯自大明孝宗敬皇帝實録卷之一百七十七。

奏爲勿停講貞觀政要事

奉旨日講添周易一書。臣等仰見聖學日增，至治可望，不勝忻躍。而在廷諸臣聞之，亦莫不傳頌相慶。今日進講間，傳旨將貞觀政要暫且停講。切緣貞觀政要所載唐太宗議論行事之迹，於帝王爲治之道最爲切要。況又世代相近，事體易曉。所以祖宗列聖崇重此書，每令儒臣進講，實爲有益。伏望聖明少留頃刻，俯垂天聽，容臣等仍將此書照舊進講，以裨聖治之萬一。豈惟臣等之幸，實宗社無疆之幸也。

輯自大明孝宗敬皇帝實録卷之一百八十。

奏爲陞賞軍功事

有旨令擬陞賞搗巢功次，欲將奮不顧身二百一十員名特陞署職一級。臣等看得兵部三次議擬，極言軍功陞職，必論首級，係祖宗定制。彼處所獲首級止於三顆，今擬陞七人，賞四千餘人。其奮不顧身等項又比賞加賞，已爲過厚，足以激勵人心。若又陞職太濫，則恐將來軍前俱各仿效，冒報敢勇當先、奮不顧身等項，以圖僥倖陞職，誰肯著實向前殺賊？弊端一開，末流難塞。此誠爲國大計，若臣等苟且阿順，則是該部爲朝廷守法，而臣等職在輔弼，乃反壞之，罪無所逃。以此不敢輕易改擬，乞聖明采擇。

輯自大明孝宗敬皇帝實録卷之一百八十一。

奏爲釋伽啞塔像御製贊辭事

近蒙發下釋伽啞塔儀，令擬御制贊。

臣等竊惟：帝王之文章製作，必天下播之，傳於後世。其所讚頌，惟可施於古昔聖賢。如宋太宗之贊孔顔，高宗之贊七十二賢，史册載之，以爲美事。若釋氏乃夷狄之教，稱爲異端，而番僧全無紀律，尤濁亂聖世之大者。自胡元之君肆爲佚淫，信其蠱惑，始加崇重。及天兵掃蕩，無益敗亡〔一〕，可爲明鑒。本朝雖有宣德十年御制西天佛子像贊，彼時英宗新立〔二〕，年在幼沖〔三〕，輔導之臣不能開陳正道〔四〕，上啓聖聰，實難辭責。仰惟陛下重道崇儒，清心寡欲，即位之初，斥遣番僧，禁絶私習，海内聞之，罔不稱快。近因災異修省，禮部陳言辟異端一事，特頒詔旨〔五〕，自有斟酌。中外臣僚方傾耳拭目，以觀聖政。若親制贊辭，識之御寶，以裝飾胡鬼，流播夷方，國體所關，誠非細故。

臣等素讀孔孟之書，惟當以堯舜之道事陛下。若曲爲承順，以希容悦，負君誤國，罪不容誅。伏乞聖明，特垂鑒納，收回前命，吾道幸甚，斯文幸甚。

輯自大明孝宗敬皇帝實録卷之一百八十八。

【校勘記】

〔一〕「敗」，原作「販」，顯以形近而訛，據文義正之。
〔二〕「彼」，原作「被」，顯以形近而訛，據文義正之。
〔三〕「年」前原有「春」字，於義不通，删。「沖」，原作「中」，顯以形近而訛，據文義正之。
〔四〕「開」，原作「聞」，顯以形近而訛，據文義正之。

〔五〕「特」，原作「時」，顯以形近而訛，據文義正之。

奏爲勤政事

竊聞天下之事，未有不以勤勵而興，亦未有不以懈怠而廢。是以自古聖明之君，兢兢業業，不遑暇食，誠知夫創立之難而覆墜之易，故雖當天下極治之日，而不敢一毫驕怠之心。驕一生則威權下移，姦弊滋積，政刑舛錯，災異薦臻，而禍亂之作理有必然者矣。

恭惟陛下聰明仁厚，聖質天成，即位之初，百度一新，遠近歡戴，誠大有爲之君也。邇來勤勵之志，漸異於前。每日早朝，不過數刻，而起鼓或至日高；宫中奏事，止得一次，而散本或至昏黑。侍衛本之人，筋力疲憊，不得休息；百司庶府之事，文書壅滯，不得施行。一事之決，動逾旬月；一令之出，隨輒廢弛。羣寮玩習，視爲例。如此而欲久安長治，保無禍亂，恐亦難矣。臣等屢常言之，雖荷優容，旋復如故。

夫禍亂未形，固宜言不見信；若禍亂既作，誠恐悔亦無及。此臣所以憂危惶懼，不能自已者也。且晝動而夜静者，天道之正；晝作而夜息者，人事之常。故

「朝以聽政，晝以訪問，夕以修令宴息」者人事之明訓，雖聖哲亦不能違也。陛下思祖宗創業之難，念臣民仰望之切，體晝動夜静之理，慎上行下效之機，頤精養神於暮夜宴息之時，奮發勤勵於旦晝清明之際，視朝聽政，省覽萬幾，一如即位之初，守而勿替，則威權在己，姦弊不生，刑政日清，災異自弭，而聖治可保於無疆矣。

輯自大明孝宗敬皇帝實録卷一百九十。

奏爲批行各衙門題本事

比者，各處災異疊見，而南京孝陵、鳳陽祖陵災變尤甚。各衙門奉旨言事，吏部一本，兵部一本，俱查革傳奉官員；五府六部六科十三道等衙門共一本，户部會多官一本，俱修省緊事情：未蒙批斷。竊念各官所言，皆爲天變而發，所以興利除害，救災補弊。汲汲行之，猶恐不之逮；而乃遲留久滯，多至四五月，少不下一兩月，事多牽制，不得施行。中外臣民，日夜懸望。臣等憂懼，莫知所爲。

蓋聞君之事天，猶子之事父。父有怒責，子必深憂切懼，省躬謝過。俟其怒解，乃得自安。若視以爲常，不加之意，則父之怒愈不可解矣。今年天變，實倍尋常。

皇上敬天之心固已篤至，但古之所謂敬者，必率循天道，勤勵天事，閔恤天民，愛惜天物，然後爲敬，非玉帛鐘鼓儀文節度之足論也。兹當民窮財匱之時，撫綏之道、經理之事有所未盡，而麰日益積，害日益深，天之譴告正在於此。非惟臣等憂之，五府六部之臣莫不憂之，六科十三道莫不憂之，皇上獨以爲不足憂乎？近來奏事止得一次，而又多至日晡；各衙門接本官員或伺候竟日，不得而回。堂堂朝廷，萬幾所在，如此舉措，恐非所以勤勵天事也。

臣等之憂日甚一日，固嘗屢以爲言。而前項數本，關係尤重，故不避煩瀆，昧死再陳。伏願聖衷惕然警動，奮發乾斷，速賜批行。仍於每日乘早奏事，嚴飭羣臣，痛加策勵，以上回天意，下慰民情，宗社幸甚。

輯自大明孝宗敬皇帝實録卷一百九十三。

奏爲早賜裁決各項章奏事

嘗聞皋陶之告舜曰：「無教逸欲有邦，兢兢業業，一日二日萬幾。」文王自朝至於日中昃，不遑暇食，用咸和萬民。蓋自古人君未有不以勤而興，以逸而廢者。我太祖高皇帝自謂星存而出，不敢怠惰；太宗文皇帝自謂朝退未嘗輒入宫中，不敢暇逸。列聖相承，宫中奏事，每日朝退一次，未初一次，時刻不差。陛下即位之初，實遵舊制。近年只奏一次，而又早晚不時。今冬以來，因東宫進藥，上廑聖慮，數日之間，奏事益晚。今經兩月，未復前規。或散本不及，日已昏黑，内外各衙門題奏，累二三日方得抄行。文案壅滯，政令稽緩，未有甚於今日者。臣等竊惟：天下之事，至繁至重。且如惠澤之頒佈，早一日則民先沾一日之恩；刑獄之斷，決遲一日則人多受一日之苦。況驕虜得志，邊患方殷，消息事機，在於頃刻。若一概遲延，所繫非小。臣等内懷憂懼，食未甘味，寢不安席，因循展轉，未敢輒以爲言。

今聞儲宫康復，聖情悦豫。伏望陛下思祖宗付託之隆，念臣民仰賴之切，每日朝退及日中乘神思清明、志氣未倦之時，將各項章奏詳加省覽，早賜裁決，以振清平之氣象，以貽永遠之規模。使臣等得效涓埃，亦少逭曠廢之責。不勝憂愧激切之至。

輯自大明孝宗敬皇帝實録卷一百九十三。

奏爲聖體違和事

伏自聖體違和以來，一月有餘，未得瞻奉天顔，臣等犬馬之忱，殊切戀慕。連日太監陳寬等傳示：聖體日就康復，視朝有期。瞻奉非遠，不勝忻忭。竊意新愈之際，尤宜倍留聖意，善加調攝。蓋凡疾疢之作，必由起居之不時、飲食之失節、喜怒之乖常，而榮衛不順其軌，臟腑不得其職，精神不安其舍之所致也。是以保身之術，調攝爲上，醫藥爲次之。今氣體初愈，未全復常，倘保獲欠至，小有觸犯，則雖有醫藥，亦難爲力。伏願皇上念祖宗付託之重、臣民仰望之切，順適起居，必體晝動夜静之理，毋使勞逸之失宜；調節膳，必思淡薄滋味之益，毋使甘腴之太過。機務之來，有關係重大者，付之臣等商確，取自聖裁。而凡宫闈不急之務、無益之作，不使少干宸慮。于以頤養天和，迓膺萬福。其視朝之期，則惟陛下自爲斟酌。俟天氣和暖，日高而出，通政司奏，姑暫停止，但使文武羣臣少伸瞻仰之願，以慰遐邇之情；若遇風寒，仍免視朝可也。臣等無任忠愛懇悃之至。

輯自大明孝宗敬皇帝實録卷一百九十五。

奏爲乞假合葬考妣事

臣母劉氏以景泰七年卒，祔葬於宛平縣香山鄉畏吾村之祖塋。臣父淳卒於成化二十二年，因舊塋狹窄，别葬於小西門外，相隔數里，未得合葬。後臣仰荷皇上擢用，累遷官職，臣父贈至太子少保禮部尚書兼文淵閣大學士，臣母贈夫人，例得陳列儀物，樹立碑表。非惟事不歸一，抑且無地可容，乃於今年二月内買得舊塋傍地一段，於五月十九日遷臣父柩，開臣母壙，依禮合葬。

竊念臣十歲喪母，中年喪父，終既不慎，遠猶可追，遷祔之圖，誠非得已。顧惟舉動之宜、安厝之節、封築之功，必須躬親看視，庶不再遺後悔。況臣止有一子，不幸早喪，别無有力可託之人。而職居禁密，預聞機務，不敢經旬累日，違遠天顔。伏乞聖慈，察臣哀悃，容臣給假安葬。事畢之日，即當回還辦事。

輯自大明孝宗敬皇帝實録卷一百九十九。

奏爲編纂通鑑纂要事

昨二十四日，司禮太監扶安傳奉聖旨：通鑑綱目並續編深切治道，命臣等撮取節要，撰次一本，仍分卷帙，陸續進來，以便觀覽。次日，安又傳諭聖意，欲自三王五帝以來歷代事迹，通爲一書。

臣等仰見皇上稽古圖治之盛心，宗社之慶、生民之福，端在於此。竊聞經以載道，史以紀事，二者蓋相爲用而不可相無者也。恭惟皇上日御經筵，六經之道固已通貫。若歷代之治亂興亡、庶事之得失成敗，則存乎史，誠宜廣求博覽，以資政治。臣等每閱歷代史書，愧未能上徹講帷，仰裨聖化，敢不祗承明命，少副淵衷？切照歷代事迹，各有舊史，其會萃成編者，戰國以後之事則有通鑑綱目，宋、元之事則有綱目續編。若三王、五帝、夏、商之事，則有通鑑節要、通鑑前編等書。上下數千年間，篇帙浩繁，事端分散，萬機之外，豈暇周詳？信有如聖諭所及者。臣等擬將前項歷代史書摘其尤切治道者，各照原文，通加節省，貫穿成編，以便御覽。或有宏綱要義宜用發揮者，間述臣等愚見，附註於後，以代講説。務令事理明白，鑒戒昭彰，可以補益宸衷，恢張治化，亦臣等輔導啓沃圖報於萬一者也。

合用編纂官員，今推得詹事府掌府事禮部尚書兼翰林院學士吴寬，禮部右侍郎管國子監祭酒事謝鐸，南京太常寺卿張元禎，詹事府少詹兼翰林院學士王華，翰林院學士劉機、江瀾，左春坊大學士兼翰林院侍讀學士楊廷和，翰林院侍講學士劉春、白越，左春坊左庶子張天瑞，左諭德兼翰林院侍講靳貴，左春坊右諭德兼翰林院修撰毛澄，翰林院侍講張澯、劉忠，右春坊右中允蔣冕，左春坊左贊善費宏，翰林院編修羅玘、徐穆、王鎖，俱各堪任。其王華等令各分管整理，吴寬、謝鐸、張元禎通行潤色，臣等總加詳定，陸續進呈。其謄録官推得順天府府丞兼司經局正字周文通，尚寶司卿兼司經局正字劉棨，山東布政司左參議岑業，吏部郎中蔣恭、沈冬魁，大理寺左寺副黄琳，中書舍人趙式、沈世隆、喬宗、李淇、王珙，鴻臚寺序班汪麟、莊臨、陳厚、楊節、郭昊、張天保。譯字官劉湘，催纂官禮部郎中胡清，翰林院孔目劉訊，亦堪任。

輯自大明孝宗敬皇帝實録卷一百九十九。

奏爲纂修本草事

纂輯書籍，必須通曉文義。該博典籍，庶損益得宜，痊次不謬。本草證類等書，多係前賢編纂，出入經史，文義深奥。今太醫院官生僅辨藥物，文理多有未諳，字樣亦有識不真，所纂輯恐多乖謬，致誤後人。乞敕禮部，將該院所擬纂修等項官生嚴加考選，如果明通藥性、兼曉文義者，方許供事，毋容冒濫，妄圖恩典。其本部編修二員既奉成命，委任宜專。其纂輯之際，就令通行裁定，并加校閲。務使無忝前修，有益世用，方可上塵御覽。臣等叨預機密，政務繁冗，又兼纂修通鑑纂要等書；今本草既不在本院，修纂已有差官專理；況修書舊規，纂修之下，方有校正名目。若劉文泰等纂修，乃使臣等爲之校正，揆之事體，尤爲顛錯。伏乞斷自宸衷，臣等不必干預，庶事理允當，書籍可成。

藥物方書，太醫院專職。臣等職在論思，理難侵越。具該院官生數多，中間亦必自有通曉文義之人，可以纂輯成書。伏望特回宸斷，仍命該院纂經自呈進。纛等一併取回，庶職守有定，體統不失。

輯自大明孝宗敬皇帝實録卷二百二。

奏爲遠佛老鬼神事

竊惟天下之事，有輕有重，有緩有急，得其序則治，不得其序則亂，而所不當爲者弗論也。夫事之重且急者，不過親賢愛民，賞功罰罪而已。

近時以來，奏事之期日漸遲晚，散本不及，禁門已閉。内外章疏，動經累日，甚者或延至半年，或終留不出，因循積習，遂以爲常。仰惟皇上，於聲色貨利無所嗜好，宫禁嚴密，臣等所不敢知，但恐佛老鬼神之事有妨聖政耳。夫神之所當祭者，不過天地、宗廟、社稷、山川及古昔聖賢而已。其禮有時而不妨於政，其用有節而無害於民。若佛老之教，邪妄不經，空虚無益，蠹政病民，非所當務者也。竊聞寺院宫觀齋醮無時，佛書道經刊寫相繼。甚者或累歲掛袍於千里之外，或白晝散燈於大市之間。朝野傳聞，無不駭異。夫寵尚僧道則親賢之禮疏，耗費錢糧則愛民之意闕，以方便爲仁厚則冒功求進者得蒙濫賞，以慈悲爲寬容則壞法失機者得逃重罰。是當急者反緩，當重者反輕，凡政之弊皆由於此。

孔子曰：「務民之義，敬鬼神而遠之。」蓋猶謂當祭之鬼也，而況非所當祭之乎？老子亦自曰：「明王在上，其鬼不神。」蓋謂邪之不能以干正也，而況爲吾聖人之教者乎？伏願皇上法孔子之正言，原老子之初意，洞啓聖聰，奮行乾健，以萬幾爲重務而速賜施行，以異端爲蠹政而不勞聖慮。務使紀綱大振，德化旁通，下結人心，上回天意，實宗社萬萬年無疆之慶也。

輯自大明孝宗敬皇帝實録卷二百四。

奏爲停建塔寺事

臣等仰惟陛下聖明，不意有此舉措。聞命驚惶，夜不能寐。竊念佛老鬼神之事無益於世，有損於民，臣等已嘗累陳，不敢多瀆。今舉其明且切者言之。前代人主信佛者無如梁武帝，而餓死臺城，宗社傾覆；通道者無如宋徽宗，而身被拘囚，斃於虜地。本欲求福，反以致禍，史册所載，非臣等所敢妄言。在祖宗朝，僧道有定員，寺觀有定額，不過姑存其教，未嘗妨政害民。所以治天下者，惟堯、舜、周、孔之道而已。

今寺觀相望，僧道成羣，齋醮不時，賞賚無算。竭天下之財，疲天下之力，勢窮理極，無以復加。夫以天縱聖明，洞見物理，乃空府藏而不惜，竭民膏而不恤者，蓋謂其能祈福消災、庇民護國也。近年以來，災異迭見。南畿、浙江、湖廣、陝西諸處大旱，人民失所；江西各府盜賊縱横；廣西土官侵佔地方；四川番夷擾害邊境；達賊在套，復圖寇掠。禍患之多，難以枚舉。不知其所祈者何福？所消者何災？護國庇民，其功何在？

今者造爲延壽之名，上惑聖聽，而陛下信其遊説，輒與施行。嘗聞堯舜之壽皆過百歲，當時未有僧道，未有塔寺，不知誰與延之？陛下德合天道，政協民心，則和氣致祥，聖子神孫自可享萬萬歲無疆之壽，何假於僧道塔寺之力哉？若建塔造寺果可以祈國家之福，延君上之壽，則臣等雖家出資財，身就工役，亦且爲之，何暇與之校論是非，稱量利害？但決知其無是理爾。

祖宗朝間有塔寺之舉，但當時官有餘財，民有餘力，雖終無益，亦未大損。今內庫急缺段匹；太倉銀數漸少；光禄寺行價累年賒欠；各邊糧草所在空虛；災傷地方，餓死盈途，逃亡相繼，賑濟官員束手無措，尤爲窘急；而塔寺之費，動以數萬。若省修建之財爲賑濟之用，即可以活數百萬生靈之命，豈非祈福延壽一大功德哉？

且民之病遠在天下，陛下恐不得而聞；軍之病近在目前，乃陛下所親見。今班操官軍歲少一歲，正以各項工役累力陪錢，寧犯官刑，苟逃性命。朝廷屈法容恕，差官催督，尚未肯來；若又聞此大役，則今歲春班到者益少。堂堂京營，無人操備，設有不測，陛下誰與守哉？

臣等每思弊政之來不能力救，慚懼交並。今事關撰述，若苟爲承順，以上累聖聰，下妨治化，則臣等身自壞之，誤國之罪雖萬死不足贖矣。伏望陛下大奮乾剛，特收成命，將前項塔寺即爲停止，其敕書免令臣等擬撰，宗社幸甚，生民幸甚。

輯自大明孝宗敬皇帝實録卷二百八。

奏爲緩頒誥命停頒封號給真人杜永祺事

今早，司禮監傳旨，賜問臣等所撰真人杜永祺等誥命封號久不進呈。

臣等竊惟：異端之不可信，及誥命封號之不當與，近嘗具奏已詳。但誥命之典，朝廷所以奬賢勵能，雖師保大臣，必待三年考稱無過，乃得頒給。今永祺等即與誥命，不知其何賢何能，而反重如此？至於封號，尤爲非禮。蓋祖宗廟號不過十六字，親王及文武大臣有功德者謚號止一二字，而此輩封號乃多至十八字。虚辭濫譽，流布朝野，傳聞後世，皆曰此朝廷之所褒奬，儒臣之所擬撰也。

臣等荷蒙簡任内閣，不能弼正闕失，而坐視邪妄之徒妨政壞俗，死有餘愧。若又阿容撰述，則今日所爲與前日所言自相背戾，何以上格君心？此臣等所以展轉逡巡，未敢仰承明命者也。臣愚以爲此等誥命，待三年後頒給，封號即令停止，庶幾國體不失，而名器不濫矣。

輯自大明孝宗敬皇帝實録卷二百八。

奏爲禦虜安邊事

一、大同出戰軍少，京營官軍到彼，止可助爲聲援，不若邊方生長之人習諳戰鬬。合無就於彼處，除已在兵籍外，其餘不分舍餘鄉民人等，但有勇力可備出戰者，多方選募，照依正軍給與糧餉並盔甲器械馬匹，每人仍賞銀二兩或三兩養贍家口，令其隨軍調用。庶幾人樂效死，事克有濟。

一、大同馬匹倒死數多，兵部雖曾俵給，尚不勾用，況給與馬匹亦多不堪騎戰。聞彼中馬匹亦有可買，合無將太僕寺馬價銀運送三五萬兩，前去就彼收買，稍寬價直，出榜召商，則人皆趨利，各處馬自至矣。

一、大同糧草不敷，近雖已准開中引鹽，緣近來鹽法廢壞，商不得利，上納者少，恐不濟事。合無將太倉官銀再運一二十萬兩，前去召商，中納糧草，以應急用。

一、彼處武職官員生長邊方，多有勇略過人者，但爲資格所拘，一時不得超拔。合無著總兵等官用心訪察，但有才勇可用者，不拘資格，隨宜取調，領軍殺賊。仍一一具名上聞，以備簡擢。

一、彼處將官畏怯退縮誤事者多，僅有一遊擊將軍張俊謀勇頗聞。近又能以寡禦衆。合無特寫一敕，前去奬勵，以勸有功。

一、兵部原擬再選京營官軍一萬員名，令都督李澄、孫貴統領，以備後援。臣等訪得二人皆非統馭之才，恐不勝事。近有取回都督神英，原任大同總兵，頗諳彼中邊務，堪領前項官軍。合令兵部再行訪求如神英者一人，以備任用，庶不誤事。

一、京師天下根本，京營官軍扈衛宸居，所係至重。今聞先選一萬員名聽征，此外精鋭數已不多。近該各官建言，查選營衛軍士，以實行伍。事無急於此者，伏望皇上軫念社稷大計，速賜施行，庶不臨時誤事。

一、京營坐營把總等項官員勝任者少，在外衛所武職，或有可用。乞令兵部廣詢博訪，不拘資格，但有才勇可取者，疏名具奏，以備任使。

一、有因誤事降級，帶俸差操及爲事罷黜者，中間多係曾經戰陣、諳練邊事之人。合無令兵部通查，送赴軍前立功。其有才堪領軍者，就領軍殺賊。

一、近日兵部奏准招募軍士，號令已出，應募者少。今京城内外，官無名籍之人甚多。合令兵部設法挨查，但有年力精壯原無名籍在官者，取具貫址，明白收充軍役，庶得營伍充實。

一、虜寇變態不常，近聞大衆拆牆入我邊内，連營駐扎。雖大同附近州縣城堡消息，與城内猝急不能相通。若必待彼奏報，然後處置，誠恐緩不及事。合令兵部選差慣騎鋪馬諳曉軍事之人，三五日一次前去探聽，星馳回報。庶邊情易達，事機不誤。

一、虜衆入境久駐，肆行搶掠，我軍未能少挫其鋒。合令總兵等官詢訪彼處諳練邊事之人，從長計議，多方設策。或招募敢勇，掩其不備，直擣巢穴；或設伏出奇，乘其零散，相機截殺。務使痛遭挫衄，畏威遠遁。

輯自大明孝宗敬皇帝實録卷二百十三。

李東陽全集卷一三六

佚文卷之七

奏爲新政當行要務事

今年自六月以來，陰雲蔽翳，天雨連綿，京畿内外，民舍傾頽，田禾淹没，日復一日，爲患未已。臣等官居輔導，職在爕調，憂切於中，至忘寢食。仰惟陛下嗣登寶位，聖德格天，而陰盛陽微，其端可畏。竊聞陽主剛健，陰主柔弱；陽主開明，陰主暗昧。人事下乖則天道上應，必然之理也。自古帝王及我祖宗列聖繼世更化，必大有興革，以新天下之耳目，係天下之心志。

昔在先帝初年，如減濫設，汰冗食，罷工役，止貢獻，放鷹犬，出宫人，凡百聖政，固已傳之天下，即當載在史書。近者陛下登極，詔條一出，中外臣民歡呼動地，想望太平。但各該有司視爲泛常，不即遵奉。

經今兩月之上，内外多餘官員，未聞查減某職；傳奉乞陞等項，未聞查革何人。諸如此類，未易枚舉。政壅於上而不得行，民望於下而不得遂。此陰陽所以失調，雨暘所以不順也。如軍器、鞍轡二局各門各馬房倉庫及各處分守守備等項内官，舊設有數，今添至幾倍。朝廷養軍養匠，錢糧萬萬，僅足供其使令，豈可不減？文武官員中有曠職僨事虚糜廪禄者，豈可不黜？内官等監匠官、御用等監畫士，多至數十百人，濫授官職，浪支俸禄，皆剥民膏脂，以供無益，豈可不革？内承運庫放支銀兩，全無印簿，支銷二十年來，累數百萬，以致府藏空竭，承領之人豈無侵克？本庫内官自請查算，豈可不查？司鑰庫收貯銅錢亦數百萬，託稱内府關支，其實置之無用。若洪武等錢不行，則新鑄弘治通寶亦爲虚費，豈可不用？今特旨批斷者照舊不動，查例來看者展轉不行，則其他弊政皆難除革。詔書所載，盡爲空言，天下之耳目將何以新？天下之心志將何所係？

至如内苑之珍禽奇獸，數且無算，宜盡放之，以省食用之資。宫人一事，近在掖庭，非外官所得干預。竊恐先朝舊宫或有年歲老大及多餘名數，不惟妄費供給，抑且不免怨嗟。亦宜疏放，或縱令寧家，或從便嫁遣，以大布好生之德，上延和氣之祥。

是皆國家要務，新政所當先者，惟聖明俯垂採納。事干宫禁，則斷在不疑；責在有司，則嚴加催督。其有未盡事宜，令所司查奏處置，務臻實效，不事虚文。庶可以調和陰陽，化災爲福，宗社臣民之慶也。

輯自大明武宗毅皇帝實録卷之四。

奏爲舉行日講事

人君之治天下，必先講學明理，正心修德，然後可以裁决政務，統御臣民。故累朝列聖嗣位之初，必大開經筵，每月三次，令翰林、春坊講説經史，公卿大臣分班環聽。又於每日傳令儒臣講讀，使工夫接續，聞見開廣。百有餘年太平功業，皆由此致。

仰惟皇上昔在春宫，日勤講學，堯、舜、孔子之道固已得其大綱；先帝顧命臣等，惓惓以進講爲念。向來梓宫在殯，聖孝方殷，萬幾之外，不遑他務。臣等竊恐聖心未有所係，深以爲憂。今山陵事畢，祔廟禮成，即欲請開經筵。但殿宇高廣，天氣向寒，且事體重大，禮儀繁盛，倉猝之間，似難舉事。欲姑俟明年，又恐曠日持久，有誤聖學。伏睹先帝初年，日講常至歲暮不輟，臣等擬於十一月初三日爲始。伏乞聖明，遵照先朝事例，每日御文華殿暖閣，令臣等兩次進講。則聖學可成，太平可致，實宗社萬年無疆之慶。除經筵事宜俟明春别請，今將日講儀註條上：

一、伏睹皇上在春宫講讀論語、尚書，各未終卷，今合於每日接續講讀。先讀論語五遍，次讀尚書五遍，講官各隨即講明。講畢，各官皆退。

一、講讀後，皇上裁決政務。有暇即看字體，隨聖意寫字一幅，不拘多寡。俟午講時，臣等恭看進呈。

一、近午初時，講大學衍義、歷代通鑑纂要，講畢各退。

一、每日各官講讀畢，或聖心於書義有疑，即問臣等，再用直解，務求明白。

輯自大明武宗毅皇帝實録卷之六。

奏爲革罷祭祀金闕銀闕二真君事

今月十七日冬至節，靈濟宫祭金闕真君、玉闕真君，奉旨遣尚書李東陽行禮。臣等竊有愚悃，謹昧死爲陛下陳之。

佛老二教，聖王所必禁，儒者所不談。中世以來，正道不明，人心久溺。如秦始皇、宋徽宗好仙，漢楚王英、梁武帝好佛，唐憲宗仙佛俱好，求福未得，皆以得禍。載在史册，事迹甚明。若靈濟宫所奉二真君，乃南唐徐温二子知證、知諤。謹按正史所載，徐温養子知誥簒僞吴王楊氏，諸子皆爲節度使，知證夭死，知諤病死。五代石晉時無故立廟，稱之爲神。國朝雖有廟宇，然亦止稱爲真人，令道士供奉香火。成化末年，加爲上帝，禮官失職，不能規正。先帝初年，革去帝號，天下傳聞，以爲聖政。真君舊稱，尚未盡革。至於神父神母仙妃，皆是僭叛家屬，濫冒美名，尤爲非禮。每歲三大節，分官祭祀。不知何時，復遣内閣儒臣。臣等初承遺命，未敢固違。因循至今，勉强從事。恭遇孝宗皇帝崇儒訪治，舍己聽言，方欲具奏論列，而龍馭上陞，徒深悵慕。

近者，文華殿所供佛像有旨見新，令臣等撰文祝告。臣等以爲事關治體，據禮上陳。荷蒙聖斷，即時撤去。仰見陛下聰明正大，遠過百王，善推所爲，雖堯舜之治不難致矣。靈濟真君生爲叛臣，死爲逆鬼，而冒名僭禮，享祀無窮，惑世誣民，莫此爲甚。

臣等讀聖賢之書，當勸陛下行帝王之道。心知邪僞而身與周旋，則講讀者皆成虚文，輔導者更爲何事？且有其誠則有其神，無其誠則無其神。縱使有之，亦須誠心對越，乃能感格。臣等心既不信，誠從何生？强使驅馳，雖祭無益。若先師孔子遺祭舊規，臣等自當竭誠奉命。其一應寺觀祭告，自來并不干預。伏乞聖明，洞察俯聽愚言，將前項祭祀通行革罷，免令臣等行禮。先帝革號於莅政之初，陛下革祭於嗣位之始，傳之後世，於前有光。庶祀典不愆，治體無累，而臣等瘝官失職之咎亦少逭於萬一矣。

輯自大明武宗毅皇帝實録卷之七。

奏爲裁割冗濫事

竊見去年聖駕看牲及時享太廟，内官内使隨從數多；今年大祀郊壇，從者又多數倍。臣等歷事累朝，見帶刀披甲等項内官甚少，宣德、正統以前尤少。祖宗深意，蓋以敬天事神爲重，不敢過爲誇耀。且執事給役自有定額，服食供給亦有常限，不可過爲冗濫故也。

今祭大社、耕耤田、幸太學等禮在邇。社稷先農壇地方窄狹，文武羣臣、守衛執事自有該用人數；國子監先師廟庭不過數丈，出入門巷不過數尺，太學師徒數千百人伺候行禮，填塞擠雜，尚恐不容，若增添内侍，置之何地？乞敕司禮監查照正統以前舊例，定爲名數，不使仍前混雜。庶國體清肅，人無竊議。

臣等又見每日常朝，駕過文華殿，隨從之數漸亦增多。内府各監局題本僉書官姓名或至七八十人，或至百數十人。伏睹先朝，每遇登極之初，必一簡選。今則但聞陞擢，不計年資品級，新舊累積，賢否混淆。光禄寺傳辦卓面日逐加增，已至七八十卓；承運等庫關出賞賜、各該衙門役使人匠不知幾何，蟒龍玉帶、内府乘馬不論其數：耗竭財用，壞亂名器，未及一年，已至於此。

仰惟皇上春秋鼎盛，將隆億萬載無窮之祚，此後何以處之？況自奉詔書查革冗濫，文武官員俱曾革去數百，各門倉庫及各處分守守備等項内官照舊不動，恐非朝廷大公至正之道。臣等固嘗論奏，奉旨准行。因循至今，其弊愈甚。

臣等謬膺顧命，叨任腹心，日夜憂惶，莫知所措，不敢不昧死盡言。尤望皇上大奮乾剛，特施睿斷，將前項冗官通行裁革，非分賞賜服色盡行追還。使制度光復於祖宗，詔令不失於天下，實社稷之福、蒼生之幸也。

輯自大明武宗毅皇帝實録卷之九。

奏爲經筵日講事

經筵日講，所以緝熙聖學，收存心養性之功，日新聖德，爲制治保邦之本，誠今日之急務也。近奉旨，以二月初二日肇開經筵。其細密功夫，必資日講。去年十一月内，已從臣等所請。至十二月十四日，以天寒暫免。臣等欲乞經筵之後，即初三日爲始，如舊日講，少效涓埃，上以副先帝之顧託，下以慰臣民之瞻仰。

輯自大明武宗毅皇帝實録卷之十。

奏爲皇莊收銀事

皇莊既以進奉兩宫，止令有司照數收銀，亦足供用。若必以私人管業，反失朝廷尊親之意。且管莊内官假託威勢，逼勒小民，其所科索必踰常額。況所領官校如餓豺狼，甚爲民擾。以致蕩家産，鬻兒女，怨聲動地，逃移滿路。京畿内外，盜賊縱横，亦由於此。諸如此弊，上之人豈得知之。今使利歸羣小，怨歸朝廷，事極勢窮，變生不測，在近地尤有可憂。所以廷臣合詞議奏，望念宗社生民重計，以成大孝。問安視膳之餘，從容奏請。倘得欣允，實國家天下之幸。

輯自大明武宗毅皇帝實録卷之十。

奏爲陳鹽軍刑選四法皆不可事

昨司禮監遞出户部、兵部、吏部、都察院各一本，傳示聖意，令臣等擬斷。臣等據理論事，皆不可行，逐一從公擬票上請。又蒙發下，不從所擬。臣等情意迫切，謹昧死爲陛下陳之。

今鹽法之壞極矣。譚景清等肆行賄賂，假公營私。既不肯奉詔還官，又不肯領回原價。沮壞新政，累母後之聖德。論其情罪，死有餘辜。況皇親之家既自辭退家人引目此商人者，已不相干朝廷。乃信其巧言，曲爲庇護，寧廢國法，誤邊計而不顧。此不可者一也。

軍法之壞極矣。大同隨征所開衝鋒破敵三次當先二項，舊制俱不該陞。況經侍郎等官核實，京軍戰居陣後，無顯功，無明證。姓名差訛，多寡不一。依擬給賞，已爲從厚。乃欲踵近弊，陞冗員至於數百。其買功賣功事覺，置對者皆小官賤人。又以特恩宥免，使姦人得計，法令不行。壞名器，縻廩禄，皆不之恤。此不可者二也。

刑罰之壞極矣〔二〕。神英侵賣官馬，贓餘千兩，爲監督等官所劾，下巡按御史勘實，而乃占恡。其子不甘就鞫，欲并釋其家人。自來武臣，無敢玩法抗上如英比者。英縱有微功，亦當別爲議處。若通免究問，止令罰俸，堂堂朝廷，不能制一武夫，何以控御天下，威服夷狄？此不可者三也。

選法之壞極矣。御用監書篆缺人，吏部奉旨考選送用，今乃令已黜人員通送本監考較優劣。不信銓衡而信寵倖，祖宗舊制恐不如此。況夤緣傳奉者奉詔裁革，曾不幾時，而遽開此例，則官匠術士彷傚成風，以邪路爲當行，視詔書爲故紙，其所關係，亦非細故。此不可者四也。

凡此四者，或該部掌行，或會官議奏。朝廷任賢圖治，責在有司，不宜以一二人之私恩壞百年之定制，以一二人之邪説廢萬世之公論。況皇上春秋鼎盛，政令維新，而地震天鳴，白虹貫日，恒星晝見，太陽無光，盜賊縱横，夷虜猖獗，財匱民窮，怨謗交作。内外臣僕，方且持禄固寵，乘機作弊，排忠直如仇讐，保姦邪如骨肉。日復一日，愈甚於前禍，亂之來恐亦不遠。

臣等受知先帝，久侍青宫，叨任腹心，實同休戚。近者或旨從中出，略不與聞；或有所議擬，竟從改易。似此之類，不能悉舉。而事窮勢極，責亦難辭。若顧惜身家，共爲阿順，則欺君誤國之罪無所逃於天地之間矣。所有前項四本，不敢别擬，謹將原票封進。若以臣等迂愚言不足信，則當乞身避位，以讓賢能。

輯自大明武宗毅皇帝實録卷之十。

【校勘記】

〔一〕「罰」，疑當作「法」。

奏爲日勤講學事

竊聞自古帝王，未有不資講學以成其德者。書稱「學於古訓乃有獲」，詩稱「學有緝熙於光明」，皆言君之不可不學，而學之不可不勤也。

仰惟皇上嗣承大統，日新聖學。今年二月二日肇開經筵，次日即允臣等日進講讀。中外臣民，莫不忻忻相慶，以爲聖德之光明、聖治之熙皞，實基於此矣。然自開講以來，不時傳旨暫免，計一月有餘，進講之數才得九日而已。孟子曰：「雖有易生之物，一日暴之，十日寒之，未有能生者也。」以今計之，則寒之者又不知其幾何矣。且中間暫免之日多以兩宮朝謁爲詞，近又云擇日乘馬。臣等愚見以爲乘馬等事似與講學兩不相妨；至於慈宮問安，往來不過頃刻，太皇太后、皇太后俱以宗社爲念，見皇上勤於講學，亦必喜動顔色。今以頃刻之問安而廢一日之學業，恐非所以慰慈顔承尊意也。

痛惟先帝臨終之時，特召臣等至御榻前面受顧命，最後重加丁寧，謂「東宮聰明，但未知好學。先生每常常請他讀書，輔導他做個好人」。玉音在耳，死不敢忘。近又蒙聖諭，令臣等盡心輔導，重切戰兢。竊惟輔導之職，勸講爲先。而今曠怠如此，將安所盡其心哉？此臣等所以憂惶慚懼不能自已者也。伏望皇上念祖宗付託之重與臣民仰望之切，惕然自省，日勤聽講。除舊例假日外，其餘尋常之日，不暫停免。使臣等得以少效涓埃，庶幾聖德日隆，聖治可保矣。

輯自大明武宗毅皇帝實録卷之十一。

奏爲閹人濫賞事

南海子閹人選入千餘，蟒龍玉帶之賞太濫。覆議謂私閹累有禁例，其潛住京城者宜嚴加斥逐。蟒衣玉帶之濫賞者，請命司禮監查究追奪。

輯自大明武宗毅皇帝實録卷之十一。

奏爲續修玉牒事

玉牒所以紀載宗支，乃朝廷重事也。今又及十年續修之期，乞敕宗人府、禮部查照所收文案，明白送院續修。但宗支日繁，所司開送名爵、謚號、嫡庶、行次、婚配、生卒年月，類多闕漏不詳，或相抵牾。雖參互考訂，恐終不得其真。謂宜定著其式，移文各王府長史司，子女已未請名受封、婚嫁薨故之類，如式造册奏繳，務令考據詳審，謄寫真正。如或苟簡錯誤及視常怠玩者，所司參究，庶幾無誤修輯。

輯自大明武宗毅皇帝實録卷之十四。

奏爲榮王之國事

王自弘治十七年，已奉孝宗皇帝欽命之國。彼因王妃臨蓐，留待次年。後兩遭大喪，延至三年之上。今若無故再留，於情於禮皆有未安。況聞朝廷留王，爲欲代行拜廟之禮。夫天子所敬莫大於祖宗，常遣親王代拜，尤不可聞之天下。臣等再三籌度，事體非輕，乞敕兵部會多官詳議以請而裁決之，庶爲允當。

輯自大明武宗毅皇帝實録卷之十四。

奏爲災變修省事

近因災變疊見，伏蒙陛下恪謹天戒，諭令臣等同心修省。凡興革事宜，諸司自當開具奏請。臣等職專輔導，事關君德者，不敢不昧死上陳。

竊惟自古人君必以勤敬爲德，怠荒爲戒。經書所陳，史册所載，昭然可見也。伏睹近日以來，視朝太遲，免朝太多，奏事漸晚，遊戲漸廣。兹當長夏盛暑之時，經筵日講俱各停止。臣等愚昧，不知陛下宫中何以消日。奢靡玩戲，濫賞妄費，非所以崇儉德；彈射釣獵，殺生害物，非所以養仁心；鷹犬狐兔，田野之畜，不可育於朝廷；弓矢甲冑，戰鬬不祥之象，不可施於宫禁。夫使聖學久曠，正人不親，直言不聞，下情不達，而此數者交雜於前，則聖賢義理何由而明？古今治亂何由而知？民生困苦而莫伸，政事弊壞而莫救，其所關甚大，臣等實切憂之。切見六月中旬，風雨飄蕩，雷霆震怒，正殿鴟吻、太廟脊獸、天壇樹木，以至禁門房柱之類各有摧折燒毁。比之四方奏報者，事體尤重。天心示警，蓋已甚明。

伏望陛下惕然省悟，奮發乾剛，恭己敬德，勵精圖治。平旦視朝，依期奏事；屏去玩戲，放逐鷹犬。萬幾之暇，將舊日所進講章直解不時省閲，以開廣聰明，窮究理義。凡諸司所開利弊，詳加採納，斷在必行。庶可以消弭災沴，導迎和氣，上回天意，下慰民心，誠國家萬萬年之福也。

輯自大明武宗毅皇帝實録卷之十四。

奏爲當戒者要語事

臣等看得府部等衙門災異陳言本，詞意懇切，有臣等所不及知者。竊恐萬機之繁，不暇遍覽，謹摘其要語，開具於後。

一、單騎馳驅，輕出宫禁；

一、頻幸監局；

一、泛舟海子；

一、鷹犬彈射，不離左右；

一、内侍進獻飲膳，亦屑曲納。

此皆今日所當切戒者也。伏望留神警省，置之座隅，朝夕顧視，以成聖德。

輯自大明武宗毅皇帝實録卷之十四。

奏爲恢復講讀事

五月，内該司禮監傳旨：以炎熱暫免讀書至八月以聞。緣自八月初旬以來，恭遇大婚禮事，未敢奏請。即今大禮已畢，天氣漸涼，正宜講學之日。伏望聖明聽朝之暇，日御文華殿，照舊令臣等進侍講讀，以養聖心，以隆聖德。臣等不勝惓惓至願。

輯自大明武宗毅皇帝實録卷之十六。

奏爲視朝太遲事

先該臣等具題視朝太遲等事，奉旨以忠愛見獎，且許施行。中外聞之，不勝欣賀。近者兩月以來，或至日高數丈，侍衛執役人等不能久立，俱縱横坐卧，棄仗滿地。四方朝見官吏、外國朝貢使臣，衆所共見，有傷國體。文武官員疲於久候，非但精神困倦，抑且廢時誤事，皆爲不便。夫早朝乃人君首務，天下之觀瞻準則於此焉繫。當天變民窮之日，恐懼修省，猶恐不及。若君怠於上，臣荒於下，太平之治何以能成？禍亂之來似亦不遠。臣等叨膺重任，憂切於中，誠恐聖心別有所繫，妨誤不小，故敢昧死上陳。

輯自大明武宗毅皇帝實録卷之十六。

奏爲深夜遊樂事

切見今春以來，災異疊出，郊壇、太廟、奉天殿鴟吻脊獸俱爲震雷所擊，内階、太微垣俱爲彗星所掃。天變之大，未有甚於此者也。人君所畏，惟天惟祖宗。皇上紀元之初，有此變異，上廑聖心，戒飭羣臣，痛加修省。而前災未弭，後變復生。臣等叨任腹心，親承顧命，有所聞見，不敢不昧死上陳。

蓋祖宗之制，每日早起祝天拜廟，然後視朝。遇節日忌辰，或因事祭告，必親自行禮。近來每遣親王代行，似於尊祖敬宗之意有所未盡。先王之禮：三年之喪，天子與庶人無異。中世雖以日易月，然亦行於宫中。今先帝大喪小祥未久，雖大婚事重，吉禮告成，而皇上思慕之誠自不能已。講學修德，實維其時。向嘗屏去鷹犬，停止騎射，小大臣民，莫不稱爲聖德。近者傳聞，或有羣下引誘，造成玩器，深夜之際，廣爲遊樂。萬一有之，似於諒闇之禮有所未合。前代之典，凡遇天變，必減膳徹樂。今當修省之時，而爲怠荒之事，似於敬天之義有所未安。况視朝日遲，午奏多至日暮，誠恐起居無常，寢膳失節，以致耗費精神，妨誤政事。皇上萬金之身，繼嗣至急，宗社所關，此尤先帝惓惓付託於臣等者。

伏願惕然警悟，益修孝德，培養天和，不以有限之精力供無益之玩好，不以一時之適意忘萬世之遠圖。於臣等所講經書及諸司所上奏，凡敬天勤民、節財省役、進賢去佞、賞功罰罪之務，俯垂聽納，早賜施行。庶幾化災爲祥，理亂成治，民心可慰，而天意可回。誠使聖體安和，德性堅定，政事修舉，天下太平，則雖暫時遊息，亦不爲過，而今則非其時也。臣等雖愚，亦知阿諛順旨者有寵，犯顔逆耳者獲罪，義激於中，不避斧鉞，無任忠愛懇切之至。

輯自大明武宗毅皇帝實録卷之十六。

奏爲照舊講讀事

今日早，該司禮監傳示聖意，欲免午講。臣等竊惟：經筵之設，有益聖心，而日講尤切。恭聞英宗皇帝初年日御文華殿，誦書講學，至午後回宫；孝宗皇帝初年日講二次，又臣等所親侍。此所以聖性堅定，治化大行。兹山陵事畢，婚禮告成，萬幾之餘，别無他事，正宜講誦經史，使義理漸明，聰明漸廣。若先有厭倦之心，則必無積累之效矣。且四書、尚書乃聖賢大道，固當先務。若大學衍義，乃爲治法度，通鑑乃古人事迹，亦皆不可不講。伏望聖明少留數刻，令臣等每日照舊二次進講。庶幾可盡保傅之責，以免曠職之愆。

輯自大明武宗毅皇帝實録卷之十七。

奏爲鹽法織造事

祖宗舊制，鹽法本以備邊。近年奏討數多，成法盡壞。先帝深知其弊，特令該部查處。臣等親承面命，議擬施行。而龍馭忽升，事功未就。恭遇皇上渙頒明詔，痛革弊端，特令大臣分投清理，天下傳誦，稱爲聖明。奈何清理之使方行，織造之命隨下？生財之源既塞，蠹財之弊復生。臣等若坐視不言，依阿順旨，不惟負先帝面託之重，亦且虧皇上新政之明，前敕決不敢撰寫。況太監崔杲奏討引鹽，不過變賣銀兩。若户部支與價銀，尤爲省徑。若仍給引鹽，聽其支賣，必夾帶數多。向來作弊射利之人因而附搭，則鹽法之壞愈甚於前，清理之官殆爲虚設。東西困敝之民恐生不測，西北兵荒之急何以應之？臣等之憂，有不止此。伏望收回成命，止照該部原擬給與價銀，織造則供應不乏，鹽法可行。

自古帝王以從諫爲聖，拒諫爲失。國家治亂，常必由之。顧順旨之言易入，逆耳之言難受。故治日常少，亂日常多。臣等每以此説進於陛下，誠欲陛下爲聖德之君，天下成至治之世也。今文武公卿臺諫合詞伏闕，皆謂鹽法不可壞，而聖意堅執，排羣議而行之。就使織造有益，姦弊不生，然上虧朝廷納諫之明，下失羣臣守法之義，所得幾何，而所損者不可勝計矣。此雖一事，關係最重。臣等豈不知順旨者有寵，逆耳者獲罪。若貪位戀禄，殃民誤國，則不獨爲陛下之罪人，抑亦爲天下之罪人、萬世之罪人矣。區區犬馬之誠，猶望陛下廓天地之量，開日月之明，俯納羣言，仍從初議，以光聖德，天下幸甚。若以臣等迂愚，不能仰承上意，則乞别選賢能，以充任使，將臣等放歸田里，以免曠職之愆。

輯自大明武宗毅皇帝實録卷之十七。

奏爲仍舊日講事

近日奉旨：停免日講，至明年二月以聞。臣等竊惟：講學明理，是人君治天下之本，最爲緊要。先帝初年，日講常至歲暮。皇上於去年，亦至十二月十四日方才停止。今年秋講，止得十一二日。且冬節尚遠，天未甚寒，停止講讀，似乎太早。誠恐聖心無所繫著，或爲玩好所移。且内外臣僚傳聞免講，不勝顒望。縱使勵精於内，天下誰復知之？臣東陽親受先帝遺命，有「東宮聰明，常請讀書」

之言，近奉皇上敕旨，有「倚託匡弼，勉副重託」之諭；臣芳、臣鏊皆以講讀之舊臣，承輔導之新命：不敢不昧死上陳。伏乞收回成命，仍舊日講。庶幾聖學可成，臣民有賴。

輯自大明武宗毅皇帝實録卷之十八。

奏爲刑律事

刑部等衙門查開舊例，乃欽奉孝宗皇帝詔書，會議裁定，奏准施行者，中間多係官吏軍民人等問罪發落事例，法司遵行已久。及累朝聖旨斷發禁約事，理合照舊。如虜殺人民不多者免充軍，止令降級；如竊盜三犯者，貧難覓錢、僞造印信者，奏請饒死，多令充軍之類：皆因情輕律重，故不得不以活法求生。又如砍伐山陵樹木者處以極刑；冒保軍職者揭黄罷職；撥置王府者、打攬倉場者、興販私鹽者、手執兇器傷人者，發遣充軍；因公酷刑致死人命者，革職爲民之類：皆因情重律輕，故不得不以嚴刑示戒。又如上直守衛軍少降級者、私役軍人降級者、擒捕盜賊立限降級者、操備官軍遲誤計日罰班者，其例尤多，皆有等級次數，律不該載。若不斟酌處置，素有定格，臨期任意，比附擬斷，必致輕重失中，人難遵守。

凡此之類，似亦難於盡革。但中間亦有失於偏重，及瑣細難行，或出於一時，施於一方，不可爲常者，應合革去。其後開新例，續奉聖旨，應合欽遵。各衙門因事會奏，間有停當可行者，亦擬存留。其申明者或至重復，推廣者尤多細碎，亦擬革去。謹各用小票貼出，伏聽聖明裁擇。

輯自大明武宗毅皇帝實録卷之二十五。

奏爲處決重囚事

處決重囚，三五覆奏，自唐太宗以後，歷代遵行，未嘗有改。我太祖著爲定制，每法司決囚，必得刑科三覆奏，然後批出行刑。此乃體天地好生之心，爲聖王不易之法也。昨日刑科初覆奏本，幸未發行。仍望批一「是」字，少待三覆本内，方才批出處決。不過遲數日之期，而可以存百年之令典。臣等再四籌度，不敢緘默，伏聽采擇。

輯自大明武宗毅皇帝實録卷之三十一。

奏爲赦免歷代通鑑纂要謄録人員事

歷代通鑑纂要成，蒙賞臣等各白金十兩、彩幣二襲，臣等拜賜感激。緣前項書籍，先該本院官生謄寫，後因查有失錯，并編纂等官，各奉旨罰俸，致仕爲民。臣等具本認罪，特蒙宥之。竊思編纂謄録，皆臣等統領，今各官罪固當譴，而臣等顧獨受賞，心實未安。其爲民監生張元澄、許魯、汪淳、黄清、王瓚、汪克、章高崙，原係吏、禮二部奉旨考選謄寫實録人數，後因謄寫纂要缺人，乃借撥貼寫，罪在臣等。各生員有資格出身，一旦通行革退，艱難困苦，情實可憐。伏望聖恩赦其小過，録其寸長，將元澄等仍復監生，退回原該衙門，各依本等資格應役聽用。及其餘致仕爲民謄録人員，乞敕該部查出字樣失錯，量爲區别，薄示懲戒，少垂恩宥，實天地無棄物之仁也。

輯自大明武宗毅皇帝實録卷之三十二。

奏爲釋放因匿名文簿被拘官員事

匿名文字出於一人，其陰謀詭計，正欲於稠人廣衆之中掩其行蹤，而遂其詐術也。各官倉卒拜起，豈能知見？況一人之外，皆無罪之人。今併置縲絏，互相驚疑；且天時炎熱，獄氣薰蒸。若拘攣數日，人將不自保矣。惟皇上仁急好生，睿普燭物。望特降綸音，先行釋放，而後密加體訪，寘之典刑。

輯自大明武宗毅皇帝實録卷之三十九。

奏爲威令事

皇上比來勵精圖治，威令大行，中外臣民罔不悚懼。但霜雪之後必有陽春，雷電之餘必有甘雨，此固上天之道君人所當法者。臣姑舉一二，上塵睿覽。如逃軍及拐馬人犯謫令戍邊，而窩主鄰佑火甲發戍近衛。雖亦懲姦至意，然罪有差等。請量情擬之，或責限令其自首。如各衙門有犯，通查歷年經該僉書職名，追究懲治。雖亦除姦至意，但以一時之失而窮一二十年之遠，以一事之差而累數十人之衆，非惟人才難得，抑且情有可矜。請於侵盜錢糧並受賕人命重情不宥外，其犯公錯者罪坐本犯，經手者止坐該年，遷官去任者依律發落。如各處查盤糧草虧折浥爛者罪逮巡撫，甚至加倍追償。雖亦慎重錢穀至意，然職有大小，責有專否。陪補虧折，律有明條，管糧管屯等官固難辭責；若巡撫之職督理欠嚴，别無侵盜情節，請從輕罷黜。如各處見差官校真僞莫分，問有假名撓法，罪逮各官。雖亦杜絶時弊至意，但遠邇驚疑。請於輕犯，責令撫按問擬；前項官校，罷其差出。真者不差，則僞者無由而入。

輯自大明武宗毅皇帝實録卷之三十九。

奏爲廢后吴氏喪禮事

漢成帝廢后許氏葬延陵交道廄西，光武廢后郭氏葬北邙山。凡皇后廢黜，史册猶稱廢后，書其葬地，不曾有降爲庶人之禮。廢后吴氏原奉憲宗皇帝詔書，止云退居别宫閒住。累朝以來，服食供奉皆從優厚。今日之事，宜令禮部斟酌儀節，凡事宜從簡省，而殯歛祭葬皆不可闕，以存皇上敬老念舊之心。播之天下，傳之後世，亦美事也。

輯自大明武宗毅皇帝實録卷之四十六。

奏爲四夷館教師事

四夷館教師，必番字番語與漢字文義俱通，方能稱職。故事於本館推選，或於各邊訪保，務在得人。頃來教師多闕，宜令本館提督官從公考試，優等送内閣覆試，照缺委用。仍乞敕陝西、雲南鎮巡等官，訪取精曉韃靼、西番、高昌、西天、百夷言語文字兼通漢字文義之人，照例起送赴部，奏請量授官職，與本館教師相兼教習，務使譯學有傳，不致臨期誤事。

輯自大明武宗毅皇帝實録卷之四十七。

奏爲内閣等衙門日給酒飯事

比歲以來，水旱不時，年穀不熟，四方奏報災傷，殆無虚月。起運糧草、坐派物料、供應牲口等項徵辦不前，拖欠相繼。朝廷每頒恩詔，量與蠲除。而公用所需，亦非得已。臣等每見稽查册籍，催督文移，未嘗不悚息於中，汗顔於外。竊惟内閣、翰林院、春坊等衙門日給光禄寺酒飯等物，而臣等所給不啻加倍。因仍舊例，冒昧關支，食用之外，尚有餘剩。功不稱職，誠非所安。今纂修事完，各守常職。當皇上勵精圖治之日，正羣臣退思補過之時。伏冀俯察愚悃，特諭所司，容將臣等日給酒飯以三分爲率，減去二分；翰林學士等官量減一半。惟不失國家待士之禮，亦以免人臣竊禄之羞。尤望早一日，則臣少一日之愆；庶幾一分，而民受一分之賜。

輯自大明武宗毅皇帝實録卷之五十一。

奏爲從輕處置各類罪犯事

伏蒙皇上以久旱風霾兩降綸音，命羣臣致齋，祭告天地、社稷、山川，仍敕兵部法司將逃軍、强盗、私鹽窩主鄰佑充軍擺站者盡行釋放，枷號者即時饒免，强盗正犯再行審問，徒流以下減等發落。臣等聞命欣躍，至於感泣。中外傳播，歡聲動地。所以安人心回天意者，端在於此。臣等不能盡言啓沃，先事開陳，負咎含愧，已非一日。幸睹聖心開悟，輒有一二，仰干天聽。

王府逃校與逃軍同窩主鄰佑連累發遣充軍擺站，并見問未結、已問結未發遣者，乞照例釋放；傾使假銀、僞造印信、舉放私債，較之强盗有間，除正犯外，窩主鄰佑亦乞放免，仍將傾使低銀正犯止照本律問罪；犯罪充軍正犯已故家屬該發遣隨住者，查有親男，照例發遣，無子婦人一應家屬，乞免發遣，已發遣者并行釋放；死罪重囚奏訴三次者，本犯乞免加罪，家屬免充軍，婦人無夫者免配邊軍；凡犯罪家産没官，除謀叛以上重罪外，其餘近例該没官者，并免没官。兩法司、錦衣衛見監死罪重囚，除强盗已有旨，其餘乞照遞年熱本事例開奏定奪；南京見監并枷號輕重罪囚，亦照在京近奉恩例，一體施行；文武官罰米違限若實家貧不係故意遷延者，乞再限三月，仍免加倍上納；各處獲盗數多，中間不無攀指冤抑見問并續獲者，乞令各該捕盗等官用心研審，務見贓仗失主并同行上盗之人明白擬奏。如或輕信妄挐，濫及無辜，希圖陞職免罪者，事發之日，罪有所歸。再照正德年間問罪條例，近該給事中屈銓奏准頒行。乞令三法司議擬歸一，請自上裁，永爲遵守。

輯自大明武宗毅皇帝實録卷之六十一。

奏爲儲嗣事

臣等備員輔導，叨任三孤，或膺受顧命，或荷蒙簡任，深憂過計，寢食靡寧。近日以來，恭遇陛下洞啓聖心，勵精新政，大姦已去，羣弊漸消，孝理方隆，仁恩誕布。天下之人欣欣相告，皆以爲太平之治指日可致也。但事有關於國家社稷至重至大者，臣等若知而不言，言而不盡，則是緘默容身，因循誤國，生無以報陛下知人之鑒，死無以見先帝之靈，所謂顧命者爲虚名，而輔導者皆餘事也。

臣等竊惟：天下者，祖宗之天下，上天之所付託，生民之所仰賴。昔太祖高皇帝櫛風沐雨，十餘年而後得；早作夜思，三十餘年而後定。何其勞也！太宗文皇帝南征北伐，定鼎貽謀，亦二十餘年而後成。何其難也！列聖相承，兢業罔怠，以致今日。先帝顧命，惟欲陛下早嗣大位，早成大婚，光前裕後，衍無疆之祚。聖慮所及，亦何其深且遠也！四五年間，陛下春秋鼎盛，而儲嗣未聞。中外臣民，傾耳拭目，以俟前星之耀。此臣等所以憂且懼也。伏望陛下念上天付託之隆，思祖宗授受之重，體生民仰賴之功，每於朝奏講讀之暇，安處宫闈，溥施恩澤，起居以節，遊豫以時，保養天和，培植國本。則六氣不能侵，百邪不能近，皇儲早立，寶祚延長，可以隆我國家億萬年之業矣。

輯自大明武宗毅皇帝實録卷之七十。

奏爲停止豹房添蓋房屋等工程事

今早發下工部所奏，謂京城内外，工役繁浩；州邑坐派無遺，民財剥削殆盡；

在處災傷，四方盜起。況京營軍士摘撥做工，終歲不操，相率逃避。軍民俱困，誠可痛心。乞將不急工程，暫且停止。

臣等惟工部所言固爲激切，内添蓋豹房一事，尤爲緊要，謹昧死爲陛下言之。蓋自去年夏秋以來，外間傳聞豹房内添蓋房屋，又聞豎立旛竿，似有創立寺宇之意。臣等竊念：寺觀乃異端之教，聖王之所必禁。國朝之所姑存，其間義理，不暇深論。但宫禁之體，比與城市不同。自古及今，并無禁中創造寺觀事例。傳之天下，書之史册，非徒上累聖德，亦無以垂法將來。況番僧人等往來混雜，又恐無賴之徒因爲詐冒。萬一變生不測，難以關防，其於事體所關不細，而財用之費耗、軍民之困苦，又不足言矣。

切見成化間，欲於内府建玉皇閣，憲宗皇帝因内閣之言而止；弘治間欲於近城造延壽塔，孝宗皇帝因内閣之言而止。天下傳之，史册書之，以爲聖朝美事。伏望聖明仰體二聖之謨，俯垂鑒納，將前項工程即賜停止，其餘不急之務大加減省，以正國體，以慰生民，誠社稷萬萬年之福也。

輯自大明武宗毅皇帝實録卷之七十二。

奏爲經筵日講事

頃奉旨：經筵日講供應，令所司預備整理。

臣等聞命忻躍，即令講官預備講讀。拱候經月，未蒙宣召。夙夜循省，寢食靡寧。竊惟聖學聖君德相關，經史乃政化所出，自古帝王視爲首務。本朝列聖定有成規：經筵以十日爲期，日講則每日從事。蓋欲功無間斷，庶幾學有光明。伏睹陛下聰明剛健，卓冠羣倫。自春宫進學之時，至正德紀元之始，躬親誦記，默聽敷陳。比歲以來，漸殊於舊。

臣等或祇承顧命，有「常常請出」之言；或同被簡知，有職專提調之任。陳力不能，已負扶持之責；受直怠事，難逃貨器之譏。況外患之未平，豈内修之可緩？用是仰塵萬乘，俯惜寸陰，數御講筵，特修故事，使臣等得以開陳講説，上啓宸聰，徵聖賢有用之言，保宗社無疆之業，天下幸甚。

輯自大明武宗毅皇帝實録卷之八十五。

奏爲回天意結民心事

伏見去冬以來，京師地震有聲。霸州及山、陝、福建、雲南等處相繼地震，奏報不絶。

竊聞天人相應，理有必然；上下交修，道須兩盡。孤卿之任，非諸司比。故周官燮理，不備其人；漢廷策免，亦有故事。臣等或親成顧命〔一〕，或特被簡存，職在論思，憂惶無地。且如講筵，聖學所關也，臣等不能盡啓沃之功；早朝，政令所出也，臣等不能預陪從之列。宗廟、社稷，神靈之所在，至尊嚴也，臣等不能執奔走之事，而歲時奠獻，但遣公侯；宫殿門禁，天子之所居，至深密也，臣等不知動止之詳，而晨昏出入，未聞警蹕。凡如此類，不敢盡言。

即今帑藏空虛，軍民窮困，流移不已，寇盜肆行。江西、四川累歲用兵，山東、河南、南北直隸，所至殘破，戕害將領，荼毒生靈，侵擾京畿，略無畏忌。蓋自創業靖難以來，未嘗有此。

臣等適當其責，罪無所逃，仰瀆威嚴，伏俟罷黜。尤望淵衷朗悟，如日中天。温習舊聞，日親經史；視朝饗獻，一復舊規；親信必恭謹之人，委任必忠良之士；嚴内外出入之防，正堂陛崇卑之分；動息有恆，飲膳有節，頤養聖躬，茂隆國本：以上回天意，下結民心。則列聖開創之難、先皇付託之重，可以永保於無疆，惟在聖心一轉移之間耳。

輯自大明武宗毅皇帝實録卷之八十六。

【校勘記】

〔一〕「成」，以文意當作「承」。

奏爲太監谷大用事

司禮監昨宣旨：京城内外，近有訛言，欲命太監谷大用仍舊提督官校，緝訪事情，令臣等撰進敕稿。

臣等切見大用前日兩次具欲遵祖宗舊制，辭免西廠辦事，皇上特允所奏。内外歡傳，無不稱頌聖德。若數日之間，驟革驟復，似非事體。且訛言一事，昨已諭令各該衙門禁約。若更添差官校，誠恐愚民驚疑，將謂真有妖物，尤於事體未便。臣等偶有所見，不敢不盡其愚。伏乞聖明採納。

輯自大明武宗毅皇帝實録卷之九十。

奏爲京邊官軍兑調操習事

向因司禮監傳示聖意，欲將京邊官軍，兑調操習。嘗具陳利害，未蒙俞允。特下兵部，會多官議處。隨該各官會議，以爲未便。

臣等展轉思惟，誠見有未便者。蓋京邊官軍各有分地，必有急事，乃可互相應援。今無事而動，一不便也。京軍備邊，不習戰陣，難保必勝，恐損國威，二不便也。邊軍入京，駭人耳目，傳聞各處，未免驚疑，三不便也。京軍出外，倚恃强勢，占住房屋，索要錢穀，需索酒食，强買貨物，姦污婦女，將官護短而不肯禁，邊方受害而不敢言，四不便也。邊軍在内，狎恩恃愛，傲睨軍民，蔑視官府，小則怠玩，大則違犯，治之則或不能堪，縱之則愈不可制，五不便也。違遠鄉井，拋棄骨肉，或風氣寒暖之不相宜，或盤費供給之不相繼，六不便也。糧草之外必用行糧，布花之外必須賞賚，非緊急不得已之時，爲糜費無紀極之計，七不便也。往來交替，無有寧息，倉卒之際或變起於道途，厭倦之餘或釁生於肘腋，八不便也。示京營之空虚，見中國之單弱，九不便也。西北諸邊見報聲息，唇齒之地正須策應，脱有疏失，咎將誰歸？十不便也。

凡此一事，五府六部及科道等官皆以爲不便。臣等居輔導之地，若委順曲從，是滿朝之臣皆有爲國之心，而臣等獨當誤國之罪，萬死已不能塞責矣。伏望聖明博采人言，務求至當，實宗社萬萬年無疆之福也。

輯自大明武宗毅皇帝實録卷之九十四。

李東陽全集卷一三七

佚文卷之八

與陸鼎儀書九首

病中無聊，奉和三先生聯句韻二首，録上〔一〕。初五日，東陽再拜

鼎儀先生詩伯

數日來，悶鬱殊甚。蒙許高軒見過。風晴日暖時，煩拉張、謝二先生，以終季諾，幸也。初十、十一此兩日有小妨，亦望知之。陽又言。

昨承高論，暢然有感，因和明仲韻二篇，録奉左右，庶幾終有以教我也。齋居日，東陽再拜

病逸先生有道，並呈滄州、青谿二君子〔二〕

夜坐無聊，偶憶齋居，嚴韻奉和一首，用寫孤寂，兼致企仰之意焉。晨凍，恕草草[三]。東陽頓首

鼎儀先生

前夕聯句詩久吝不發，何也？幸付來僕，無煩再促。千萬千萬！

破戒後得佳和，知有意雞酒之罰，僕訥，不能辨，謹以來日巳刻爲期。所有隻雞樽酒，先隨小詩奉上[四]。此戒之破，雖出先生之意，而鳴治、師召皆與有力，且嘗以罰資見許，今當邀二公同赴，或者猶有小助。惟不罪菲薄爲幸。友生東陽再拜

鼎儀先生寅長

閏月二十二日

祥後述哀，次方石先生見慰諸韻[五]，録上以見遠懷。前書已具者，兹不多及。

東陽稽顙

静逸先生尊契家

拙語豈煩見索〔六〕，雖醜，不敢自秘。想能奮筆删正，不使充笑本也。晨起猶寒，貢父所謂坐土牀呵凍硯者，極不成字，當恕草草。陽頓首。

承遥和止詩之作〔七〕，緣在止後，不敢奉酬，止録原韻，以代面語。聞尊意似欲左祖，追步身教，與諸公和者異矣。昔張汝弼、奚元啓相約不作詩，作者以隻雞斗酒爲罰。不數日，乃有攜酒與雞至者。問之，則曰：「某破戒矣。」病中無賴，頗思嘉客對語，安知數日内無縛雞載酒者至耶？風寒奉答，極草草，幸勿訝。東陽頓首

病逸先生

昨日大德觀之遊，不果攀拉，祇辱臨岐之贈。嗚治、師召藉以相督，不免聯句數篇。已乃知墮先生之計，因次止詩韻以自笑〔八〕。向所欠雞酒之罰，今並不敢奉索，得一和章，幸甚。閏二月十九日，友生東陽再拜

病逸先生尊契

【校勘記】

〔一〕詩即本全集卷一二八佚詩卷之一之奉和三先生聯句韻二首，此處略。

〔二〕詩即本全集卷十二詩前稿卷十二之和明仲洗馬韻二首，此處略。

〔三〕詩即本全集卷十一詩前稿卷十一之祈雪齋居以病不赴雪後和鼎儀韻，此處略。

〔四〕詩即本全集卷卷四詩前稿卷四之初予止詩鼎儀有約同止予援張汝弼故事以隻雞斗酒爲罰鼎儀固未嘗止及予破戒乃和韻見索再疊前韻並雞酒答之，此處略。

〔五〕詩即本全集卷十七詩前稿卷十七之祥後次方石謝先生見慰四首，此處略。

〔六〕即本全集卷十八詩前稿卷十八之與時用陪士常話别聯句翌日士常見和因疊前韻再疊前韻送士常二詩，此處略。

〔七〕詩即本全集卷四詩前稿卷四之予病中頗愛作詩舜咨以詩來戒者再來應也偶誦陶淵明止酒詩自笑與此癖相近因追和其韻斷自今日爲始，此處略。

〔八〕詩即本全集卷四詩前稿卷四之入春絶不作詩清明後三日與鳴治師召遊大德觀爲二公所督甚苦得聯句四首已而悔之因用止詩韻以自咎先是諸同年皆有和章爲説不一鳴治獨持兩可之説至是竟爲所沮云，此處略。

以上九書皆輯自清陸氏懷煙閣清乾隆四十一年刻本陸時化輯吴越所見書畫録卷之二。

與楊邃庵書五通

其一

束帛之禮、纓冠之義，神交見合，蓋不待言。第受命引道，未審的期，弭節臨邊，計猶數日。南瞻西眺，耿耿於中。比得佳報，尚□奏使，創殘反側之餘，有俟於調劑鎮定者正自不少。若夫海嶽之英、山川其善，此有識者所同，豈吾人所暇論哉！草堂故人，歸途所歷，亦復能相值否？見則爲我致千百意。詢□鄙況，恐不能曲致文飾，惟故吾未已，或終能不負耳。便中略布一語，餘惟情亮。草草。

友生李東陽再拜

邃庵先生行臺

五月九日

其二

南昌瑪瑙崖已破，賊首胡雪二就擒，撫州賊已得二千級。陳總制差人來，亦可

□也。貴體近日如何，未□數疾惟珍攝。草草。

友生東陽再拜

邃庵先生尊契

魏縣之報，聞有□□揭帖，恐亦傳疑，未足□據，□□仍待來年。

其三

初四日之約，已奉達三老先生矣。黄花秋色，正堪翫賞，如謹初約。

東陽再拜

邃庵先生尊契

冗□不及裁答，輒依來簡，略加抄節，不敢擅增一字也。

初二日亦係原文

其四

復承清畫，足慰渴懷。病不能謝，至期拱候。枉教鄙詩，不能次韻，亦各言其志也。不一一。友生東陽再拜。

以上四通書，輯自雅昌藝術網

其五

鮮鹿一肩，奉供午飯，此非咄嗟可辦者，故昨夜不能設也。呵呵。

東陽再拜

石淙老先生知契

輯自上海圖書館藏明代尺牘第一册，二〇〇二年八月。

與石邦彦書

比得書，知安好。所録詩長者尤佳，進學可喜。來期定在何日？體齋先生省墓還，封俸禄銀數兩，無便未可發，必待手帖至，乃寄去也。忙中草草。尊翁年兄，幸叱名拜意，萬萬。十月五日，東陽拜手

邦彦太史知契

輯自錢鏡塘藏明代明人尺牘第一册，二〇〇二年九月。晏選軍、堯育

飛亦曾輯有此文，見李東陽佚作十二則考釋一文［湖南工業大學學報（社會科學版）二〇一六年八月第二十一卷第四期］。

論篆額

裝潢舊碑石刻法帖，上篆額斷不可去。不然，却似賢人不著冠耳

輯自民國十年鑒古書社影吴興密均樓本式古堂書畫彙考書卷之四，標題新擬。

題林緯乾深慰帖

右林藻深慰帖。藻字緯乾，莆田人。父披，爲饒陽郡守。有子九人，世所稱九牧林氏者也。藻貞元七年進士，嘗試珠還合浦賦，人謂之神助。官至嶺南節度副使，有書名，而傳世甚尠，宋宣和書譜所載惟此而已。今唐帖如歐、虞、顔、柳，世所盛傳者皆不復多見，況其餘乎？此帖僅一紙，歷數十紀而不失，可謂難矣。匏翁其永寶之。李東陽志。

輯自民國十年鑒古書社影吴興密均樓本式古堂書畫彙考書卷之八。

題龍眠蓮社圖

右龍眠蓮社圖卷，兵侍陸公全卿得之。全卿素精賞鑒，以爲真迹。間以示予，爲題二絶。嘗疑典午不競，幽人奇士多有託意而逃者，蓋於陶翁見之，而翁於此又有所不屑也，因漫及之。長沙李東陽賓之識。

輯自民國十年鑒古書社影吴興密均樓本式古堂書畫彙考畫卷之一十二。跋前二詩已收入詩後稿卷之十，題爲題李伯時蓮社圖二首。

題趙仲穆工筆人物畫

世精繪事者，輒稱米敷文，故有「虎兒扛鼎」之語。易世之後，遂有松雪翁父子，世美並濟。此十二册爲仲穆所畫，悉取李、趙二家筆意，而後參以己見，全無效嚬學步之態。即使若翁爲之，恐不過此。真奇作也。李東陽題。

轉録自晏選軍、堯育飛撰李東陽佚作十二則考釋一文［湖南工業大學學報（社會科學版），二〇一六年第四期］。

題蘇文忠公乞居常州奏狀卷

按年譜，先生年四十九歲，有量移汝州之命。在筠州留十日，有與葉致遠唱和詩，又有送沈逵赴廣詩，云：「我方北渡脱重江，君復南行輕萬里。」今此奏狀則正其時也。今其真迹乃出於宜興徐文靖公家。而筆力遒勁，體格雄傑，髣髴有黄庭、樂毅等法。不知何事散落人間。今梁谿華中甫欲壽之堅瑉，以垂不朽。庶幾文忠公之忠節文章與詞翰均得照灼人耳目，詎非勝事哉？而中甫亦與永永無斁矣。成化癸卯春三月望後，長沙李東陽題。

輯自民國十年鑒古書社影吴興密均樓本式古堂書畫彙考書卷之十。

題朱文公上時宰二劄真迹卷後

右文公先生與執政劄子二紙，其一在南康論減税請祠事，其一在婺論豪民行道事。國子祭酒陳公敬宗以爲皆上時宰王淮者。兵部侍郎廖公莊謂文公在南康，淮尚未相，前劄乃上史浩，劄中稱二公者，趙雄、范成大也。

按，此二劄皆不載刻本全集，集中與王樞使書有「東府兩公」之語，未審何人。

蓋淮時在兩府，故傳以相告。劄又云：「早爲開陳，亟賜罷免。」如前兩劄所請，則知前劄有未盡録者，如此劄是也。且此二紙皆婺人傅寧所藏，大抵婺物，非出史氏也。盱眙陳進士明之得之而藏於家，謹識其後而歸之。成化乙巳三月既望，後學長沙李東陽書於懷麓堂。

輯自清光緒十八年序刻本清陸心源編穰梨館過眼録卷之二，標題新擬。

題劉原父書南華秋水篇後

宋人書法近古，蘇、黄諸大家外，如劉原父，雖不以書自名，而意格亦自得其梗概矣。後人鋪置點畫，如布棋算，雖窮歲極力，安能有所得哉！連日閲晉帖，撫此又不覺其三歎也。成化丁未夏六月二十七日，長沙李東陽識。

輯自民國九年武進李氏怡寄軒鉛印本清吴昇大觀録卷之三，標題新擬。

題薛道祖雲頂山詩卷後

右宋薛紹彭書，五紙。薛氏三鳳名河東，紹彭其後人也，字道祖，號翠微居士。

居長安。符、祐間以書名，名並米芾，今書史會要所載是也。水村陸公得此卷，特愛重。間出示余，爲識數語於後。長沙李東陽。

輯自民國十年鑒古書社影吴興密均樓本式古堂書畫彙考書卷之十二。

題虞邵庵南豐曾氏新建文定公祠堂記

右虞邵庵先生「擬峴臺記」四隸字、「南豐曾氏新建文定公祠堂記」十二篆字、楷書記文一通、詩跋各一首。書家者流所謂人品高師法古者，殆兼有之。此危太樸家物，傳至庶子吴君原博，蓋百四十年于今矣。祠堂記及跋皆先生所著，臺記出文定者，皆世所傳誦，而王荆公詩筆亦與此時作者不同，然則此卷雖謂之三絶可也。原博博古能文，且邃書法，其以予言爲將無同乎？卷尾有黄晉卿題名，宋景濂、陳衆仲、吴師道跋語，又出三絶之外。詩所謂「尚有典刑」者，竊有慨焉。姑識其紙隙，以俟後來君子。弘治元年戊申日南至，長沙李東。

輯自明趙琦美編趙氏鐵網珊瑚卷之五，題目新擬。

題任詢行書韓愈秋懷詩卷後

任君謀書脱去蹊徑，老態横出，傳稱其高年休退，殆晚歲筆也。宋版不比當時燕、荆間文獻，亦自有人撫卷懷古，爲之三歎。此卷乃給事唐君用思所藏，間因其門生葉蕃文盛視予，請識其後，遂書以歸之。弘治壬子春二月十三日，太常少卿兼翰林侍講學士長沙李東陽賓之書於懷麓堂。

輯自書法欣賞綱所載真迹照片，標題新擬。

書介庵王公奏稿後

往在憲宗朝，聞三原王公爲南京部臺，章奏迭至。奉旨施行者固已録之有司，播之四方；其留中不報者，世莫得而傳也。公既爲今天子簡用，復起爲吏部。有傳其家所藏奏稿者，蓋自爲評事，爲知府，爲布政，凡所嘗陳奏舉劾者皆在焉。觀其剖析事理，論法斷獄，人或能之，至於批鱗苦口，排大姦，摧鉅敵，身任天下而不爲私謀者，則卓乎不可及也。夫内告外順，見於君陳之命，先儒以爲此固成王之言，非文武之言也。中古之世，或匿諫草而不以示人，甚則焚之，世俗相傳以爲美事，議者則以爲孔光之徒匿姦釣譽之爲者。故韓魏公諫垣存稿寧不避賣直之嫌，而彰人主從諫之美，豈無所見而然哉？若王公所諫奏、所舉劾，蓋有削兵權、黜侍近，而元惡大憝亦有肆諸市朝者，則公之忠先帝固鑒之深矣。雖有危言極論，未暇宣布，然亦優而容之，未始有譴怒訶責之語。盛德所在，亦豈容掩而不彰哉？使天下傳之，後世傳之，謂公之言如此，而先帝之所以容之如此，則未必非是稿之助也。弘治壬子四月六日，中順大夫太常寺少卿兼翰林院侍講學士經筵講官兼修國史長沙李東陽書。

據上海古籍書店影明正德刻本太師王端毅公奏議卷末所附此文録入整理，並參閲了藍青李東陽詩文輯佚一文（古籍研究，二〇一六年第二期）。

跋朱熹城南唱和詩後

晦翁詩翰一通，近獲觀於吾友沈方伯時暘。往復吟諷，不勝高山仰止之歎。弘治癸丑春正月十七日，後學長沙李東陽拜書。

東陽嘗侍坐于外舅蒙泉先生，先生指壁間晦翁石刻曰：「還識此中妙處否？大抵一筆是一筆。」時亦不甚著意，今思此語，亦不可得也。東陽又書。

轉録自晏選軍、堯育飛撰李東陽佚作十二則考釋一文［湖南工業大學學報（社會科學版），二〇一六年第四期］。

題懷素自序帖後

懷素自敍帖本蘇舜欽家物，前六行乃舜欽所補，見於書譜。而此卷正合，其爲真迹無疑。然具眼者觀之，固不待此也。舊聞秘閣有石本，今不及見。見此卷於少師謙齋徐公者再，往復披玩，不能釋手，敬識而歸之。弘治十一年九月三日，長沙李東陽。

輯自民國九年武進李氏怡寄軒鉛印本清吴昇大觀録卷之二，標題新擬。

跋夏忠靖公集

右夏忠靖公集二卷，公子南京太常少卿瑄所藏以畀公孫南京通政參議崇文者也。東陽晚達，嘗景仰鄉先正之德量勳業，得諸國史家乘者爲多，惟文章製作未獲多見，見兹帙而有感焉。愧寡陋之無聞，而大人君子之不易識也。公治水東吴，功澤尤著。今巡撫都御史彭君禮奏請立祠，巡按御史袁君經因取兹文刻于蘇郡。予既爲公傳，頗悉其事，不敢復有贅述，敬識數語於後云。

弘治辛酉正月廿八日，資政大夫太子少保禮部尚書兼文淵閣大學士知制誥經筵國史官會典總裁茶陵李東陽書。

據中國基本古籍庫影明弘治十三年刻本夏忠靖公集所附此跋録入整理，並參閱了藍青李東陽詩文輯佚（古籍研究，二〇一六年第二期），晏選軍、堯育飛撰李東陽佚作十二則考釋二文［湖南工業大學學報（社會科學版），二〇一六年第四期］。

春園雜詩題後

舊作數首，宗之方伯見而愛之，録以奉贈，亦爲知者道耳。正德己巳閏月四日，西涯識。

以下兩文皆轉録自晏選軍、堯育飛撰李東陽佚作十二則考釋一文〔湖南工業大學學報（社會科學版），二〇一六年第四期〕。

跋趙孟頫煙江疊嶂圖詩卷

松雪大書，見者絶少。東吴王敬之氏得此，其永寶之。正德五年十月十一日，東陽書於卷末。

自書一醉二首詩後

文玉太史以寧波絹作長卷，請書近作。每遇晴天暖日，徑造書室，令家僮磨墨以侍。其賞音好事乃爾，非身有之，豈能親切有味如此哉！詩皆謝事後所得，故多山林丘壑中語，亦詩家所不訝也。卷後尚餘一幅，其同年崔少卿世興爲趣成之。正德八年十一月四日，西涯識。

轉録自劉剛撰李東陽行草自書詩卷一文（中華書畫家二〇一六年一月第一期）。文前錢塘江潮歌、西湖春曉圖二詩已收入懷麓堂稿詩後稿卷之三，清明日西莊作城西省墓歸過趙生園池二首獨酌二首是日飲松江酒、一醉二首諸詩已收入懷麓堂續稿詩續稿卷之一。標題新擬。

題種竹詩卷

張甥屢爲移竹，助我園居之興。爲書往歲諸詩，以見種竹之難如此。後數首乃得竹時所作。凡有關於竹者皆附焉。甥娶於吾之從女，而吾弟不及見，故題曰竹林餘興，蓋諸子兆延嘗爲速成之也。正德丙子二月八日，西涯翁識。

轉録自晏選軍、堯育飛撰李東陽佚作十二則考釋一文［湖南工業大學學報（社會科學版），二〇一六年第四期］。